漂亮时光

刘心武 著

新地文丛 主编 郭 枫

江苏凤凰文艺出版社

"新地文丛"前记

郭枫

我在1956年设立新地文学出版社,创办以纯文学为内容的《新地文学》月刊,并联合纯文学刊物《文学季刊》《笔汇》,汇集了台静农、徐复观、王梦鸥、何欣、郭枫、陈映真、齐益寿、黄春明、蒋勋等三十多位前辈与后进作家,创作写实作品,传递中国新文学薪火。

1983年"新地"又创办《文季》双月刊,刊出许多反映现实的作品。如陈映真的《华盛顿大楼》系列小说,反映美日在台企业劳工生活的情景;郭枫散文《老家的树》反映祖国人民抗战期间生活的情景(此书多篇被收入大陆各版本中小学教科书)。1986年新地文学出版社又在台湾印行《当代中国大陆作家丛刊》,分七卷,收书七十部,包括:汪曾祺、王蒙、莫言、铁凝、王安忆、张承志等数十人的小说集,北岛、顾城、舒婷等人的诗集。对台湾文学承接祖国文学风格,产生相当的影响。

二十世纪九十年代,"新地"创办《新地文学》季刊,专登各地华文作家作品,又主办"21世纪世界华文文学高峰会议",2010年在台湾大学、2012年在东海大学、2014年在南京大学、2016年在马来西亚南方大学;另主办"世界华文古典文学会议",2015年在南京大学;"鲁迅文学国际研讨会",2015年在台北教育大学。

"新地"从上世纪五十年代到新世纪当下，做了一些文学人生该做的工作，达成一些少年憧憬的文学梦想。说起来这条路崎岖坎坷，走了七十年差不多心力俱竭。然而，结识了许多杰出的好友，写出了一些时代的踪影；日之夕矣，犹能在文学园地干点活儿，实在得感谢苍天厚爱护佑。

江苏凤凰文艺出版社，有意出版"新地文丛"套书，不仅在大陆出版界是饶有意义的壮举，也为两岸文学交流工作加上美好的一笔。我衷心敬佩，欣然同意主编丛书，并表示义务工作。承蒙海内外文友热情协助，半年时间"新地文丛"第一辑，已由江苏凤凰文艺同仁勤奋编制中。让我不禁赞叹，古城南京为中国文学名都，江苏凤凰文艺出版社驰名全国，盛誉非虚，其来有自。

——郭枫2018年10月9日深夜　南京

简介

郭枫(1930—　)江苏徐州人，1949年羁泊台湾。诗人、散文家、文学评论家、著作28部。2016年定居南京，偶为报刊写稿，担任全国台湾同胞联合会会刊《台声》杂志专栏作家，为南京大学特聘文学院客座教授。

目录

1   自序

上编   星辉

3   拾花感恩
7   兔儿灯
12   难忘的一杯酒
14   丁玲复出独家见闻录
18   望荷寻藕——悼孙犁先生
21   醉眼不朦胧
24   王子的舞步
27   悔未陪师赏海棠——痛悼汝昌师
32   吴导有佳片
35   端木先生的眼神
38   矿工珍爱自己——追记拜访沙汀艾芜
43   优雅的白绸围巾
46   直来直去
49   小糖火烧
52   耄耋老翁来捧场
55   登山何必非极顶

58	宗璞大姐嗷饭图
63	维熙老哥乒乓图
67	张中行先生二三事
72	蜗居来客
75	被春雪融尽了的足迹
84	漂亮时光
87	巴金与章仲锷的行为写作——一封信引出的回忆
100	有个戴鸭舌帽的人
103	元旦论灾为哪般？
106	一朵雅云
109	马季拿我抖包袱
112	我的谈伴王小波
117	幽窗棋罢指犹凉——贺王澍获普利兹克奖
121	月亮来了
124	小思不迁
127	李黎小妹饮酒图
133	人生好时光
136	"杜丝"莫问邻
139	松本清张一去不返
149	听沃尔科特受奖演说
155	兰屿有个夏曼·蓝波安
158	从忧郁中升华

下编　草影

165	敲石子的人

169	冬日看海人
172	榛子奶奶
175	坐在门槛上的送煤工
178	刺青农民工
181	铁糖阿伯
184	我的村友三儿
187	的哥青岭
190	抱草筐的孩子
193	冰爷
196	安灯泡的人
199	惜别老罗
204	徐胜马利芳
207	机嫂
211	住女生宿舍的男士
214	照镜子的保安
217	雄鸡哥
221	再给妈咪看那件衫
224	一赢
227	八渣儿
234	枫叶馒头
238	绿海孤舟
244	大束百合
246	王府喉掸
249	墨黑的山谷

251	框住幸福
253	长袖·短袖
256	大盆菜
260	美瓷不碎
263	寸移
268	颠簸
271	掐辫子
274	腋鞋
277	寄存
281	手捻陀螺
284	藤萝花饼
287	早场电影
290	第八棵馒头柳
292	一刻钟
295	野薄荷
298	小圆拢子
301	金鱼和虾
304	你在东四第几条？

自 序

应郭枫兄邀,欣然参加"新地文丛",编成此册散文集。

我与郭枫兄相识,有三十多年了。他真是个热爱文学的人士,不仅笔耕不辍,佳文叠出,还投入大力气编刊物、出书,组织文学交流活动,令我钦佩。

这次的出版方,也是熟稔的,他们出版过我的散文集《人情似纸》、小说集《妙玉之死》。这次郭枫兄与他们合作推出这套"新地文丛",对推动两岸散文创作更上层楼,意义很大。

这个集子,从近三十年来的散文作品中选出,以近年的为主。所选的,全是写人的。上编《星辉》里全是写文学艺术界名家的,写到的作家有叶圣陶、冰心、茅盾、丁玲、巴金、艾芜、沙汀、端木蕻良、吴祖光、叶君健、张中行、夏志清、周汝昌、严文井、冯牧、韦君宜、孙犁、汪曾祺、林斤澜、痖弦、范用、宗璞、李子云、邵燕祥、从维熙、王蒙、刘湛秋、小思、李黎、王小波、夏曼·蓝波安……还有外国的松本清张(日本)、罗伯·格里叶(法国)、杜拉斯(法国)、沃尔科特(圣卢西亚)……不敢自诩文笔佳妙,但所写皆是亲历亲闻,全系独家报导,非仅凭阅其作品远望其人而生的心得,至少具有文学史料的价值吧。当然,一般读者出于好奇心,通过这些文字了解到这些文学史上人物的轶事趣闻，既可破闷莞尔，亦可增智润心。

下编《草影》，则全是写名不见经传的芸芸众生的，有中产人物，更多的则是底层生命，而这些剪影，大多也是亲自交往、亲密交流的真实记录，展示其生存状态，勾勒其喜怒哀乐，意在吁求人际间多些理解与谅解，心中能旋出大悲悯的情怀，化解社会戾气，散播善美种子，当然，若干篇什，也意在探索复杂的人性，与读者一起提升对人心的认知。

感谢郭枫兄，感谢江苏凤凰文艺出版社，更感谢展读此书的读者。根据德国文学理论家姚斯（Hans Robert Jauss）所提出的"接受美学"，一本书只有在读者读它的时候，才算真正成为"著作"，而读者在阅读的过程里，实际上是参与创作，在接受作者这些文字的同时，会形成往往作者始料不及的心理和情感反应。愿接受美学的理论在这套丛书中有所应验。

2018年溽暑　温榆斋

上编

星辉

刘心武 漂亮时光

拾花感恩

又到落花时节，郊区书房窗外草地上，粉白的樱桃花瓣仿佛许多个句号。生活总是分成很多段落。每个段落里我们总会遭逢新的境况，随之或自觉或身不由己地调整自己的认知与心绪。窗外继续有花瓣谢落，窗内我整理着橱架上的图书。当我触摸到装帧极为朴素的上、中、下三册《我走过的道路》时，忽然心潮难平。

那是茅盾的回忆录。他去世以后才陆续出版，人民文学出版社按照他生前开列的名单，盖上他的印章，分寄各人，我因此有幸得到。我细读过这三册回忆录，有过很多感慨，但一直没有写过文章。尽管有"鲁、郭、茅；巴、老、曹"一说，但近二十年来除了以茅盾命名的文学奖常被人们关注外，茅盾的作品，对他的研究，都已经很不热闹，"茅学"始终没有形成。他的后人也很低调，不见出来撰文回忆、接受采访、促成昭显，以致在上面所提及的排序名单里，他几乎成了最寂寞的一位。

二十几年前按照茅盾意愿，并且以他捐献的稿费为本金创建的茅盾文学奖，目前似乎只具有符码意义，是中国大陆目前一般人公认的最高文学奖项（尽管另一种文学奖使用了鲁迅作为符码，却并不能引出普遍的尊崇）。究竟茅盾的文学理念是什么？获得茅盾文学奖的作家与作品究竟要不要符合这一理念？我提出这一问题，一定会被若干人觉得多余，甚至可笑。实际上无论是操办这一奖项的人士，还是争取这一奖项的人士，以及传媒的诸多记者，都已经完全把以茅盾命名的这个奖项，当作了一个可以容纳不同理念的作家与不同追求的作品的"荣誉筐"，其间的争论、调整及最后的宣布，都与我提出的问题了无关系。

毋庸讳言，上世纪八十年代中期以来，夏志清那本用英文写成，又被别人译为中文的《中国现代文学史》，在中国大陆产生了巨大的影响，那以前中国大陆的现代文学史里，沈从文、钱钟书、张爱玲根本没有地位，被禁锢、压抑了许久的中国大陆学人与读者，忽然读到沈、钱、张的作品，吃了一惊，原来被包括茅盾在内的左翼文学家否定、冷淡甚至根本不转过眼球去的这些作家，竟写出了具有那么独特的美学价值的精品。从那时以来的二十多年里，沈、钱、张热持续升温，而茅盾却简直是被雪藏的状态。其实在夏志清那本书里，也为茅盾列出了专章，尽管批评茅盾"为了符合共产党的宣传需要，糟蹋了自己在写作上的丰富想象力"，但也还是作出了这样的结论："尽管如此，茅盾无疑仍是现代中国最伟大的共产党作家，与同期任何名家相比，毫不逊色。"

茅盾的小说主题先行，他按照主题要求设置人物、情节与细节，并且有据此开列详细提纲的习惯，当小说作为一门艺术发展到今天这么个状况的情势下，这些都被绝大多数人视为致命的缺点。但是我最近重读他的《蚀》《子夜》，特别是《腐蚀》，却还是获得了审美上的愉悦，他的小说是有趣的，时能触及到人性的深层。我承认自己当年写《班主任》时，文思里有许多的"茅盾因子"。这也许也是他读了《班主任》后竭力鼓励，并且对我以后的创作寄予厚望的根本原因。

我虽然没有与茅盾亲密接触、深入交谈的机会，却是受过他恩惠的。这还不是指1979年3月我获得全国优秀短篇小说头奖时，他微笑着将奖状递到我手中。我最难忘的是颁奖前一个多月，在友谊宾馆小礼堂里，当时由人民文学出版社出面，召开了一个旨在鼓励创作长篇小说的座谈会，那时被"文革"破坏的文学园地一片荒芜，茅盾出席那个座谈会，并且与到会的多半是我这样的还谈不上是正式进入了文坛的新手，进行亲切而具体的讨论，他鼓励我们写出彻底摆脱了"四人帮"影响的、无愧于新时期的长篇小说。那天他在讨论中忽然问主持座谈的严文井："刘心武在吧？"我赶紧从座位上站起来，严文井告诉："就是他。"我永远不会忘记那一刻茅盾眼里朝我喷溢而出的鼓励与期望。人在一生中，得到这般注视的机会是不多的。

我得承认，《钟鼓楼》的整个写作过程里，茅盾的那股目光一直投注在我的心里，是我发奋结撰的原动力。《钟鼓楼》写完已经是1984年夏天，一直关注我这部长篇处女作的某文学双月刊告诉我，他们只能跨年度分两期连载，我心里怎么也迈不过这个坎儿，我找到《当代》杂志，求他们在1984年内把全文刊出，因为第二届茅盾文学奖的评定范围限定在那一年年底前。我憋着要拿这个奖，因为开设这个奖的人曾经那样地看重过我。我如愿以偿。我觉得自己是以符合茅盾文学理念的作品得到这个奖的，那理念的核心就是作家要拥抱时代、关注社会，要具有使命感，要使自己的艺术想象具有诠释人生、改进社会的功能性。

茅盾在二十三年前的暮春谢世。我走出书房，从绿草上收集那些美丽的花瓣，掬在手心里的花瓣沁出缕缕清香。我心中翻腾着感恩的情愫。不管时下别人如何评价茅盾，在我心目中，他是一种具有旺健生命力的文学流派的永恒典范。

          2004 年 4 月 温榆斋中

兔儿灯

冰心老前辈去秋九十寿诞,前往她家祝贺的要人、闻人及亲朋好友不少。报纸上发表了消息还有照片,她女儿吴青曾来电话问我为何一整年都不去同老人家聊聊,我半开玩笑地说自己晦气得很,去了怕对人瑞无益。吴青责我"孤拐脾气"。其实我是觉得冰心老前辈仿佛一株巨大的榕树,飞去朝仪瞻仰栖憩啜露的鸟儿甚多,我这一阵心脏正闹事,头发掉去不少,一只落翎的病鸟,在她一生结识接触的鸟群中该不占什么位置,所以从此不去也罢。

虽没有去看望冰心老前辈,却还是时常挂记着她。还常从同辈朋友那里听到她讲的一些妙语。所以今年元旦之前,我就寄了一张自绘的贺年卡给她,上面不过是"敬祝安康"的简单贺辞。没想到两天后便接到了她的短简,是用圆珠笔写的,笔锋依然刚劲有力,而且是一句逼近一句的六句话。

她的第一句话是:"心武:感谢你自己画的拜年片!"这倒平常。第二句是:"我很好,只是很想见你。"这自然令我感动。然而我的"孤拐"本性仍使我觉得"心领"也就够了。因为一天到晚跑上她家去见她的人依旧很多,拜在她门下自认干儿的我就知道好几个,我想光他们也就很可慰她寂寞(如果感到寂寞的话),我还是不必去添热闹。她短简上的第三句话是:"你是我的朋友中最年轻的一个。"这当然更使我受宠若惊。记得1984年的时候,我去看望冰心老前辈,那时吴文藻老先生还健在,她问起我的年龄,我说四十二岁,吴青就说:"呀,娘正好大你一倍!"当时两位老前辈都笑了。不过如今我已年近半百,自我感觉是风过叶落,繁花满枝的青春期已翩然远去,所以纵使有冰心老前辈这句话,我也还不打算去见她,她要是见到心目中"最年轻"的那并不年轻的面目,该多扫兴啊!然而她短简上接下来的第四句话是:"我想和你面谈,可惜我不能去你那里。"这句话的冲击力就大了。本来我心里飘过了"给她老人家回封信吧"的念头,这句话一入眼,如同风扫残云,"孤拐"劲儿荡然无存了,必须郑重对待她老人家的约请。然而,我的优柔性格,决定了我并无迅即安排这项拜望的心理节奏。冰心老前辈料事如神,所以她下面紧跟着的第五句话是:"我的电话××××××(未经她老人家允许,我不好在此直录号码,请读者诸君见谅)有空打电话约一个时间,如何?"其实她知道我有她的电话号码,但她不惮烦地又写了一遍给我,你说我若再不给她拨电话,那不成了个悖情悖理的怪物了吗?短简的最后一句话才是"你过年好!"然后是签名和日期。

我拨了电话,吴青接的,约好隔一天的下午去见她。

那天下午去了,吴青开门就告诉我,"娘就等你,没约别的人。"冰心老前辈见到我,倒仿佛我们头天才见过似的,也不提我的贺年卡和她的短简,只是随便闲聊。没聊几句,来了位记者,跟吴青熟的,老前辈也记得,跟我也不是生人。吴青说他是凑巧遇上了我,老前辈开玩笑地说:"别是故意来听我们聊天的啊!"我说:"一有记者,我就聊不起来了。一生误我是记者啊!"自然也是玩笑话。大家戏谑一番,吴青把记者朋友请到另室活动,冰心老前辈遂同我娓娓闲聊起来。

我感觉冰心老前辈挺喜欢我。其实我毛病很多,她不知道罢了。每次见面,她总同我回忆些往事。有一回她讲起童年时在烟台,一天傍晚,她一个人大着胆子上山去找她父亲。她父亲是海军军官,正在那山上的炮台值班;她因为从小就男孩子般顽皮大胆,所以穿越蒿草丛生的小径时全不害怕;她只觉得身后有个黑影,呼呼喘气地跟着她,也没回头看,一心只顾跑向父亲;父亲闻声跑下来迎她,用手中一块石板,赶走了那跟在她身后的黑影,她扑到了父亲怀里,父亲告诉她跟在她身后的是一只狼,她也并无"后怕",只觉得幸福而快乐!我记得她早年的散文中曾用数百字写到此回上山情景,却并未写及狼的细节。她说至今也还未在文字中写过,但那狼的黑影她仍记忆犹新。我问她何以她父亲手中正好有块石板?她说那是军中用来记事的,我立即悟出那是一块用化石笔书写的黑石板。又有一回她讲起第二次世界大战结束后,暂居巴黎,那时罗浮宫前的圆形大花坛中,满栽着大朵的郁金香,一共有四种颜色,使她流连忘返。冰心老前辈的这类闲聊,短短的话语,却总能勾出我丰富的想象,犹如银幕荧屏上的画面,有拉远推近仰视俯观慢动速过定格翻卷一类的效果。我很惊叹这样一位世纪老人用三言两语传达出如许浓酽意象的才能!

这一回见面,冰心老前辈向我回忆起幼年时在福州家中过元宵灯节的情景。她说那时她家宅院外的街上就有灯市,"花市灯如画",真是一点也不错!有各式各样的灯,圆的、方的、菱形的、扇面形的……十二生肖的、神佛故事的,千奇百怪,花样叠生,走马灯犹如一台戏文,莲花灯仿佛可结莲蓬,那真是最让她兴奋的日子!她说长辈们总要送她灯笼,她常常是带着八盏灯在天井中悠游。我便问她:"您两只手,怎么提得了八盏灯?"她慈祥地笑笑,告诉我:"一手提一盏外,右手总还要牵一盏灯。记得有一次牵的是个兔儿灯……"她这么一说,我脑中立即出现了一个不足十岁的冰心姑娘,手中提的两盏灯朦胧不明,而右手所牵着那盏带小辘轳的兔儿灯,却生动而分明地闪动着灯光,映照着刘海下红扑扑的脸蛋和一双清澈的眼睛!

我们自然还聊到很多别的事。一般来说,人老了,往往对远古的事反记得真真的,对近前的事倒常常忘怀,至少在同我闲聊时,我觉得冰心这位比我故去的双亲诞生得还早的世纪同龄人竟超出了这个规律,她不仅记得我母亲是 1988 年秋天去世的,记得我妻子体弱,且记得我儿子已考上了大学,学的是工科。但冰心毕竟是老了。她同我聊天中途站起来扶着不锈钢的支架去卫生间时,我发现她的脊背已然弯驼。吴青后来告诉我,那支架是从美国弄回来的,可以调整高度,但冰心本人不让调高,说人老了背驼是自然雕塑师的作品,不必人为扭转,而且支架矮一点重心往前靠,移动起来也较为省力安全。

这回我同冰心老前辈闲聊了两个多小时,她还兴味盎然。她同我聊天从无半句训诫或劝告,我也从未向她请教过什么创作问题或处世经验。她乐于同我聊聊,我也乐于同她聊聊,如此而已。我怕她累着,便起身告辞,她也不留,叫过吴青,让把她为我留着的早签好名的《冰心文集》第五卷(1990 年 2 月上海文艺出版社第一版)交给我,并说:"不值得都看。在我只有一篇希望你看,我在目录上作了记号的。"又嘱咐吴青拜托人家中午送来的大螃蟹给我两只。吴青告诉我那螃蟹是家乡福州一位杂志社的编辑一早乘飞机特给老人家送来的。到了厨房,我见一共只有五只,都肥大而且活着,便对吴青说不要给我了,吴青说:"老人家说了给你我就一定要给你,你也一定要带走,并且说了给两只你就不能只拿一只。"我只好带走了那两只肥螃蟹。冰心老前辈对我这只落翎鸟如此厚爱,这让我过意不去!

回到家,翻开《冰心文集》第五卷目录,找到记号,翻到那篇文章,一口气读了。我想那确是值得单指定我这个"朋友中最年轻的一个"细读的一篇文章。冰心老前辈的娓娓闲谈,以及这篇淡淡落笔的短文,于我都如同春风般骀荡,春水般明澈,春雨般滋润,春草般新鲜,使我粗糙的灵魂,多少增添了些磨炼的勇气和精致的向往。

等到远望柳树有绿雾成团的感觉时,再去拜望冰心老前辈吧,那时定会再次听到兔儿灯般令人回味无穷的话语!

1991 年 1 月 24 日深夜　北京安定门寓所

难忘的一杯酒

我上中学的时候,语文老师教我读叶圣陶的《多收了三五斗》,后来我当了中学语文教师,又教我的学生读《多收了三五斗》,再后来我娶妻生子,不知不觉中儿子高过了我的头,上到中学,有一天我见儿子在灯下认真地预习课文,便问他语文老师要教他们哪一课了,他告诉我:"《多收了三五斗》。"这其实还算不了什么,我的母亲,我儿子的奶奶,今年已经八十四岁了,她就几次对我和她的孙子说:"中学时代读过的课文,一辈子也难忘。我就总记得读过叶绍钧的《低能儿》。"叶圣老就这样用他的文学乳汁哺育着跨越过半个世纪的三代人。

我十年前登上文坛的时候,叶圣老早已是年过八十的文学老人了。见到冰心、巴金那样的老前辈,我已觉得是面对着文学史的篇章,深觉自己的稚嫩,而冰心、巴金又都把圣老尊为自己的老师和引路人,所以对于圣老,我实在是只能仰望,自知无论就年龄差异还是文学资历而言,辈分都真是晚而又晚。

五年前的一天,《儿童文学》杂志召开编委会,叶圣老是编委,我也忝列编委,在差了好几个辈分的圣老面前,我心中既满溢尊重又不免拘束无措。会后的便宴上,我走近圣老身前敬他一杯酒,我没想到他不仅立即认认真真地站起身来,立即认认真真地端起了他的那杯酒,并且立即认认真真地用长长的白白的寿星眉下的那双眼睛望着我,还认认真真地对我说:"刘心武同志,您好。谢谢您。谢谢您。"最让我感动的,是他不仅认认真真地同我碰杯,随后还认认真真地仰脖喝下了他那杯酒,并认认真真地把喝干了的酒杯亮给我看,还认认真真地注视着我干掉我那杯酒,又认认真真地听我多少有些慌乱有些局促有些言不达意有些结结巴巴地说出的一些仰慕的话,直到我要离开他了,他才由叶至善同志扶着慢慢地坐下。

这真是永难忘怀的一杯酒,刻在我记忆中的是一个终生认认真真谦恭待人的伟大人格。

那回的敬酒,叶至善同志自始至终随他父亲站立,并真诚地微笑着,自己却并不举杯。后来林斤澜同志告诉我,叶家的老规矩就是那样,只要是圣老的客人,无论多么年轻,都可同圣老平起平坐,但叶至善他们子女,往往是侍立在圣老旁边,并不一定随之落座。乍听去,这规矩似乎旧了点儿,不甚可取。但我后来同叶至善同志有些交往后,就深感叶家的家风,凝聚着许多中国传统文化中的美德,而他们家中父母子女姊弟妹间的精神平等和心灵交流,却又明显地汲取于西方文明中的精华。现在圣老离我们而去,在我们对他的追怀纪念当中,我以为应当加进对他那在中西文化大撞击中所形成的人格和文化心理结构的研究,而具体入微地考察与分析一下叶家的家风,即叶家的文化品格,也许不失为一个非常有价值的艺术角度。

1988 年 2 月 28 日

丁玲复出独家见闻录

1978年，我在北京人民出版社（现北京出版社）参与了《十月》杂志的创办（刚开始称"丛书"）。编辑部的人们都四出积极组稿。那时我对曾经挨过整遭过难的文坛前辈，确实不仅同情，还总愿意为他们做点什么，在我的组稿对象里，他们是重要的方面。

那时候听说丁玲也回到北京，住在友谊宾馆，为自己政治上翻身努力活动。从后来她自己及相关人士的回忆文章可以知道，她的平反历程并不那么顺遂，不是一步到位。我找到友谊宾馆丁玲住处，跟她说我是《十月》编辑，是来向她求教，跟她约稿的。她怀疑地望着我说："我的东西你们能发表吗？恐怕落伍了吧？"我说："哪能呀。《十月》的读者如果见到您的作品，不知道有多么高兴呢！"她就说："我倒是有现成的一篇。不过，给人家看过，人家不愿意就这么发表。"我说："怎么会不愿意呢？您拿给我们去发吧。"她犹豫了一下，打开书桌抽屉，拿出一篇稿件来，却没有马上递给我，仍然说："我怕你们年轻编辑看了，觉得我这种东西老旧。"停了停又说，"人家说结尾写得不好，让改呢。"我说："就给我们拿去发吧。"于是她把那篇稿子递给了我。回到家，我展读。那篇散文叫《杜晚香》，写一位北大荒的女劳动模范。从题材上和叙事方法上看,确实属于"文革"前看惯了的那类革命现实主义的作品。但丁玲毕竟是丁玲。她的文稿有着并非刻意而是自然流露的个人风格。那以前的这类作品往往以激情洋溢取胜,她这篇却非常冷静,似乎拙朴,却颇隽永,其结尾我不但没觉得不好,反而觉得是水到渠成。于是当晚我就在家里斗室给她写了一封信,告诉她我看了《杜晚香》的感受,认为这样的作品在《十月》上刊登是非常合适的,读者也早就期待着她的复出。第二天我到了编辑部就跟"领导小组"其他成员汇报了情况,大家都很高兴,我就立即编发,并且再附一封短信,寄出了那晚给丁玲写的长信。那一期(应该是《十月》的第二辑)的稿件基本上审定,过两天就可以送往印厂付印。

就在这关口,忽然出现了戏剧性的情况。一天晚上,我当时所住的那个小院门口忽然开来停下一辆小轿车,里面下来一个人,进院就问:"刘心武住在哪屋?"邻居指给他看的同时,我也闻声迎了出去。来的是刚刚恢复活动的中国作家协会的负责人之一葛洛,此前我已经认识了他,他那时也是《人民文学》杂志的副主编(主编由于张光年调去当中国作协一把手,已经换成李季),他怎么大老晚的跑我家找我来了?葛洛也不及进屋就问我:"丁玲的《杜晚香》在你手里吗?"我说:"我已经编发了。稿件现在在编辑部。"他气喘吁吁地说:"那就快领我们去你们编辑部。"我莫名惊诧:"编辑部早没人了呀。恐怕整个北京人民出版社除了传达室看门的,全走光了。什么事这么急?明天再去不行吗?"葛洛严肃地说:"明天就晚了,必须今天,现在!走,你坐上我的车,咱们边去边说。"就这样,我跟他上了那小汽车。我告诉司机怎么往编辑部所在的崇文门外东兴隆街开。车子行驶中,葛洛告诉我,几个小时前,中央给中国

15

作家协会来电话,说已决定给丁玲平反,书面通知随后会到,但现在必须立即安排丁玲复出的事宜,就是火速在即将出版的《人民文学》杂志新的一期上,刊登她的作品。而丁玲本人表示,她现成的作品就是《杜晚香》,而《杜晚香》前两天被《十月》的刘心武拿走了,还收到刘的信,说已安排在《十月》刊发。葛洛说,丁玲复出首发作品,必须由《人民文学》实行,这是中央的指示。他连连叹息,说其实他们杂志的一位编辑在我之前去过丁玲那里,丁玲把《杜晚香》给了她,没想到她很快退稿,说质量不够,要丁玲有了质量高的作品再给《人民文学》。"你看,把事情弄成了这样!"葛洛的口气很懊丧。我说,丁玲复出首发作品由《人民文学》刊登,这我理解。但这事光跟我说不行啊,需要通知《十月》总头甚至出版社总头才行啊。我一个人怎么能就把编好待发的《杜晚香》抽出来交给你们呢?他说你今天的任务就是让我们拿到《杜晚香》,其他的事情我们自然会跟你们出版社领导乃至北京市协调,肯定不会给你个人造成任何麻烦。车子开到出版社门口,发现还有车子已经等候在那里,原来人民文学出版社的负责人严文井也来了。他怎么也来?原来他也得到通知,中央决定为丁玲平反,他们出版社也要赶编赶印丁玲的书,书里也要收入《杜晚香》。我就领他们进入出版社楼里,拿我平日用的钥匙打开编辑部的门,终于取出了已经过技术处理的《杜晚香》原稿,葛洛与严文井如获至宝。至于他们在那个年代如何去复印分享,我就不得而知了。

第二天不待我汇报,出版社的诸领导都说已经知悉来龙去脉,"没什么好说的,丁玲复出国际关注,自然轮不到《十月》首发。"此事可谓当年中国大陆作家作品与政治交融的一大例证,可回味处甚多,但我现在回忆此事想特别强调的是,尽管后来丁玲与中国作家协会几位主要领导心不合面也不合,发生了许多摩擦,而我后来被调往中国作协担任了《人民文学》杂志主编,但丁玲在风向对中国作协不利,我的处境不妙的情况下,仍在一次文学界的公开活动里感念那时被《人民文学》退掉的《杜晚香》得到我的真诚肯定,她说:"我现在还保留着青年作家刘心武给我的信,或许有一天我会公布出来。"丁玲已去世多年,估计我写给她的那封信,仍可在她遗物里找到。

2009 年 3 月 19 日

望荷寻藕

——悼孙犁先生

事有凑巧,7月10日一位喜爱文学的高中学生来找我,要我推荐一点经典作品以供暑期阅读,前提是篇幅不要太浩繁,也不要跟流行的推荐篇目重复,于是我郑重推荐了中外古今的五部中篇小说,其中有一部是孙犁的《铁木前传》。孙犁的作品早就稳定地进入了中学语文课本,这个作家他是知道的,但是为什么我要把《铁木前传》跟陀思妥耶夫斯基的《白夜》那样的经典并列,他很不理解,尤其是《铁木前传》这个题目,难以望文生义,似颇枯燥,特别是当他问我:"是写什么的?"我漫应曰:"写农业合作化初期的事情。"他睁圆了眼睛,不吱声,我就知道他心存狐疑,于是跟他说:"你且找来读,读了多半会喜欢。"

没想到第二天,7月11日中午,就获悉孙犁先生仙逝的消息,而当晚那位高中生也来了电话,说一口气读完了《铁木前传》,埋怨我说:"您干吗跟我说是写合作化的,我差点以为是应景之作,亏得我偶然翻了翻,那文字像有磁性,一下子把我吸住甩不开了……这是篇写人性的佳作啊!"他还不知道孙犁刚刚谢世,我把消息告诉他,并说:"他那在天之灵一定很高兴,因为多了一个新一代的知音。"

一般人提起孙犁，多半会马上想到"荷花淀派"，会说他的文笔是清秀飘逸的，有独特风格，这也确实是他的文学创作迄今为止所获得的一个普及性的评价。其实孙犁本人是一贯不承认有个什么以他为派主的"荷花淀派"的，把他的创作风格喻为荷花蒲柳枫叶芦荻固然并不错，却只是皮相之见。人们一般都会强调孙犁的独特，尤其是，他前期创作属于现代文学史上的抗日根据地和解放区文学系列，和比如说张爱玲那样的"孤岛"作家、沈从文那样的"国统区作家"在写作身份、创作激情等方面有根本性的不同，但他的审美趣味，却跳脱于根据地与解放区其他作家作品之外，在处理激烈的抗日题材与阶级斗争题材时，饱蓄人情味，大舒人道怀，这样的写法，在那时真有点铤而走险的意味。实际上他坚持这样的美学趣味也很遭到过些严厉的批评，遇到了很大的困难。翻翻上世纪五十年代初的《文艺报》合订本，不难找到以读者投书形式刊出的，尖锐批评《荷花淀》的文章，认为以那样的儿女情来表现抗日斗争是一种歪曲和亵渎。孙犁在"文革"前的写作已经可以说是在夹缝中求生存，其作品大体上属于主流话语尚可容忍的一种边缘吟唱。他的长篇小说《风云初记》，可以概括为"写抗日斗争"，却没有多少刀光剑影，而且竟用了好几百字，细致入微地描写那样的时空里，一朵瓜蔓上的稚花如何静静地开放自己；他在《铁木前传》里用重墨塑造了一个小满儿的形象，那竟是一个用当时的文艺理论说不清道不明的暧昧角色，就是现在，有了许多的新理论可以拿来使用，想把小满儿这个血肉丰满的生命阐释清楚也非易事；正是遭遇写作困境而又不想妥协敷衍，他就一直没有接着拿出《风云后记》与《铁木后传》。

我以为对孙犁先生的最好忆念,就是把他创作中那些尚未被大多数人认知的美学价值实事求是地开掘出来。不要望见他这朵荷花,就以为领略到了他文字的真味。建议望荷寻藕,就是要寻觅到更深刻的东西。说孙犁独特,是把他放在同时代在同一处境下写作的作家群里考察,应有的观感。如果把他放到更宏大的世界、人类背景上细观,则会发现他的创作其实又有普适的一面,也就是说他跟张爱玲、沈从文乃至海明威、川端康成一样,因为能透过所处理的题材,所写的故事与人物,进入到人情、人道、人性的层面,所以也就进入了文学的本质,其独特性也就融汇于世界文学经典的"公约数"中。明乎我的这个思路,那么,对我把孙犁的《铁木前传》与萧红的《呼兰河传》、沈从文的《边城》、张爱玲的《金锁记》、海明威的《老人与海》、川端康成的《伊豆的舞女》、杜拉斯的《情人》等并列,也就应该理解,那绝不是因他仙逝我才借机呈诳,实在是自己长期阅读思考的瓜熟蒂落。

对于孙犁先生,我只是他的一个长期而稳定的读者。开掘他的文学金矿,顺秀美的荷花摸索到那深植于沃泥中的人性藕根,寄希望于真正下扎实功夫的文学史家、文学理论家、评论家与文学教授、文学博士、硕士们。这希望一定不会落空。

2002 年 7 月

醉眼不朦胧

我认识汪曾祺的时候,他还并不到花甲,但容貌却十足地使我觉得老气横秋:背已微驼,头上毛发稀疏,牙齿也已经七零八落。我头一回见到他,是在粉碎了"四人帮"后,在林斤澜家中,那时知道他是京剧样板戏《沙家浜》的剧本执笔,身份是北京京剧院的编剧,在单位里处境似乎不是太好,谈话间,他绝不提文学艺术方面的事儿,但说到烹饪什么的,却既内行,又生动。倒是林大哥有劝他写小说的话,他也不接那话茬儿。

那时候,我算是北京市文联的专业作家,有一天去单位,路过《北京文学》编辑部,只见也是老气横秋的李清泉坐在那儿,手里举着份什么稿子,就着窗外射进的阳光,两眼透过瓶子底般的眼镜,嗫着嘴唇,在那里审读,觉得他那姿势神态非常地可乐。老李1957年以前曾是《人民文学》杂志的编辑部主任,粉碎"四人帮"后到《北京文学》主持编务,真是把憋了二十多年的劲头全卯上去了。过了些天,我跟几位文友模仿起老李看稿的痴迷样儿,他们都笑软了;但同时就有人正告我:"知道吗?他签发了一篇有突破性的短篇小说!"那就是汪曾祺的《受戒》。

那个时期的文学,在"伤痕文学""反思文学""改革文学"等浪潮涌过后,《受戒》把沈从文曾挥洒过,而中断了多年的田园唯美小说,重新引回了文学百花园,令人精神一爽。年过花甲后,汪曾祺被人们普遍地尊称为汪老,他的创作生涯,竟出乎他自己意料地,进入了一生中最顺畅也最辉煌的时期,他的小说一篇接一篇地发表出来,好评如潮,崇拜者甚众。最近我看到一本书,批判十位名作家,其中一位是他。编写这种书的批评家,对非进入经典名册或非为世人所耳熟能详的作家作品,是绝对不屑一顾的;汪老仙逝已有数年,不知他在仙界读到时,会现出怎样的表情?

1982年,我曾和汪老、林大哥等人,应四川作协邀请,在全川兜了一大圈。二十多天里,我熟悉了汪老的人间表情。汪老嗜酒,但不是狂喝乱饮,而是精于慢斟细品。我们到达重庆时,正是三伏天,那时宾馆里没有空调,只有电扇,我和一位老弟守在电扇前还觉得浑身溽热难耐,汪老和林大哥居然坐到街头的红油火锅旁边,优哉游哉地饮白酒,涮毛肚肺片;我们从宾馆窗户望出去,正好把他们收入眼底,那"镜头"直到今天依然没有模糊。后来他二人酒足肉饱回来,进到我们屋,大家"摆龙门阵",只见酒后的汪老两眼放射出电波般的强光,脸上的表情不仅是年轻化,而且简直是孩童化了,他妙语如珠,幽默到令你从心眼上往外蹿鲜花。

后来更发现这是一个规律:平常时候,特别是没喝酒时,汪老像是一片打蔫的秋叶,两眼朦胧昏花,跟大家坐在一处,心不在焉,你向他喊话,或答非所问,或竟置若罔闻。可是,只要喝完一场好酒,他把一腔精神提了起来,那双眼就仿佛又充了电,思路清晰,反应敏捷,寥寥数语,即可使满席生风,其知识之渊博之偏门之琐细,其话语之机智之放诞之怪趣,真真令人绝倒!

1987年，我访问美国时，应邀到爱荷华大学写作中心参加一个三天的活动，在那里遇到汪老，他是被邀住进那里的"五月花公寓"，作三个月长客的。为到美国他安了满口假牙，衣装也比在国内光鲜，但见到我时连说："哎，我已经倦游！"其实他说这话时才在那里待了不过十来天。那里缺少中国白酒，即使弄到了，又哪来重庆火锅那样的佐酒物？更何况缺少林大哥那样的"珠联璧合"的酒友。

1994年，汪老、我，以及另外几位大陆作家，应台湾《中国时报》人间副刊邀请，去台北参加"两岸三边华文文学研讨会"，在香港机场转机时，汪老可真是老得糊涂了，过海关闸口时，他既拿不出护照，也找不见机票，懵懂得够呛，我和山西作家李锐两人，忙在他身上翻口袋，总算替他找全了应供检验的东西。但在台北活动中，酒后提起了精神，他仍能容光焕发，出语惊人。

据说，汪老写他那些小说，都是在酒后，双眼不仅不朦胧，而是熠熠放光时，一挥而就的。我以为，若有人研究中国文人与酒的关系，汪老绝对是一个值得深入剖析的例证。

1999年

王子的舞步

林斤澜如今进入耄耋之年了，论轮廓，却还能引人发出"美男子"之叹。1978年，我在《十月》杂志当编辑，当时他五十多岁，先是一位年轻的女编辑去向他约稿，回来惊叹他"远看像赵丹，近看像孙道临"，后来我去拜访他，回到编辑部也说他实在是风度翩翩，引得大家很兴奋了一阵。时下的年轻人恐怕已不太清楚故去的赵丹是谁、什么模样，孙道临也老了，不再有《早春二月》里肖涧秋的那番容貌，倘欲让时下的年轻人懂得那位女编辑的意思，可以置换为"远看像毛宁，近看像濮存昕"，那么，作家林斤澜，真有那么俊俏么？

林斤澜大我十九岁，我一直称他为林大哥，接触多了，渐渐地知道，他少年时代，在戴爱莲麾下，学习过芭蕾舞，并曾有过若干次公开表演的经验，这就难怪他不仅轮廓俊秀，身材也非我等蠢男可比，站有站相，坐有坐相，却又毫不做作，称为"美男"，实不过誉。

不过，倘我一味如此这般地来"剪"林大哥的"影"，纵使他一笑赦之，热爱他的读者，也定会斥我亵渎兄长低级趣味。是的，自从林大哥弃舞从文以后，他的美，就几乎全倾注于文字当中了。他的文字，一般人初读，或许会诧其怪味而觉得有些个"格涩"，然而一且读了进去,落其彀中,则可能会嗜其风味而染上瘾来,那真是唯有他才铺排得出那样的文字。所谓独特风格,绝不与任何他者混淆重复,这是写作者最难做到的,而林大哥似乎是很早,就很轻松地做到了。我曾把林大哥的文字风格形容为"怪味豆",如果把这个符码通约为戏剧电影中对演员表演的评价,那么,就是说他并非"偶像派"而是"演技派",而且其演技又能在变化中以强烈的个人风格一以贯之。

契诃夫在其剧作《万尼亚舅舅》里,借一个人物嘴里说过:"人的一切都应该是美的:面貌,衣裳,心灵,思想。"当然,我们更看重心灵美。林大哥的心灵美,给我印象最深的,是对比他辈分晚的青年作家的不嫉妒,而且还常常竭力地加以扶持。他担任《北京文学》主编的那些年里,很推出了一批有才华的作家的创新之作。他的不嫉妒和鼓励后进,从来都不是"作秀"性质的,而是真心的、切实的。记得1979年,我那时因为发表了《班主任》,正所谓"红得发紫",林大哥为我能得以进入文坛由衷地高兴,一次他在家招待他的五十年代的文友,把我也请去了,饭桌上,有一位大捧我:"你是我们大家的班主任!"弄得我晕头转向的,事后林大哥对我说,《班主任》"思想大于形象",他让我好好琢磨琢磨沈从文的《边城》,萧红的《呼兰河传》,梅里美的《伊尔的美神》……1980年我发表了《如意》,很得意地问他:"怎么样?有进步吗?"他直率地告诉我还不到位,直到1981年我发表了《立体交叉桥》后,他才对我说:"这下算是小说了!"鼓励我在摸到的门径里继续前行。

一晃,和林大哥相交二十多年了。岁月无情,人事多有白云苍狗之变。那位曾在五十年代早已露头角的同辈前,把我这七十年代才进入文坛的新作者肉麻地尖声吹捧为"你是我们大家的班主任"的主儿,早把我弃若敝履甚至还加害不浅,可是当年郑重地奉劝我不要得意忘形、刻苦琢磨小说美学的林大哥,却风雨无阻地与我保持联系,前几个月我们还在一家我原来教过的学生开的淮扬风味的饭馆里小聚,在座的有比我小了二十岁的评论家张颐武,比张颐武又再小下七八岁的"新生代"小说家邱华栋,按说是老少三辈的人了,可是大家却言谈甚欢,完全没有代间的隔阂。事后,我跟邱华栋提起,当年林大哥是跳过芭蕾舞的,他恍然大悟似的说:"怪不得!一点没觉得他老,那股子美学上苦苦追求的劲头,令人联想起《天鹅湖》里王子高贵的舞步!"

是这样。王子的舞步!林大哥,你会继续下去。

1999年

悔未陪师赏海棠
——痛悼汝昌师

前些天还在《今晚报》上看到周汝昌师的散文，今天下午忽然得他仙逝的消息，虽说早几月跟他女儿周伦玲通电话时就知道，他已经多时难以下床，时发低烧，心理上有所准备，但总又觉得他头脑还那么清楚，文思还那么蓬勃，不至于就怎么样吧。打电话给伦玲致悼，她说父亲确实大脑一直保持着最佳状态，前些天还跟她交代新书的章节构想，只是其他器官明显在衰竭，本来就属孱弱的书生，毕竟九十多个春秋了，"丝"未尽而"蚕"亡，也在规律之中。她说不打算在家中设灵堂，不开追悼会，让老人静静地离去。

我本来只是个《红楼梦》的热心读者，1992 年才开始写出发表一些关于《红楼梦》的文字，那时《团结报》的副刊接纳了我，允许我开设《红楼边角》的专栏，连续发表若干篇后，忽然一天得到周汝昌先生来信，他表扬我"善察能悟"，能注意到《红楼梦》中的小角色，如卍儿、二丫头，甚至有一篇议及"大观园中的帐幔帘子"，鼓励我进一步对《红楼梦》细读深探。得他来信，我异常兴奋，马上给他回信，一致谢，二讨教，他也就陆续地给我来信，我们首先成为忘年"信友"。他开始写来的信，还大体清晰，但是，随着目力越来越衰竭，以至一只眼全盲，一只眼仅存 0.01 的视力，那时写文章，大体已是依靠伦玲,他口述,伦玲记录,再念给他听,包括标点符号,他再修订,最后抄录或打字,成为定稿,拿去发表,但他给我写信,却坚持亲笔,结果写出的字往往有核桃那么大,下面一字会覆盖住上面半个字,或忽左忽右,一页纸要写许久,一封信甚或会费时一整天,由伦玲写妥信封寄到我处。阅读他的信,我是既苦又甜,苦在要猜,甜在猜出誊抄后,竟是宝贵的指点、热情的鼓励、平等的讨论、典雅的文本。二十年来,汝昌师给我的信,有几十封之多,我给他的信,应有相对的数目,其中一次通信,拿到《笔会》发表,还得了一个奖。过些时,会与伦玲女士联系,将我们的通信加以汇拢、编排,出成一本书,主要是展示汝昌师的学术襟怀与提携后辈的高尚风范。

我关于《红楼梦》的文字,始于"边角",延伸到人物论,又进一步发展到角色原型研究,最后聚焦到秦可卿,试图从秦可卿的原型探究入手,深入到曹雪芹的素材积累、创作心理、艺术手法、人生感悟、人性辨析、终极思考各个层面。对于我这样一个"红学"的门外汉,汝昌师不但能容纳我的"外行话",而且为了将我领进"红学之门",不仅是循循善诱,更无私提供思路乃至独家材料。在对秦可卿研究的过程里,要涉及康熙朝两立两废的太子胤礽(后被雍正改名允礽)的资料,汝昌师为帮助我深入探讨,将自己掌握而尚未及在文章中运用的某些独家资料与考据成果,在信中毫无保留地写出,并表示随我使用。在汝昌师还是个大学生时,胡适曾无私地将孤本手抄《石头记》即"甲戌本"借给他拿回家使用,有人问:"现在还有像胡适那般无私提携后辈的例子吗?"我以为,汝昌师对我的无私扶植,正与胡适当年的学术风范相类,我将永远铭记、感怀！

　　我所出版的关于《红楼梦》的书，在CCTV－10《百家讲坛》录制播出的节目，以及去年推出的续《红楼梦》二十八回，利用了许多汝昌师的研究成果。我告诉他将使用其学术成果时，他欣然同意，从某种程度上说，我如今被一些人认为是"红学家"，其实是汝昌师拼力将我扛在肩膀上，才获得的成绩。当然，我们大方向一致，却也有若干大的小的分歧：大的，比如他近年发表著作认为《红楼梦》的第一女主角应是湘云而非黛玉，宝玉真爱的并非黛玉而是湘云，我就不认同；小的，如他认为宝玉有个专门负责帮他洗澡的丫头，通行本上叫碧痕，他认为应作碧浪，跟宝钗问拿没拿她扇子的那个丫头通行本作靛儿，他认为应作靓儿，我却觉得仍应叫碧痕与靛儿，等等；我们都认为《红楼梦》最后一定会有《情榜》，但拟出的名单也有不少差异。

　　我可算得汝昌师的私淑弟子，但正如他所说，我们是"君子之交淡如水"，虽然通信不少，他还常为鼓励我吟诗相赠，隔段时间会通电话，多半是他家子女接了，把我的话大声重复给他听（他耳早聋），他作出回应，子女再转达给我。但有好几次，他觉得不过瘾，非要子女将话筒递他手中，亲自跟我对话，极其亲切，极其真率，写此文时，那声音仿佛还在我耳边回响。但我们相交二十年，见面却不过屈指数次。我第一次到他家，发现他家家具陈旧，不见一件时髦的东西，也未见到可观的藏书，颇觉诧异。后来又去几次，悟出他的乐趣，全在孜孜不倦的学术研究及文学创作中，当然"红学"是他最主要的乐趣，但他拒绝"红学家"的标签，他对《红楼梦》的理解是中华文化的百科全书，他研"红"也就是研究中华大文化。他还是杰出的散文家、书法家和书法理论家。

汝昌师学术造诣极高,却不善经营人际关系,尤拙于名位之争,看他在《百家讲坛》讲"四大古典名著",缺牙瘪嘴,满脸皱纹,但他一开讲,双手十指交叉,满脸孩童般的率真之笑,句句学问,深入浅出,大有听众缘,以至有的年轻粉丝赞他风度翩翩。他家里人,也都憨厚。我知几年前有一事,他们那个居民区,有些不养狗的人,对某些养狗的邻居,弄得吠声扰眠、狗屎当道深恶痛绝,便起草了一封信件,直递市政府,要求禁止养狗,到他家征求签名,汝昌师根本听不见,不知何事,子女接待,也未及细看信件文本,便代他签了名,哪知传媒报道了此事,可能是签名者中周先生名气最大,就以"周汝昌等吁禁止养狗"为标题,我看了那呼吁禁狗的信件引文,起草者大概是个恨狗者,把狗说得一无是处,结果引出网络上一片哗然。爱狗者群情激愤,将周先生骂个狗血喷头,有的还打听到他家电话,打去兴师问罪,我后来给周家打电话,回应是"此号码不存在",想了若干办法,才接通周伦铃,她说不得已换了号码,且不忍跟父亲说明。其实汝昌师耳聋目眇,且极少下楼活动,哪里会因犬吠狗屎而觉困扰,更哪里会恨狗并恨及养狗为宠物者?代人受骂,直至仙去尚浑然不知。但就有学界某人知其事一旁嘲讽:"养狗有何不好?我就养了好几条藏獒。"

记得几年前最后一次去拜望汝昌师,他说春天到了,海棠即将盛开,真想跟我一起去看海棠花!他说即使只看到模模糊糊的一派粉白,也是好的;又说海棠不是无香,而是自有一种特殊的气息,淡淡的,雅雅的。我当即表示待海棠开时,找辆车陪他一起去赏海棠,他说知道北土城栽种了大片海棠,我说原摄政王府花园现宋庆龄故居的海棠树大如巨伞,花期时灿烂如霞,也是一个选择。我深知汝昌师最钟情《红楼梦》中的史湘云,而海棠正是湘云的象征之一。但后来我竟未能践约,如今悔之晚矣!

        2012 年 5 月 31 日 急就

吴导有佳片

电影导演？姓吴的？吴贻弓？吴天明？老一辈的？那……拍过《神女》的吴永刚？还不对？谁？吴祖光？是吗？

吴祖光先生的名气不消说了，一般人听了都会觉得如雷贯耳，但现在人们可能会一听到他的名字，首先会想到他是一位剧作家，而且在抗日战争时期是一位神童剧作家，有《风雪夜归人》等著名的话剧剧本问世，后来他与著名的评剧艺术家新凤霞结为伉俪，又整理了《花为媒》等很多脍炙人口的戏曲剧本……当然，还会想起他曾蒙受冤屈饱经磨难，雨过天晴后，其正直率真的品格更其光大，又有许多佳文妙著问世；但他曾是正儿八百的电影大导演，对这一节许多人却印象不深，甚至不曾知晓。

祖光先生在二十世纪四十年代，曾在香港执导过不少电影，如以古喻今、鼓吹抗日情怀的《国魂》，反映劳苦民众艰辛生涯的《虾球传》，充溢着青春气息的《莫负青春》，等等。1949年新中国成立后，他在周恩来总理的亲切关怀下，和若干进步的文艺工作者从香港兴奋地回到内地，被分配到北京电影制片厂，积极地投入了繁荣新中国文艺事业的创造性劳动中。开头，领导指派他拍摄反映解放前天津搬运工人与把头恶霸进行斗争的影片《六号门》，他很感激组织上的信任,但他提出来自己实在不熟悉天津搬运工人的生活,剧本虽好却摩擦不出灵感的火花,一再推辞。可领导上仍坚持要他去导,结果终因"不对路"半途而废;现在我们所看到的影片《六号门》是换导演后另拍的。此事被周总理知晓后,建议给吴祖光"对路"的活计,那就是拍摄《梅兰芳的舞台艺术》。祖光先生打小就喜爱京剧,他最著名的话剧剧本《风雪夜归人》,那灵感就来自他少年时代泡广和楼剧场的生命体验,他跟梅兰芳等京剧界人士本来就是朋友,拍摄这个题材的影片于他不仅创作冲动饱满,艺术处理上也得心应手。但那个时代我国有点"全盘苏化"的倾向,各行各业都时兴请苏联专家,为拍《梅兰芳的舞台艺术》,也请来了几位苏联专家,他们虽然对新中国很有感情,在彩色胶片的拍摄洗印方面也很有经验,但对京剧艺术他们实在是非常地外行。对他们出于善意却往往并不高明的指导,祖光先生真是穷于应付,结果所拍出的片子,恰恰在色彩处理上徒有西洋油画的沉郁格调而缺乏东方艺术的亮丽典雅,留下了难以纠正的遗憾。

《梅兰芳的舞台艺术》后来除剪成上下两集外,又将《洛神》单独成片发行,《洛神》一片体现出祖光先生对苏联专家外行指挥的"天鹅绒式抵制"获得了成功,看起来舒服多了。

但我以为祖光先生近乎完美的电影作品是《荒山泪》。拍完梅兰芳的戏,一次周总理请吴导吃饭,提出也应给程砚秋留下舞台艺术的记录,但那时程砚秋身体发福,加以本来就人高马大,周总理叹息道,恐怕没法子拍电影了,吴导笑应道:"电影片子,电影骗子也!有的是办法!"周总理和在场的其他人就鼓励他拍程砚秋。本来程派最具代表性,场面热闹,唱腔也最好听的是《锁麟囊》,但依那时的文艺理论评判,该剧被认为"有阶级调和倾向",于是最后决定拍《荒山泪》。拍摄过程中不再有苏联专家插手,吴导与程先生及整个剧组合作得非常愉快,封镜后剧组集体到颐和园聚餐,餐后乘船畅游昆明湖,程先生酒醉后竟躺在船上睡着了……忆起这些往事,祖光先生如今还恍若沐浴在那一天的快乐中。

我最近购得《荒山泪》的 VCD 盘,已几次捧茗细赏,深感是戏曲艺术片的杰作,无论镜头的移动,布景的设置,光影的浓淡,色彩的典雅,都达到无懈可击的地步。尤其是,把确实身高体丰的程先生,巧妙地拍摄得十分中看,当然,这更取决于程大师那出神入化的表演艺术,他竟使我们在幽咽婉转的唱腔、优美流畅的身段、含蓄丰富的表情中,深信他就是剧中那个善良而刚强的农妇。祖光先生说,当时因为拍摄得非常顺利,以至拨给的彩色胶片还剩下许多,于是又利用那些节余的胶片拍摄了一部风光片《春到滇池》。

2000 年

端木先生的眼神

我向一位年轻人推荐端木蕻良的短篇小说《鹭鹭湖的忧郁》,他问:"是翻译过来的日本小说吗?"我告诉他端木先生是中国作家,他又问:"中国作家怎么取了个日本名字?"我再告诉他,端木蕻良这个笔名的含意是"端正竖立的红高粱",端木先生是抗日战争时期,流亡的东北作家群里的一员,他们的意识、创作都是非常本土化的。年轻人读了《鹭鹭湖的忧郁》以后,有些惊异地跟我说:"原来他写过这么好的小说。"

不少好的文字,被时髦的畅销文字遮蔽到几乎不存在的地步。我自己近来也有畅销的文字,能畅销,我高兴;但就我自己而言,畅销的文字也把其实颇好的文字遮蔽住了,这又让我很伤感。我觉得自己最好的长篇小说是《四牌楼》,但它却没有畅销。"你是不是写不出小说了才研究《红楼梦》?"这是我遇到的最多的问题。其实我年年在发表小说,2004年有一部中篇小说集《站冰》由人民文学出版社出版,那以后我新写的中短篇小说又可以编个集子,准备明年出版。但是,我的小说没轰动,构不成传媒的热点,因此许多人就根本不知道我有那样的新作发表。

什么是幸福?在我看来,幸福就是能把为社会服务和自己的爱好结合起来。我在1980年到1986年,曾被北京市文联接纳为专业作家,得以和许多前辈作家"一口锅里吃饭",端木先生就是"同锅"的老作家之一。那时候端木先生已经七十上下,经历过连续多年的蹉跎劫波,终于迎来改革开放的新时期,得以安心写自己喜欢写的东西。文联让专业作家报创作计划,他报的是长篇小说《曹雪芹》,他早已开笔,但构思恢弘,工程艰巨,他一定是感觉到时间紧迫,所以抓得很紧。那年头一方面新潮涌动,一方面极左僵化的幽灵仍颇活跃,端木先生的创作选题,我听到过两种私下非议,一是觉得"并无新意",一是认为"脱离现实",但对他那一辈的老作家,从上到下都听任其便。我那时候报的选题是"表现北京市民生活的长篇小说",申请联系的体验生活的单位是隆福寺百货商场,就多少经历了一点曲折。出于对我的关心爱护,有领导就觉得为什么不到工厂、农村和部队去体验生活,特别是那时候南方正有自卫反击战,年轻轻的,似乎应该主动到前线去。我就说写什么题材,至少需要两个基点,一是能够跟自己以往的生活体验衔接,一是自己喜欢去写,后来对我选题不甚满意的领导也想开了,表示:城市题材也是需要的啊。所以后我去隆福寺百货商场体验了一阵,再后来就写出了《钟鼓楼》。《钟鼓楼》出版后,我给端木先生一本请他指正,他题赠了一本《曹雪芹》上部给我,那正是我所期盼的。

虽然端木先生比我大三十岁,完全是两代人,但读他的《曹雪芹》,心却被共同爱好拉得很近。那时候就有人跟我说:"端木他写完《曹雪芹》,就打算续《红楼梦》呢!"我跟端木先生统共没说过几句话,其中一次是当面问他:"您还打算续《红楼梦》?"他只微微一笑,没答言,但他那一瞬的眼神,实在传达出了太多的意蕴。现在回味起来,他似乎在对我说:是的,因为喜欢;不要刨根问底,那是我个人的事;还只是一种意向,因为手头的工作还没有做完;别大惊小怪,世界上的写作原该多种多样;并无取代谁的意思,只不过是想通过这种方式抒发自己对曹雪芹的理解……

最近我有一本新书《刘心武揭秘古本〈红楼梦〉》由人民出版社出版,这是一本对周汝昌先生根据十一种古本汇校的求真本《红楼梦》的一个评点本,我认同周老关于曹雪芹写完了《红楼梦》、全书是108回的判断。在我新书的最后一部分把关于曹雪芹的后28回内容的探佚成果通过回目、梗概呈现了出来,这不是续写,也没有在书里宣布我要着手续写,没想到有人向媒体乱报料:刘心武要续写《红楼梦》啦!结果这条假新闻引出轩然大波。

于是又想起了故去十年的端木先生,想起了二十几年前那一瞬他的眼神。但愿我这篇关于端木先生眼神的短文,能让人们在假新闻广为流布的情况下,对我的真实状态有所理解。

2000年

矿工珍爱自己
——追记拜访沙汀艾芜

"那件事,你就不要问了。"林大哥听说我要去成都,笑呵呵地嘱咐我。

怎么可能不问呢?当时只觉得那是一桩趣事:1961年,五十七岁的艾芜领着三十八岁的林斤澜和一位三十郎当岁的女作家,一起到云南体验生活。艾芜年轻的时候曾从云南浪迹缅甸、马来西亚,1932年出版了根据那段生活写成的富有传奇色彩的《南行记》。三十来年后他旧地重游,领着林大哥和那位女作家抵达中缅边境,住下来观察体验世道风气的变化,本是再自然不过的事情,而林大哥那时候是初到云南边陲,满眼新景,满心欢喜。一天夜晚与艾老对酌,把酒论文,胸臆大畅,酒后精力充沛,遂取傣族长刀,在大榕树下舞动起来,那本也是文人浪漫常态。没曾想,回到北京,那位女作家竟向中国作协举报,说那天林斤澜表现异常,有越境叛逃之嫌。作协立即展开调查,首先当然是询问艾芜,艾芜担保林斤澜绝无叛逃境外之想法,更无丝毫相关的可疑举止。那位女作家,却在很长的时间里,都觉得自己的怀疑举报,正体现着"阶级斗争的弦应随时绷紧"的义正品质。

1986年秋天,我以《人民文学》杂志常务副主编的身份到成都组稿,特别用两个下午的时间,分别去拜访景仰已久的老作家沙汀和艾芜。说实话,去见他们,约稿倒在其次,主要是欲一瞻风采,并从言谈话语间,捕捉些创作经验。他们都是1904年出生的,与我父母正好同龄,那一年都已经八十二岁了,执笔自然已经有些个困难,但思维依然条清缕晰,谈吐兴致盎然。

那时沙、艾二老都住在成都作协的宿舍大院里,家中朴素无华,没有任何一样东西令我眼睛一亮镶嵌在记忆里,但他们本人都仿佛充满气根的大榕树,给我留下独木亦可成林的深刻印象。

头天下午是去拜访艾老。我告诉他自己非常喜欢《南行记》和《南行记续篇》,也看过他到鞍钢体验生活写成的长篇小说《百炼成钢》,他笑道:"你怕不喜欢啊。你知道吗?我原来还打算写个修造十三陵水库的长篇哩,素材一大堆,提纲都有了,终究还是放弃了。"我开头有些拘束,艾老平等地跟我交谈,蔼然可亲,随意而又真挚,我也就渐渐放言不羁。聊到川籍作家,我们都推崇李劼人,艾老说:"你看《死水微澜》多圆熟,《暴风雨前》也不错,到《大波》,就好比绣工虽好,裂成片片,不成整幅了。"于是归纳道:"作家还是要写熟悉的东西。"我回忆起读过的老作品里,有叶永蓁的《小小十年》,写加入和离开黄埔军校的故事,还有穗青的《脱缰的马》,写抗日时期一个逃兵归队的故事,还有欧阳凡海的《无辜者》,写底层包括穷困的知识女性生存的艰难,看得出,这些作家写的都是自己经历过的生活,因为熟悉,所以生动。但是艾老又说,这些作家,大都一部力作之后,就沉寂了,因为作家总写自己,总写自己所熟悉的,会写空的,因此作家去自己小世界之外的大社会里,体验大时代的新东西,也就实在必要。问题是,往往又会遇到问题。那问题是什么？他只含蓄地告诉我："要写相信的。"后来我常常回味艾老的这话。再读《大波》，我就悟出，本来李劼人是可以还像《死水微澜》那样，写显微镜下看到的真实，但是执笔整理《大波》时，就仿佛有无形的手，非要他写出大全景，道出"历史规律"，他就为难了。他只能有限度地写，"写相信的"，拿不准的，不相信的，就回避，于是文本就碎片化了，真的很可惜。回顾我自己的写作历程，真真惭愧至极，1977年之前，写熟悉的、相信的甚至独力思考的文字不是一点没有，但发表都极难，于是为了追求公开发表，就去写自己并不真正相信的。那天跟艾老交谈甚欢，不知不觉两个多小时就过去了。觉得艾老有疲惫之态，赶紧告辞。但是走出院门以后，猛然想起，竟忘了问及那年林大哥边境小村月下舞刀的公案，难道单为这事，再去叨扰艾老吗？遗憾！

第二天下午去拜访沙汀。艾芜原名汤道耕，沙汀原名杨朝熙，沙汀这个笔名，应该是"砂丁"的意思，砂丁也就是矿工，在"劳工神圣"口号响彻神州的大革命时代，取这样笔名再自然不过。沙老1927年就加入了共产党，原来见到1938年入党的老革命就觉得资格了得，比起沙老来"三八式"却得算是后进了。艾芜和沙汀同年出生，是四川省立第一师范学校的同窗，1931年在上海邂逅，抵足而眠，彻夜论文，并且联名给鲁迅写信就小说创作题材讨教，鲁迅先生很快给了他们回复，这是现代文学史上著名的篇章。但是我是直到近年才知道，艾芜这个笔名的取意，却是来自胡适的一句箴言："人要爱大我，也要爱小我。"艾芜应是"爱吾"的谐音。比起"砂丁"自居，"爱吾"的命意确实颇为"布尔乔亚"（小资），这恐怕也是艾芜直到沙汀党龄已经逾半个世纪后，才入党的一个缘由吧。

艾老给我的整体印象，是清癯儒雅。我以为沙汀会具有我想象中的老革命风范，谁知见到了，交谈了，却越来越觉得他像是成都茶馆里的普通老人。他知道我生在成都，问我重回成都的印象，去没去茶馆的旧竹椅上坐坐？结果我准备请教他的文学创作问题竟都没有来得及提出，倒是一起津津有味地聊起了成都风情。我说我在望江亭露天茶座，看到几个掏耳朵的师傅游弋在茶座间，有的茶客就招呼那师傅给掏耳朵，那么长的耳挖子，师傅专注得歪起嘴巴，顾客受用得眯起眼睛……沙老就笑："对头，对头。"我说读过他的长篇小说《淘金记》，里头有个何寡妇，记得在他笔下，就特别写到发髻上插个耳挖子，有时候还要取下来用一下，给我留下鲜明的印象，只是不记得那耳挖子是银的还是锡的还是别的什么材质的了。沙老也不澄清我的模糊回忆，只是说，写现实主义的小说，就是要注重细节，要逼真的细节，缺了这个，拿概念来搪塞，胡乱想象，那都是不行的。回想沙老的那些作品，白描的功夫了得，真个逼真到家！

那年从成都回到北京，就准备第二年杂志的改版，谁知常务副主编的身份刚转换成主编，新的杂志甫出，就酿成一个事件。哪里还顾得整理拜访沙、艾二老印象。又过两年，居然有人诬告我要叛逃。不论我走红还是倒霉，总对我关照的林大哥感叹："有的人对别人的想法就那么阴暗。你现在遇到的更是荒诞，恐怕是还有私心。"更滑稽的是，一前一后诬我们要越境叛逃的，一度竟又有着极其亲密的关系，而他们亲密时，林大哥和我对他们则都十分友善。

二十八年过去，今天才终于从容地把拜访沙、艾二老的情形追记下来。沙、艾二老1904年同生于成都附近,又同于1992年仙逝,一个自命矿工,体现出亲和社会脊梁的霞色理想,一个既爱大我即族群,也珍惜自我保持尊严,他们交融互补,是文学史上必将永镌的双子星座!

2014年6月27日 写于温榆斋

优雅的白绸围巾

提起冯牧,就不免想起上世纪七十年代末八十年代初,改革开放初期的那些难忘岁月。但这只是我个人的情感角度。冯牧在我还是个小孩子的时候,就已经是个著名的文学伯乐,他在云南扶植培养了一大批军旅作家,引起京城文坛瞩目,于是他从边陲调往首都,在《文艺报》任职,进一步成为了著名的文学批评家。宗璞大姐那时和他是同事,据宗璞大姐回忆,有一回《文艺报》开会,会议室门开着,因为冯牧刚来不久,路过那门口的一位总务人员不认识他,却印象非常深刻,对迎面走来的宗璞小声报道说:"有外宾哩……"宗璞大姐顺那人所指一望,"外宾"者,冯牧也。那年月,夏天大家都无非一身短袖衬衫,发型也相差无几,冯牧怎么就偏给人一种"外宾"的感觉呢?这恐怕是,他确实有种不同寻常的气质。

冯牧是美男子吗?我认识他的时候,他已年届花甲,依我看来,他既不阳刚,也非柔媚,风度不错但难说达于翩翩,气质不俗却也未必十分地高贵,总之,我实在不明白怎么有那么多女士喜欢他,而且,有的哪里只是喜欢,确确实实地,是爱他,追求他。一位不期而至,干脆把行李带到他家;一位追踪他到出差地,缠住不放……我去拜访他时,目睹过那突然袭来的热烈追求,更经常看到本地或远道而来的若干女士,虽然不是追求他想怎么样,但那跟他交谈时的眼神表情,真是特别地异样,仿佛沉溺在一种最甜蜜的心灵享受之中。从俗世的角度说,这是有艳福吧。但冯牧有过一段极其失败的婚姻,而且,他似乎根本无法再全面接受任何一位女士,在这方面,他的命运有种诡谲而神秘的色彩。

我能走上文坛,与冯牧的扶植是分不开的。我们一度过从颇密。1983年法国南特电影节决定把根据我的小说改编的影片《如意》在开幕式放映,我应邀去法国,行前去冯牧那里,他竟非常地羡慕,告诉我他父母当年长住巴黎,但他没去过法国。那时冯牧在中国作协负责外事,他却从未自诩为什么"作协的外交部长",更没有"近水楼台先得法国月"。他在运用权力的问题上不仅是廉洁自律,而且有时可以说腼腆退让得令人吃惊,比如后来有人接手了作协外事工作,在上海金山开了个国际汉学家会议,与会的许多汉学家都是知悉冯牧在新时期文学中的拓荒牛作用的,都等着在会上跟他讨论交谈,但那位在作协领导班子里名次远在冯牧后面的操作者,却在长长的与会名单里"忽略"了冯牧,我得知后问冯牧:"你怎么就算了?"他只苦笑了一下而已。

冯牧出身于书香门第,敌伪时期他家住在西单一带的漂亮宅第里,他在德国教会学校辅仁中学上学——那学校解放后收归国有,改名北京十三中——我一度在那里当老师,所以有跟冯牧"前后师生"之谑。那时冯牧青春年少,春秋天一袭浅色长袍,脖颈上一条白绸围巾,学业优秀,而且师从程砚秋学唱程腔,造诣非凡。但他终于还是投身在了抗日救亡的时代大潮中。他告诉我,有一天日本宪兵搜索到他家,进了他的书房,他所藏匿的那些抗日传单几乎就要被搜出时,他家的一位男仆机智地捧来了一茶盘的香茗,使日寇的搜查不由得停顿,坐下喝了那些茶后,也就没再搜查下去。就在第二天凌晨,他转移了传单后,便坐上家里自备的黄包车,去了火车站,后来辗转投奔了延安,从此掀开了他生命史上新的篇章。

冯牧去世好几年了。现在许多年轻人已经不太知道他,但当代文学史上不能略去关于他的一笔。在我的人生记忆里,仿佛总嵌着那样一个他离家投奔理想的画面,一条优雅的白绸围巾,飘动着,令人无限怀念……

2000 年

直来直去

我姨妈在世时,是个活泼多话的人。1958年,那时候她下放河北怀来,回北京休息时,跟我们提起同住一室的,是个女作家,叫韦君宜。姨妈形容说:"啊呀,那个作家,话少! 偶尔开口,直来直去,不拐弯儿的! 我原以为作家说话都跟写文章一样,总是妙趣横生呢!"姨妈是个搞植物保护的科研人员,可是对文学艺术很感兴趣。那时她和韦君宜怎么会在下放时住到一起? 想来是为了不让搞文学艺术的人扎堆儿,更有利于他们的思想改造吧。韦君宜给我姨妈那样的印象,一是她性格里有直来直去的一面,另外,我姨妈哪里知道,在那之前,韦君宜因为在作家协会主编《文艺学习》,在刊物上组织过关于王蒙反官僚主义的小说《组织部来了个年轻人》的讨论,以及其他的一些"问题",险些被划为"右派",是上面有人保了她,才得以仍能作为革命干部下放锻炼,在那样一种状态下,她怎么可能对一位陌生的科研人员敞开心扉,又哪来谈论文学艺术的兴致呢?

我见到韦君宜,是在1978年,那时我是北京出版社《十月》杂志的编辑,她也是我们杂志约稿的对象之一。有一天她忽然来了个电话,直接打给我,让我去她的办公室一趟。我原以为她是要给我稿子,谁知进了她所在那个出版社的办公室,她却问起我一件事,并且直截了当地批评起我来,指出我的某一说法很不得体。事出突然,伤及我的自尊,我心想这样的谈话只能是我所在的单位的领导才有资格,我又不是您这单位的人,您怎么能这样对待我呢?我情绪激动,跟她顶撞起来,她倒愣住了——在一瞬间,我感到她确实并无恶意,而且心无城府,直来直去惯了,完全是性格使然——结果,我渐渐平静下来,她也答应给《十月》写稿,连内容都跟我讲了一遍,我们握手言欢。回去以后,我等她再来电话好去取稿,想是她太忙,无暇写作,久无电话给我,而我呢,虽然心里越来越感念她对一个初登文坛的作家的严格要求,却也不好意思主动给她挂电话。看来她和我姨妈及我,都没什么缘分。

1984年我的长篇小说《钟鼓楼》在《当代》杂志刚连载完,单行本还没印出来,有天一位朋友来电话,告诉我《光明日报》发表了一篇不短的评论,题目很直白,就叫《我喜欢长篇小说〈钟鼓楼〉》。我马上就去找报纸,找到一看,那评论的署名竟是韦君宜!读了评论,我这才主动给她挂了电话,她说她是偶然从杂志上看到后半部的,结果一看就放不下,看完后半部,才又找前半部来读。她那篇评论基本上全是肯定的话,但绝无故作鼓励状的矫情,出自真心,好处说好,直言不讳,不知底里的人看了,或者会以为我早拜在她门下为师,关系一贯融洽,哪知我们原是红过脸的!她写那评论,也没有就此跟我近乎,以弥补"前嫌"的意思——后来我们在某些文学界的活动中见到,我问起她对我新的作品的意见,她回答我两个字:"没看。"

几年前,有一天她的儿子忽然到来我家,送来一本她的自传体小说《露莎的路》。那时她的病情已然加重,卧在医院病房,尚能嘱咐家人给谁送书,却已无法在书上签名。那本书我一口气读完,内容上暂且无论,在叙述文本上,我要说,那真是文如其人,没有九曲回肠的缠绵悱恻,没有乱花迷眼的布阵藻饰,却有将历史的原生态整体再现的工力,有以真诚追问与沉痛忏悔为精髓的质朴文气,她投身文学事业几十年,终于以独特的性格语言讲述出了自己刻骨铭心的生命体验!

再后来,她那由亲属整理成书的《思痛录》问世,反响更加强烈。但病榻上的她却已经几乎全然丧失了表达能力。我想,无论如何,这世界上能够真正坚持原则性,并且一旦彻悟后便义无反顾地将所认准的原则直书不讳,以供人们思考的生命,是有福的。

2000 年

小糖火烧

　　总有一些人以为我和王蒙过从甚密,在他们想象里,我大概会经常出现在他家的客厅里,一坐就是一两个小时,也许还会更多。现在我要告诉大家,从 1978 年我头一回见到王蒙起,到我写这篇小文止的二十一个年头里,我到他家去过的次数,绝对少于二十一次,甚至于是不是有十五次也很难说,总而言之,大概有十余次吧。平均每年不足一次,而且每次去了,坐满一小时的情况,那就更少了,或许只有五次? 我和王蒙见面,次数较多的是在别人出资的饭局上,但一年里也不过几次。我们从不互相拜年,甚至也并不经常性地互赠签名新作。我们的交流方式主要是注意阅读对方在报刊上发表的作品,往往是阅读完后,便挂个电话,在电话里交换一些看法,当然也会顺便聊一点闲天。

　　人们都说王蒙是个妙人。也有人说他实在聪明过人,因而难以把握。我倒觉得王蒙有些方面的情况,似不大为人注意,而给我印象颇深,故有揭而发之的必要。

　　有一回王蒙在电话里跟我谈完关于我一篇什么文章的意见,便大肆鼓动我去买电动磨豆浆机,说是他每天清晨用那机器磨鲜豆浆喝,豆浆的热度机器本身可以控制,喝起来感觉好极了,亚赛活神仙云云，并且热心到把那电动磨豆浆机的品牌、型号、售卖商场、价格向我一一报告；可是我乃天下第一大懒人，宁愿买速溶的豆浆粉来冲着喝，始终辜负着他的殷殷推荐，至今没有购置那玩意儿。

又有一回，王蒙在电话里跟我大谈补钙的必要，一口气说出好几种品牌的高钙奶粉，特别向我推荐其中的"安怡"。我就跟他说高钙奶粉我试过，口感实在比普通奶粉差多了，而且我们都早过了青春发育期，这时候再来"恶补"，恐怕也吸收不了什么钙质了……他竟在电话那边跟我认真地争鸣起来，并且声称，他虽获赠的报纸有数十种之多，却还自费订阅了《中国食品报》，他对我的劝谕，都是"有报为证"的！后来我逛商场，有一搭没一搭地买了一罐"安怡"，回来冲着喝，渐渐地也喜欢上了，究竟补了多少钙且不去管它，诚如王蒙在电话里所说："你的生活里乐子不就多多了嘛！"

王蒙热爱生活，而且不放弃生活中那些平凡的，甚至可以说是琐屑的乐趣，这类的例子还很多。有一回的饭局，每人面前上了一碗鱼翅羹，因为是民间的饭局吧，服务上就比较马虎，顾客不强调，服务上能免就免了，一桌子的人，其余的人拿起羹匙便吃那鱼翅，唯独王蒙，他觉得那样好的羹，不能随便就么囫囵吞了，他便很客气地，不带责备意味地，也没让大家都听见——我因在他旁边所以听见了——请服务小姐把循例应配备的，给鱼翅羹佐味的红醋拿来；服务小姐拿来了小碟红醋，他往羹碗里舀了适量的，细加搅拌，然后很开心地品尝起那鱼翅羹来，我觉得，他也算得那碗美味的知音了！有的人或许只会热衷于从鱼翅这类名贵的物品上去撷取生活乐趣，王蒙却也能从价格很低廉的平民物品上去汲取审美快感，有一回我去他家，他待我以香茗，并且竭力向我推荐茶几上精美瓷盘里的点心，我细一看，说："哎呀，我以为是什么不得了的东西呢，原来是小糖火烧呀！"那种深酱色的小烧饼在北京一般是不登大雅之堂，只在平民化的小吃店里发售的，可是王蒙极赞其香甜爽口，我吃了一个，也觉有意外感受。那天王蒙欣赏小糖火烧的意态，给了我一个永难忘怀的深刻印象。

多年来，王蒙住在北京一条小街的一所小院里，门外与小街交叉的胡同里是个常设性的自由市场，常有人看见王蒙穿着家常休闲装，手里托个北京人叫作"浅子"其实就是植物茎梗编的托盘，里头是他给家里买妥的切面，快快活活地穿行在人丛里。哪位画家有兴致画一幅《王蒙买面图》呢？

1999 年

耄耋老翁来捧场

我在哥伦比亚大学弘红次日,几乎美国所有的华文报纸都立即予以报道,《星岛日报》的标题用了初号字《刘心武哥大妙语讲红楼》,提要中说:"刘心武在哥大的'红楼揭秘',可谓千呼万唤始出来。他的风趣幽默,妙语连珠,连中国当代文学泰斗人物夏志清也特来捧场,更一边听一边连连点头,讲堂内座无虚席,听众们都随着刘心武的'红楼梦'在荣国府、宁国府中流连忘返。"

我第一次见夏志清先生,是在1987年,那次赴美到十数所著名大学演讲(讲题是"中国文学现状及个人创作历程"),首站正是哥大,那回夏先生没去听我演讲,也没参加纽约众多文化界人士欢迎我的聚会,但是他通过其研究生,邀我到唐人街一家餐馆单独晤面,体现出他那特立独行的性格。那次我赠他一件民俗工艺品,是江浙一带小镇居民挂在大门旁的避邪镜,用锡制作,雕有很细腻精巧的花纹图样,他一见就说:"我最讨厌这些个迷信的东西。"我有点窘,他就又说:"你既然拿来了,我也就收下吧。"他的率真给我留下了深刻的印象。

这回赴美在哥大演讲的前一天,纽约一些文化名流在中央公园绿色酒苑小聚,为我洗尘,夏先生携夫人一起来了,他腰直身健,双眼放光,完全不像是个八十五岁的耄耋老翁。席上他称老妻为"妈妈",两个人各点了一样西餐主菜,菜到后互换一半,孩童般满足,其乐融融。

我演讲那天上午,夏先生来听,坐在头排,正对着讲台。讲完后我趋前感谢他的支持,他说下午还要来听,我劝他不必来了,两场全听,是很累的。但下午夏先生还是来了,还坐头排,一直是全神贯注。

报道说"夏志清捧场"(用二号字在大标题上方作为导语),我以为并非夸张。这是实际情况。他不但专注地听我这样一个没有教授、研究员、专家、学者身份头衔的行外晚辈演讲,还几次大声地发表感想。一次是我讲到"双悬日月照乾坤"所影射的乾隆和弘晳两派政治力量的对峙,以及"乘槎待帝孙"所表达出的著书人的政治倾向时,他发出"啊,是这样!"的感叹。一次是我讲到太虚幻境四仙姑的命名,隐含着贾宝玉一生中对他影响最大的四位女性,特别是"度恨菩提"是暗指妙玉时,针对我的层层推理,他高声赞扬:"精彩!"我最后强调,曹雪芹超越了政治情怀,没有把《红楼梦》写成一部政治小说,而是通过贾宝玉形象的塑造和对"情榜"的设计,把《红楼梦》的文本提升到了人文情怀的高度,这时夏老更高声地呼出了两个字:"伟大!"我觉得他是认可了我的论点,在赞扬曹雪芹从政治层面升华到人类终极关怀层面的写作高度。

后来不止一位在场的人士跟我说,夏志清先生是从来不乱捧人的,甚至于可以说是一贯吝于赞词,他当众如此高声表态,是罕见的。夏先生并对采访的记者表示,听了我的两讲后,他要"重温旧梦,恶补《红楼梦》"。

到哥大演讲,我本来的目的,只不过是唤起一般美国人对曹雪芹和《红楼梦》的初步兴趣,没想到来听的专家,尤其是夏老这样的硕儒,竟给予我如此坚定的支持,真是喜出望外。

当然,我只是一家之言,夏老的赞扬支持,也仅是他个人的一种反应。国内一般人大体都知道夏老曾用英文写成《中国现代小说史》,被译成中文传到我们这边后,产生出巨大的影响:沈从文和张爱玲这两位被我们这边一度从文学史中剔除的小说家,他们作品的价值,终于得到了普遍的承认;钱钟书一度只被认为是个外文优秀的学者,其写成于上世纪四十年代的长篇小说《围城》从五十年代到七十年代根本不被重印,在文学史中也只字不提,到九十年代后则成为了畅销小说。我知道国内现在仍有一些人对夏先生的《中国现代小说史》不以为然,他们可以继续对夏先生,包括沈从文、张爱玲以及《围城》不以为然或采取批判的态度,但有一点那是绝大多数人都承认的,就是谁也不能自以为真理独在自己手中,以霸主心态学阀作风对付别人。

2006 年

登山何必非极顶

十多年前,在朋友家里的"派对"上,与严文井伉俪邂逅,记得那晚下起了豪雨,客人们回家都感到困难,于是主人爽性拿出更多的饮品小菜,热情地邀请大家换杯重开宴,客人们也且把窗外倾缸般的雨声权当伴奏的乐曲,更欢快地交谈起来。不知哪位,说起了到峨眉山旅游的事,同行的旅伴们历尽千辛万苦,终于攀上了金顶,又冒着寒气,苦苦守候在山巅,等待着佛光的出现,但是那回极顶的人们运气不佳,直到不得不撤离金顶时,也无缘见到那呈正圆形的虹彩——佛光出现,于是,叹着气下山。下山时有的人还互相嘱咐说:"回去有人问,咱们可别说没见着佛光呀!"这段闲话引出了一片笑声。笑声落下后,只听有个人用低沉的声音说:"我登山向来不求极顶的。"我循声一望,讲这话的正是严文井。

在我出生之前,严文井已经出版过散文集《山寺暮》,并且到延安参加了革命,在延安他写了许多童话,还有一部长篇小说《一个人的烦恼》;1949年后他在若干文化出版部门当过多年领导,于我而言,他是文坛老前辈,也是革命老前辈。改革开放以后,我才有幸与他谋面。记得1978年夏天,还正是报纸社论强调"两个凡是"的当口,当时的中国作家协会和社科院文学研究所联合召开了关于我的小说《班主任》的讨论会,在那个会上,我头一回见到了冯牧、陈荒煤、朱寨等久闻大名的评论家,他们都对《班主任》作出了高度评价,使得忐忑不安的我大受鼓舞;几个发言过后,主持会议的冯牧说:"请严文井同志发言。"我这才知道还有严老与会。他作了一个很生动的发言。他没有更多地从理论上去分析《班主任》的得失,而是以目睹身受的若干感性例证,来肯定那篇小说在反映社会生活上所达到的真实程度。他的发言正仿佛引人登山览胜,步步有景,树茂溪清,但适度而止,不作最后结论,没有极顶,却留给随登者丰沛的思考空间。后来我参加北京出版社《十月》丛刊的创刊工作,也开了个会,拿出创刊号拟目征求意见,严老也到了会,他没作长篇大套的发言,只是用手指点着目录上我那篇还没定稿的小说《爱情的位置》,高兴地说:"好呀,爱情又有它的位置啦!"后来与严老又有些零星的接触,感到他有一股与旧我旧框框旧道道彻底决裂的难得勇气,并知道他对新的文学潮流新的文学人物常有颇具力度的提携之举,但那大都并未形诸笔墨、公诸社会,多是些私下的,忘年交形式的心灵付出。

那个"派对"上严老不经意地说出了他性格中的一个特点,使我联想到对他的更多印象。他住平房时,迁入多年,墙壁从不再加粉刷,我见到时几乎已呈灰黑色。后来迁入楼房,有颇大的客厅,很快也就显得旧敝,因为他一直养猫,纵容那猫咪在家具上磨爪嬉戏。他虽很早就歇了顶,但花甲过后气色依然红润,身体底子很好,却并不刻意养生求寿,有一回见到我笑嘻嘻地说:"我已成无齿之徒。"又一回我见他脖子上鼓出一个大包,还没说出劝他去医院检查的话,他倒先说:"更标致了是不是?良性良性,绝对良性!"他一生写作大体都取边缘体裁、题材,写得慢而少,精美、典雅,不去追求宏阔恣肆的气象。

那个"派对"持续到后半夜雨仍很大,我们年轻些的都打算狂欢一宿,严老却表示他兴尽欲归,于是我们几个人举着雨伞去到街边,费了好大劲才找到一辆空的出租车。把严老和他老伴送走后,继续喝酒聊天时,我还不住地自问:"登山何必非极顶?有人攀到巅峰自然应该为他祝贺,但自己能尽力并且尽兴地登到半山,不也挺好吗?"

2000年

宗璞大姐嗷饭图

南北两位大姐近三十年来一直对我厚爱。南边的子云大姐去年仙去,北边健在的宗璞大姐于我更加珍贵。宗璞大姐如今打来电话,总是第一句就直奔主题。比如:"你该把读了《西征记》的印象告诉我。"我就马上告诉她,起码有三处我印象深刻。

一处,是有个角色叫哈察明,大有《红楼梦》角色命名的意趣。《红楼梦》里有叫詹光、单聘仁的清客,有叫卜世人的舅舅。哈察明,似乎此人对人与事考察得很分明,他那判断却像哈哈镜,似是而非,极不靠谱。宗璞大姐电话那边轻轻笑了一声,显然满意于我的理解。小说里塑造了一位正人澹台玮。澹台玮义无反顾地参加了西征,与日寇短兵相接。在架设电话线的努力中,他中了日寇枪弹,被送到野战医院疗治。医生哈察明发现澹台玮是背部中弹,就四处散布流言蜚语,意思是只有逃兵才会背部中弹。澹台玮却终于不幸捐躯。我觉得宗璞在叙事文本上处理得非常具有匠心。澹台玮究竟

为什么会背部中弹？她在前面战斗描写里交代得非常详尽。澹台玮当时和战友一起冒着敌人炮火架设电话线，为了把已经抛到街对面树上的电话线固定好，澹台玮爬到树上后不得不转身进行操作，而就在那一刻他背上中了敌人枪弹。宗璞说，她常常想到世上有这样一种人，如哈察明，自以为明察秋毫，而其判断常是南辕北辙。原因是总把别人想得太坏，只有自己好。这也是人性的一个方面吧。

另一处，是书里的孟灵己，也就是嵋，她在战地医院里，读到一位不治身亡的女兵遗留的日记，感动不已。当嵋听到中国军队在战场终于实施了反攻时，高高举起裹着那女兵日记的纸包，心里高喊："反攻了！听见吗？"我读到这里非常感动。我不是评论家，我对作品的阅读都属于"私阅读"，许多感受与私人因素有关，因此往往羞于写出。但与宗璞大姐沟通不必顾虑。我大哥刘心世早生宗璞三年，当年就是参加滇缅抗日远征军的热血男儿。二哥刘心人比宗璞大姐长一岁，他常跟我说起那些岁月里我们父母亲友的爱国热情。作为普通的中国人，那时在重庆海关工作的父亲，自觉地否定汪的"和平救国"路线，主张武力救国。我正出生于抗日战争的相持阶段，父亲给我取名，"心"是排行，只有最后一个字可供明志，他就刻意选了个"武"字。后来把大哥送往远征军作战，他觉得那是养儿的责任，也是全家的光荣。父亲那时编一份《关声》刊物，他把大哥的前线来信摘登在刊物上，吸引到海关以外的读者。我家与宗璞家其实算得世交，我母亲年轻的时候在冯家借住过。如果抠辈分，我应该叫宗璞姑姑。宗璞说还是叫大姐好。我理解宗璞大姐在《西征记》里写出的相当于我父母那一辈及我大哥、二哥和

59

宗璞那一辈（她哥哥就是参加西征的一员），在那段时空里的那种情怀，就是对中国政府的武力抗日不仅坚决拥护，而且热情投入。《西征记》里跳荡着非常真实的那时普通中国人的心脉。

有个中年人翻阅过《西征记》以后对我说，他觉得从《南渡记》《东藏记》到《西征记》，里面似乎没有塑造共产党员的形象。他说看过一些资料，当年的西南联大，共产党的活动其实还是很活跃的，特别到了《西征记》最后，写到抗战胜利后头两年，历史的真实，应该是共产党的地下活动已经开始浮出水面。我跟那中年人讨论时替宗璞大姐解释，就是写这样的小说只能从个人生命体验出发，而不能从概念出发。与宗璞大姐通电话时我转达了那位读者的意见。她对我替她的解释没有照单全收。她说，她写的不是历史书，是小说。"我也写了共产党员啊，名字叫蔚葇。不过不是光辉万丈的共产党员。"她接着说，这正是第四部《北归记》面临的一个难度。

我告诉她，《西征记》里对我第三个警动处，恰与这个议题有关。就是书里写到抗战胜利后曾有过规模不小的学生反苏大游行。当时地下共产党员是纷纷出动加以劝导阻止的，可是游行还是激昂地进行了，这又不能说成是国民党反动派搞的阴谋。当时的学生看到关于苏联军队在东北占据铁路港口并有诸多不良表现的报道，很气愤，为什么世界反法西斯战争胜利了，中国主权和普通民众还会受到损害？上街游行的学生，那爱国情怀，是和参加远征军的激情相通的。二哥刘心人告诉我，普通的中国人，中国青年，中国学生，当年许多都是具有爱国热情，却而无意识形态崇拜，不懂政治更不明白什么路线斗争的，当年那么多中国百姓尽管对蒋介石政府多有不满，但对他1937年公开对日宣战，还是衷心拥戴的。1939年苏联和纳粹德国还在签订互不侵犯条约,共同侵犯波兰,后来有史家分析,说那是斯大林的政治巧技,为的是争取时间积蓄打击纳粹德国的力量,但你怎么能要求那时的普通中国老百姓懂得其中的玄机?苏联出兵东北的政治意义与一些官兵的具体丑行,普通中国百姓特别是青年学生当时不大懂得前者而被后者激怒,现在回过头去看,又有什么可谴责可否定的呢?但是就有当年参加过那次游行的学生,在1949年以后被视为有政治污点。我对宗璞大姐说,你忠于认识忠于感受,在《西征记》里描下一笔,很好。

宗璞大姐说:"哎呀,头又晕了。喜欢听你说,可是坚持不了啦。你把你的读后感写出来啊。"我忙说:"今天就到这儿。你多保重!"

宗璞曾想要一幅图画,挂在饭厅里。画面右上角写"食不厌精,脍不厌细",左下角画一个小人,捧着大碗嗷饭。她建议我画。又说:"1982年那次跟冯牧一起去兰州,你给我画的像我一直留着。不过那张太小。现在我眼睛只能看大块颜色粗粗线条,你要给我画张大的!"其实她只是要我画幅并非以她为主体的助餐漫画,我却理解成再画一幅她的像,而且是嗷饭图。后来再通电话,她知道形成了美丽的误会,高兴地说:"那你就画两幅,我全要!"

大姐有命,怎能不从?嗷饭,大姐出语有趣。大姐的《东藏记》《西征记》全部都是口述的,虽然口授,仍是字斟句酌。所以还是自己的风格,有书卷气,有些文句仍然相当古雅。"廉颇老矣,尚能饭否",这是连比大姐小十四岁的我如今也常遇到的诘问。望七的我现在写稍长些的文章就有干体力活的感觉。但宗璞大姐却仍在坚持《野葫芦引》四部曲最后一部《北归记》的写作,而且插空还会写些其他文章,比如极富独特见解情趣盎然的《采访史湘云》。嗷饭,又可写成咱饭,更规范则是啖饭,但我却刻意要在画上题为嗷饭,因为觉得这样更有趣。愿宗璞大姐每餐多嗷,转化为充沛能源,把创作延续下去,我和无数读者一起,等着从《北归记》里获得更多触动心灵的弦音哩。

2010年7月22日　温榆斋中

维熙老哥乒乓图

1978年深秋,我三十六岁,在《十月》丛刊当编辑,心气很盛,到处跑去约稿。那天我要去找从维熙约稿,编辑部一位老大哥完全出于爱护,蔼然劝阻说,你到刘绍棠家找了他,又到北池子招待所找了王蒙……够了吧,怎么又打听出个从维熙?他们虽然"摘帽",究竟还是"那个",你别看现在"闯禁区"时髦。实际上呢,说到这儿,他不用语言,而是伸出右手,手掌摊平,然后翻掌,再翻掌,又翻掌,我明白他的意思,我当然也不愿意在"烙饼"的形势里煎熬,但总觉得,事在人为,我们每一个普通人都坚持去做问心无愧的事,那么,点滴积累,也该是世道进步的推动力吧。我以微笑感谢老大哥的关照,却依然骑着自行车去找从维熙。

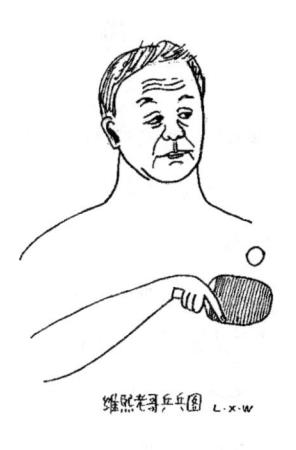

那时候确定改革开放方针的中共十一届三中全会还没有召开,成为"那个"的人们来年纷纷获得"改正",我岂能预知,但依我那时的见识,比如从维熙,他已结束劳改,安排到地方文联工作,作

为中华人民共和国公民,有发表作品的权利,我作为文学丛刊的编辑找他约稿,顺理成章。

我打听到的地址,是南吉祥胡同。那是夹在魏家胡同和什锦花园胡同之间的一条小胡同。我找到一个杂院,觅到一角的一间小屋,我唤出从维熙的名字,屋里出来个身板壮实的老大妈,她望着我说:"我是维熙他妈。"把我让进屋,我问:"伯母,维熙什么时候回来?"她告诉我:"不巧,他昨天刚走,回山西了。下次什么时候给假回来,不知道咧。"我本以为维熙不过是在北京临时外出,那天会是我跟他的首次谋面,我要告诉他,我上中学的时候,读过他一本薄薄的《七月雨》,具体内容全忘了,但有股淡淡的荷叶气息一直留存在记忆里,现在《十月》固然需要黄钟大吕,荷香藕味的文字也该重新登场⋯⋯

"炕上坐吧。"从伯母招呼我。那是北方人待客的规矩。实际上也只能是让我坐到床沿。那间屋只有八平方米的样子。一张破旧的上下铺木床,下铺比上铺稍宽;一张更破旧的小书桌和一把椅子;还有一张小炕桌立在窗下,我明白,那是一家人吃饭时才摆平,配着小板凳使用的。唯一令人眼亮的,是书桌上立着两个石膏人像,伯母告诉我:"小众鼓捣的。"后来知道,那一年恢复了高考,维熙独生子从众考上了中央美术学院雕塑专业。我从伯母那里得知了维熙山西地址,决定马上给他写信。告别出来后,我一直在琢磨一个非常具体的技术性问题:维熙夫妇都回家的时候,他们一家三代四口是怎么个睡法呢?

给维熙去信后,很快得到回信。他非常看重我到他家找他约稿这个行为。他一直记得,后来《十月》的另一编辑章仲锷也找到南吉祥胡同。他要写作，他要发表，他要归队，他要舒张。他给当时的中组部长写了信。有一天邮递员把一封中组部长的亲笔信送到了南吉祥胡同，送到了那间破旧简陋的小屋。形势快速朝好的方向变化。维熙迁回北京，作品大珠小珠落玉盘般地刊发出来，成为北京市文联专业作家，入了党，又调任中国作家协会任党组成员兼作家出版社总编辑，住房也越换越大。但南吉祥胡同的那间小屋，在中国作协第四次代表大会期间，由中央新闻记录电影制片厂，在拍摄介绍从维熙的新闻片时，记录了下来。

我后来当然去过从维熙的新家。把我迎进屋，他对母亲说："妈，您还记得他吗？"从伯母大声回应："心武么，我比你见得早咧。"维熙私下跟我说过，他母亲脾气刚硬，经历过大苦大难愈显倔强，进入大福大乐依然话锋锐利。但是从伯母见到我总慈眉善眼，话糯情真，往我手里塞她亲煮的玉米红薯什么的。想想这位老人也真不容易，丈夫早逝，守寡后千辛万苦把儿子拉扯大，成了作家，娶了报社记者为媳妇，却不曾想短春长冬，儿子儿媳双双划成了"那个"而且被送往山西劳改；从家本来住魏家胡同，"史无前例"时被轰到南吉祥胡同的那间小屋，很长的时间里，去找她的人，都怀有"敌情观念"，不是训诫，就是盘问，难怪那天我去了，兴冲冲地唤伯母，为的是要他儿子写文章再登到杂志上，令她耳目一新，她就把我定格在意识里了，尽管以后去亲近乃至巴结维熙的人很多，却似乎都难盖过我给她的第一印象。从伯母前些年仙逝，我心头却仍有她鲜活的音容。

维熙显然从母亲那里遗传到耿介刚硬的性格。他卸任后，背后整他颇狠的人跑去他处作"慰问秀"，他坚不开锁将其拒在门栅之外。然而对于如我当年那样去找他约稿的微行小善,却念念不忘。其实我只不过是早半拍而已,几个月后,找他那样的作家约稿,不仅绝无风险,而已是蔚然成风。此桩往事本不值挂齿,但维熙跟我保持三十余年的友好关系,近年见面不多,电话却是每月至少两三次,除了交换最新信息、评议世道人心,偶也忆旧,而他忆旧时,就总还要提到我去南吉祥胡同找他却失之交臂的事。人虽经过寒微,多有不愿提及者,寒微时寒微人予之的小小善意,也多有自己愿意遗忘且希望对方万勿提及的心理,这都可理解;但不仅不愿回顾、提及,还切望抹煞到不留痕迹,这就有些难以理解了;而再进一步,趁某种时机,将知道自己寒微时寒微状的人整肃掉,使其丧失话语权,这种做法,就匪夷所思了!而我,却也偏偏遇到了。对比于维熙,我深感人性中的阴鸷诡谲难测。

维熙的创作,原属孙犁影响下形成的"荷花淀"一派,复出后的作品,如《春水在冰下流》《远去的白帆》《雪落黄河静无声》……光从题目上看,也确有荷香藕味,但经历过苦难磨炼后,其笔墨的厚重严峻,已入另番境界。最代表他创作成绩的,我以为是纪实性的《走向混沌》。到了老年,维熙进入了家庭与人际的最佳状态。他常在所居公寓的活动室打乒乓,天热时赤膊上阵,大有宝刀不老的气概。画一幅维熙老哥乒乓图,以志我们三十多年未熄的相惜之情。

2010 年 9 月 7 日　温榆斋中

张中行先生二三事

头一回见到张中行先生，是上世纪九十年代初，在一次婚礼上。他当主婚人。记得他戴一顶法兰西帽，妙语如珠，还伴之以丰富的肢体语言。我颇吃惊。我原来把他想象成一个沉静缄默的人。也许他确有那一面，那甚至是他更经常的一面，但我没机会见到他的沉静，我跟他头一回谋面，他就把其活泼挥洒的一面展现得淋漓尽致。

那天新郎特别把我介绍给他。他跟我很认真地握手。我跟无数人握过手。我往往就握得很不认真，轻轻一碰，就算礼到。人家也多半是触到为止。但那天张中行先生跟我握手，让我现在想起来还仿佛刚刚发生，他也不是那种夸张地用力捏的方式，他是把自己的手温很准确地传递给你，并且似乎也很在乎接受你的手温，握手时双眼蕴含着真诚的笑意，直望住你的眼睛。那天他的眼睛让我觉得格外有神采。

张中行先生眼睛细小。他的单眼皮，我很早就听说过。"四人帮"垮台后，原北京人民艺术剧院的党委书记赵起扬同志，跟我们一些新冒出的业余作者过从甚密，我有次跟他闲聊，说起当年北京电影制片厂向北京人民艺术剧院借于是之去演余永泽一角，老赵就摇头。我开头很奇怪。我说于是之演得很好呀！老赵就说，那哪是演电影，舞台痕迹太重！我抬杠，说《青春之歌》是直接拍电影，怎么会有舞台痕迹？而根据舞台剧拍的电影《龙须沟》，于是之不是显示出摆脱舞台痕迹，进入电影语言的超常功力吗？电影里的程疯子比舞台上的更显得血肉丰满啊！老赵就跟我说，当年他们真不该非找于是之去演啊，他们首先看上的还不是他的艺术功力，而是他那个细高身条单眼皮儿！我这才知道，余永泽的生活原型，其外形跟于是之相似。老赵的看法是对的，就是你从生活原型出发去塑造一个艺术形象，特别是这样的题材这样的一个角色，何必非得去追求形似呢？在那样一个时代那样的社会氛围下，你这样拍出来电影满世界放，该给那仍需在那样环境里生存的原型，包括他的家人，多大的精神压力啊！老赵说他当时没有办法不同意于是之去演，但电影拍成看的时候，余永泽一露面他就感到别扭。

终于在那一天，见到张中行先生了，于是之般的细高身条，细长的眼睛，但是，我们握手，四目相对，他分明是双眼皮啊！

我的疑惑很快被解除，新郎再一次过来招呼我时，告诉我："知道吗？老爷子新拉的双眼皮儿！"

那一年张中行先生已经年过八十。他去拉了双眼皮儿。这是一个爱美的人，热爱生活并且善于享受生活的人，那享受绝不是体现在追求奢侈显摆阔气上，而是不放过那些能使自己快乐，更能令别人快乐的，也许是琐屑的，但是特别有趣味的小事情、小细节上。

我们相识以后，他陆续给我寄来签名盖章的书：《负暄琐话》《禅外说禅》《顺生论》……慢读细品，真是打心眼里膺服、赞叹。

有一回，一家报社请我和张中行先生去北海公园仿膳小聚。

只有一桌,客人就我们两个。我真有些受宠若惊。那是盛夏,张中行先生短袖绸衫,满面红光。我那时在报纸副刊开了个《红楼边角》专栏,发表些赏红随笔,其中有一篇专谈大观园的帐幔帘子,因为刚刊登出来,话题就由那展开,张中行先生侃侃而谈,举凡《红楼梦》里的器物饮食、服饰发型,随手拈来,全能解释,并且还生发出一些趣言妙论,可惜当时没能记住,事后也未回忆笔录,咳唾珠玉,竟随风而散,现在想起,真后悔不迭。记得我们还讨论了《红楼梦》里为什么写女性基本上不涉及脚的问题。美国的唐德刚教授探讨过这一问题,提出了值得重视的观点,但是他断言《红楼梦》全书完全没有写到女人缠足,是不准确的,书里写尤三姐的时候,直接写到过她为与贾珍贾琏抗争,反过来戏弄他们,一双金莲或翘或并,我议论到这里,张中行先生就鼓励我说,读红应该这样细嚼慢咽,品红更需善察能悟。我那时刚看到某刊物有关于争议甚大的曹雪芹画像的新材料,张中行先生非常重视,要我细细地转述给他。

张中行先生研红的心得甚多甚深甚独特,可惜他在这方面没有留下专书,如果他能再健康地生活十年,把红学方面的成果写成专著,那该多好啊!

我的祖籍,是四川安岳县。安岳县境内有不少精美绝伦的石雕,改革开放以后,县里开发旅游资源,一方面抢救保护这些石雕,一方面改进旅游设施,建造起新式宾馆,这当然是好事。但忽然有一天家乡的几位干部来到北京我家,说他们为了让新建的宾馆锦上添花,想请书法大师启功先生题写"安岳宾馆"四个字。他们认为我既定居北京多年,又已进入了文化界,一定可以帮他们求到启功先生的字,这可让我为难到背上发麻脸上流汗,我与启功先生并无一面之缘,何况老早听说启功先生一字难求,这任务我可完不成啊!我解释、推托,他们不理解,生了气,以为我是忘了本,轻视家乡人。

家乡人知道启功先生的墨宝是难以估价的,而且即使人家题了字,也不会收钱,他们就说反正我们为了家乡宾馆门面光辉,这么求定了,人家也未必接待我们面谢,我们就把这一箱五粮液放你这儿了,字写来了,替我们奉上,表达点感激之情吧!他们搁下那一箱酒走了,我急得如热锅上的蚂蚁。

情急之中,我猛然想起,或者可冒昧地求求张中行先生,听说他与启功先生交情甚笃,或者能有一线希望?

没想到,竟一试就灵。张中行先生说:这字可题。我让启功写,他不能不写!没几天,张中行让他的一位忘年交给我送来了启功先生的题字,我问那箱酒如何送往启功先生家?小伙子转达张中行先生的话:"启功不会喝酒!好酒该给会喝的人,全给我搬来!"

要说追星,我追过两颗星,一颗是王小波,一颗就是张中行先生。追,就是因为读了其文字,喜欢得不行,从而想方设法要去认识,想跟人家多聊聊。借一个婚礼认识张中行先生以后,我一直想能有更多的机会接近他。可惜由于张中行先生身体日渐衰弱,不得不闭门谢客,近些年我再没能一睹风采,聆听其幽默妙语。

张中行先生驾鹤西去了,但书架上还有他题赠的书。我要再细细品读。张中行先生一生存疑,边缘生存,提倡顺生,没细读他文字的人,有的就误以为他消极,其实完全不是这样。存疑就是坚守良知,正是因为对"文革"存疑,当"革命造反派"的"外调人员"找到张中行先生,让他揭发杨沫的时候,他才能那样安详地告诉对方,那时候杨沫是真诚地去参加革命的。边缘生存,并不一定就是对抗中心,社会应该是一种多元的和谐共存,中心的人做中心该做的事,边缘的人所做的边缘的事,也是社会所需要,或者至少是应该包容的。顺生,不是苟活,成为"闷人",而是应该像张中行先生那样,充满情趣地生活。张中行先生留给我们的不仅有著作,还有他的人格遗产。

2006年2月26日深夜

蜗居来客

我从小嗜读叶君健翻译的《安徒生童话》,一直盼望能有一天,见到这位给我带来了那么多快乐的译者。1978年夏天,我作为《十月》丛刊的编辑,终于有机会去叶老家组稿。编辑部派我去,是想请他出马,在儿童文学方面给我们提供带头稿。叶老亲切地接待了我,先跟我娓娓拉家常,又给《十月》提出了许多宝贵的建议;说到儿童文学,更是谈兴甚浓,对《十月》甫筹办,便注意到儿童文学这个品种的重要性,非常地鼓励。作为组稿编辑,我急迫地想得到稿子,便问他手头可有现成的作品?他略沉吟了一下,便告诉我,儿童文学的新作一时没有,但倒有一部现成的长篇小说稿子,是在"四人帮"还没倒台时,每天白日在单位被当作"牛鬼蛇神"罚扫厕所,晚上回到家,夜深人静时,偷偷写的。我听了很兴奋,恳请他拿给我看看,说回去将向编辑室领导汇报,看能否在《十月》发表。他把稿子给了我,嘱咐说:"你看看,给我提提意见。如果觉得不合适,就退给我。"那是厚厚的一大包稿子,相当沉,我骑车带回编辑部时,把它夹在自行车后座上,怕半路掉下遗失,右手扶车把,左手一直伸在后面,紧紧按住那包厚重的文稿。那是总称为《土地》的三部曲,一百多万字。读时我有三重的惊讶。一是我这才知道,叶老并不仅仅是个翻译家和儿童文学作家,后来在处理稿件时跟他细谈,更知道他首先是用世界语和英语,创作长篇小说,并在英国出版的,搞儿童文学,倒是那以后的事;二是在"文革"那样险恶屈辱的环境下,不仅在单位里挨斗,他从英国回来用自己挣的版税买的三合院,也被街道上的"造反派"强行抢住了进去,受着监视,可他却居然还能偷偷地,潜心写出这样的鸿篇巨制;三是他那小说的叙述方式,同我以往接触过的中国现代长篇小说,很不一样,语调非常地冷静,刻画人物不用浓彩,多用白描。后来《十月》发表了三部曲之二《自由》。

那时我住在离叶老家不远的柳荫街,一所杂院的窄小东房里。有一天晚饭后,有人敲门,我开门一看,是叶老。他微笑着说,因为我告诉过他住处,这晚散步,经过了这里,所以冒昧地来拜访。我忙将他让进屋。那时我家只有两把椅子,一把是我在小书桌前写东西时坐的,另一把放在书桌一侧,是给客人坐的,倘若客人多了,或我爱人在家,那除了一位客人,其余的就只能坐床铺,孩子那时还小,有没有客人,都基本上在那张双人床上嬉闹。当时我的虚荣心泛起,心想叶老那独门独院——"文革"中强住进来的人家已经搬出——是何等宽敞漂亮,我这蜗居也太寒酸了,倘若回娘家的妻儿再回来,那就更显得转不开身了,接待跟我平辈的朋友尚可,接待叶老这样的前辈名人毋乃太尴尬!我这人嘴上藏不住心里的想法,再说跟叶老也算相熟了,便把因为住房狭窄感到惭愧的意思吐露了出来。叶老蔼然可亲地对我说,他三十来岁的时候,住得比我这样还窄,是在一个破旧洋房的洗手间里,在旧澡盆上架块木板,白天当桌子,坐在小板凳上写作,晚上铺上褥子,当床睡……可是那时他很快活,因为他觉得自己能从事自己选定的、进步的翻译和写作,及其他形式的文化事业。那一晚,叶老和我聊得越来越有兴致,以至爱人带着儿子回来后,我还舍不得他走,他也很愿意跟我爱人聊聊,还亲切地逗我儿子玩。送他到胡同口时,一弯如眉的新月,似在天穹上笑望我们。从那以后,不仅我们俩成了忘年交,我们两家也有了来往。我们的忘年友情,一直维系到他仙逝以后——现在我还时时忆起,当年他主动到我那蜗居做客的音容笑貌,是他使我憬悟,人生的幸福,主要在于你是否能自主选择,在于你每天是否从事着自己热爱的工作。在这种回忆,以及阅读他的译著文字中,我觉得我们还在继续交往。

叶老真正做到了生命不息,笔耕不辍。已经到了癌细胞大扩散的状态,他竟还有新作推出。叶老虽已仙去,却为民族留下了丰富的文字遗产,不止是译作和儿童文学,还有大量的小说和散文,正是:曲终人不见,江上数峰青!

2000 年

被春雪融尽了的足迹

大约是1985年的夏天,我从琉璃厂海王村书店出来,顺人行道朝南走,忽然迎面的慢车道上,一个清瘦的中年男子骑自行车过来,他先认出我,到我跟前,便刹住了车,招呼我:"心武!"

这一声招呼,事隔二十六年了,却似乎还在耳畔。是一种特别具有北京味儿的招呼,"武"字儿化得极其圆润。其实招呼我的人并非地道的北京人,他祖籍本是浙江萧山,大概因为全家迁京定居年头多了,说起话来全无江浙人的平舌音,倒满像旗人的后代,往往将一种亲切感,以豌豆黄似的滑腻甜美的卷舌音自然而然地表达出来。豌豆黄是一种北京美食,据说当年慈禧太后最爱,就如她将京剧调理得美轮美奂一样,豌豆黄也在满足她的嗜好中越来越悦目可口。

那天不过是一次偶然的邂逅。我去琉璃厂买书,他那时住在琉璃厂南边不远的虎坊桥,也许只是骑车遛遛。完全不记得他招呼完我以后,我们俩说了些什么话了。但是那一声"心武",却在岁月的磨砺中仍不失其动听。

我是一个敏感的人。往往从别人并不明确的表情和简短的话音里,便能感受到所施与我的是虚伪敷衍还是真诚看重。我从那一声"心武",感受到的是对我的友好善意。

那天招呼我的,是兄长辈的诗人邵燕祥。

早在1955年,也就是一声"心武"的招呼的再三十年前,邵燕祥于我就是一个熟悉的名字,我背诵过他的篇幅颇长的诗《到远方去》,那时候不仅他那一代的许多青年人,充满了建设自己祖国的激昂热情,就是还处在少年时代的我,以及我的许多同代人,也都向往着到远离北京的地方,去建设新的工厂和农庄。还记得那前后邵燕祥写了一首题目完全属于新闻报道的诗,抒发的是架设了高压输电线的喜悦豪情,现在的青少年倘若再读多半会怪讶吧——这也是诗?但那时的我,一个爱好文学的少年,读来却心旌摇曳,那就是我这个具体的生命所置身的地域与时代,其实每一个时空里的每一个具体生命,都无法遁逃于笼罩他或她的外部因素,其命运的不同,只不过是他或她的主观意识与外部因素相互作用所产生的效应不同罢了。

那时候看电影,苏联电影多半是莫斯科电影制片厂出品,开头总是其厂标,一个举铁锤的健硕工人和一个举镰刀的集体农庄女庄员,以马步将铁锤镰刀交叉在一起,形成一个极具冲击力的图腾。中国国产电影仿照其模式,片头在持铁锤镰刀的男工女农外,增添一个持冲锋枪的士兵,随着庄严的音乐徐徐从侧面转成正面。因为看电影多了,我和许多同代人都能随时将那片头厂标曲哼唱出来。后来就知道,那首曲子叫作《新民主主义进行曲》,是由老革命音乐家贺绿汀谱成的。新民主主义,至少在1955年以前是一个非常响亮的主义,毛泽东曾撰《新民主主义论》,记得那时我父亲——他是一个被新海关留下并予以重用的旧海关人员——每当捧读《新民主主义论》的时候都会一唱三叹,服膺不已,我那时候还小,不大懂得,却印象深刻。还记得那时候老师是这样给我们解释五星红旗的:大的那颗星星代表共产党,团结在其周围的四颗星,则分别代表着工人阶级、农民阶级、小资产阶级和民族资产阶级。

想到这些,不是无端的。与那时所有的人皆相关,包括邵燕祥。

邵燕祥少年时代就"左"倾,那时的"左"倾,就是倾向共产党,多半还不是领袖崇拜,而是服膺于新民主主义的纲领,在"新民主主义进行曲"的旋律下,建设一个光明的新中国。

但是没过多久,新民主主义的提法就式微了,要掀起社会主义革命的高潮,还要跑步进入共产主义。国产片片头的工农兵塑像还保留着,却取消了《新民主主义进行曲》的伴奏。到后来,老师跟学生解释国旗上五颗星的象征意义,也就不再是我儿时听到的那种版本。《社会主义好》的歌曲大流行,《新民主主义进行曲》被抛弃淘汰。

一首歌,抛弃淘汰也就罢了。但是人呢?活泼泼的生命呢?

建设当然也还在建设,与天斗,与地斗,却都还不是第一位的,提升到第一位的是人斗人。到我十五岁那一年,就有不少我原来熟悉的作家、诗人、艺术家,被从人民的队伍里抛弃淘汰掉了。在被批判的诗人名单里,赫然出现了艾青。紧跟着我被告知,还有一些诗人也成了社会主义革命的对象,其中就有邵燕祥。多年以后,我读了邵燕祥回忆那一段生命历程的《沉船》,有两个细节给我的印象最深,一个细节是当他刚参加中国新闻代表团访问苏联回来不久,本来似乎更要"直挂云帆济沧海",却猛不丁地就遭遇"飓风"

而"沉船",他在自己的宿舍里闷坐,对面恰好是大立柜上的穿衣镜,他望着自己的镜像,头脑里不禁浮出"好头颅谁取之"的意识;还有就是他写到有一场对他的批判会是在乒乓球室召开的。我曾当面问他:"怎么会在乒乓球室里召开批判会?"他没想到我会有如此一问,说他那样记录不过是白描罢了。我的心却在阵痛,敢问人世间,自有乒乓球这项运动,设置了供人锻炼游嬉的专用乒乓室后,在何处,有几多,将其用来人斗人?

生命是脆弱的。生存是艰难的。穿越劫难活下来是不容易的。

1975年,我从任教的中学借调到当时的北京人民出版社文学室当编辑,当时在文学室的一位女士叫邵焱,她负责编诗歌稿件。我们相处半年以后,才有人跟我透露,她原名邵燕祯,是邵燕祥的妹妹。这让我想起了《到远方去》,想起了新民主主义时期的高压输电线,觉得自己有了接触邵燕祥的机会,暗中兴奋。但是我几次试图跟邵焱提起邵燕祥,她虽满脸微笑,却总是一两句话便叉开。1976年10月以后,政治情势发生了变化,1978年出版社同仁一起创办《十月》丛刊,我那时忝列《十月》"领导小组",就跟邵焱交代,跟邵燕祥约稿,无论诗歌散文都欢迎。邵焱仍是满脸微笑,过几天我问起约稿的事,她的回答很含蓄,好像是"现在行吗"一类的疑问句。我隐隐觉得,是邵燕祥还要再观察观察,包括观察《十月》究竟是怎样的面貌。后来与他接触,证实他的确不是个急脾气,而是凡事深思熟虑,一贯气定神闲的性格。

后来进入改革开放时期。邵和我先后被调入中国作家协会,他在《诗刊》,我在《人民文学》,他忙他的,我忙我的,见面不多,谈得很少，但我总还感觉到他对我的善意。我记得他曾将邵荃麟女儿邵小琴一篇回忆亡父的文章刊发到《诗刊》上，我问他：邵荃麟是文学理论家、翻译家，并非诗人，而邵小琴写的也不是悼亡诗，你怎么不介绍到《人民文学》发而偏在《诗刊》发呢？他也不解释，只是告诉我："邵荃麟在1957年保护了人啊，要不那时中国作协的运动会更惨烈！"后来他又几次跟我说起邵荃麟"保人"的事。这说明邵燕祥对爱护人、保护人的行为深深崇敬。我心中不免暗想，倘若那一年邵燕祥是在邵荃麟够得着的范围里，是不是也有幸被保护下来，只"补船"而不至于"沉船"呢？人世间基于正直、仗义而冒风险保护别人不致沉沦的仁者，确实金贵啊！

到了上世纪九十年代，邵燕祥和我都赋闲了。后来通知他，还把他的名字保留在中国作协的主席团里，他坚决辞掉了。再后来又一届会议，我收到一份表格，是保留全国委员需填写的，我退了回去，注明应将此名额付予合适的人选，结果中国作协当时一把手通过从维熙兄打电话转达我：名单已上报无法更改，但我可以不填表不去开会。这样我们都自在了。就有几次结伴去外地旅游。2001年我们同去了奉化、宁波、普陀、杭州。回京后燕祥兄将几张照片寄我并附一信：

心武：

鄂力已将他的照片寄来。我们拍的也冲出加印四张奉上，效果尚可。

此行甚快，值得纪念。唯发现你平时欠体力活动，似宜注意。不必刻意"锻炼"，散步（接地气，活血脉）足矣。

绣春囊为宝钗藏物,亦"事出有因"之想,可启人思路,经兄之文,始知世间有人如此细读红书。顺祝

双好

燕祥

九,一九,二〇〇一

　　信中所提到的鄂力,是京城许多老一辈文化人都熟悉的民间篆刻家,我是从吴祖光、新凤霞那里认识他的,后来也成了忘年交,他以我私人助手的名义帮助我十几年,那次南游他也是燕祥、文秀伉俪的好游伴(现在的网络语言称"驴友")。燕祥自己坚持长距离散步已经很多年了,他很早就习惯在腰上挂一个计步器,严格要求自己完成预定的步数,这和他写杂文一样,在时间、地点、人物、事件的引述上一丝不苟,尤其是原来某人某文件是怎么说的,后来如何改口的,总凿凿有据,虽点到为止,必正中穴位,读来十分痛快。我老伴去世前,不怎么能欣赏燕祥的诗,却总对他发表在《新民晚报》《夜光杯》上的杂文赞叹,有时还念出几句或一段给我听,然后对我说:"看看人家!"意思是让我"学着点",但我却总自愧弗如,学不到手。其中最关键的一点,是燕祥兄有积攒、查阅历史资料的超强意识与意志,所以能做到言必有据,他的反诘句,也就格外具有尖锐性与精确性。

　　这封信里提到的关于《红楼梦》研究的一个新奇怪的观点,并不是我提出的,我只不过是在一篇文章里引用,并表达了一番感慨罢了。在曹雪芹笔下,王夫人抄检大观园的起因,是傻大姐在大观园里的山石上拣到了一个绣春囊,所谓绣春囊就是绣有色情图画

的香袋儿,富贵家庭的小姐按礼是绝不应拥有的,就是个别丫头行为不轨得到了,也该藏在身上不令旁人看到。在曹雪芹笔下,后来有个情节,就是从二小姐迎春丫头司棋的箱子里,搜出了她表哥给她的一封情书,里面提到了香袋,这应该是司棋拥有绣春囊的一个证据,但毕竟曹雪芹并没有很明确地交代出绣春囊究竟是何人不慎遗落到山石上的,因此后来就有研究者提出多种猜测。清末有位徐仅叟,他就发表了一番惊世骇俗的见解,认为那绣春囊是薛宝钗收藏的。燕祥兄写这封信前大概正看完我发表在报纸副刊上的相关文章,因此即兴提起,他并不认为绣春囊为薛宝钗所藏的说法荒唐,反而觉得"事出有因""启人思路",我觉得他并非是在参与红学研讨,而是多年来阅世察人有所悟,深知人性的深奥莫测,世上就有那么一种表面上温良恭俭,而内里藏奸的人,也许就在你的身边,不可不知,不可不防。

燕祥兄几年前动了手术,心脏搭了四个桥。预后良好。现在他仍坚持每天按预定步数散步。我曾为《文汇报》撰写过《宗璞大姐噉饭图》《维熙老哥乒乓图》《李黎小妹饮酒图》,都是随文附图,一直想再写一篇《燕祥仁兄计步图》,成文不难,难的是如何画出他腰别计步器散步的那悠闲淡定的神态?前些时跟他通电话,他告诉我耳朵开始有些失聪了。在流逝的岁月里,有多少值得记忆的声音积淀在了他的心底里?相信还会化作诗句,以有形无形的乐音,浸润到读者的心灵。

燕祥兄从1990年4月到1991年6月,写成了组诗《五十弦》,前面题记里用了曹雪芹的话:"忽忆及当年/所有之女子……"可知是一组情诗,或者其中许多首都是献给过去、现在、未来岁月里,他始终深爱的谢文秀的。不过我读来却往往产生出超越男女爱情的思绪。其中第二首：

曾经　少年时
全部不知珍惜
一次回眸　一次凝睇
一阵沉默　一次笑语
一回欢聚　一回别离
当时说成是插曲

人生如歌
随早潮晚潮退去
最值得追忆的
是再也听不到的插曲
被风声吹散的断句
被星光点亮的秘密
还有渐行渐远的
被春雪融尽了的足迹

我已过了童年、少年、青年、中年，进入老年。我懂得珍惜生命中小小的插曲，即如那年在琉璃厂，燕祥兄迎面骑车而来，见到我亲热地唤我一声"心武"。他可能早忘怀了，我却仍回味着这小小的插曲。他现在在电话里仍然用同样的语气唤我"心武"。在共同旅游中他应该是看到我许多的缺点，他仍不拒弃我，总是尽量给我好的建议,对我释放善意,包容我。就有那么一位他的同代人,也跟他一样有过"沉船"的遭遇,后来我在《十月》也是积极地去约稿,后来也在一口锅里吃饭,他二婚的时候我还为他画了一幅水彩画,他见了我故意叫我"大作家",我那时也没听出其中的意味,后来,他竟指控我"不爱国",甚至诬我要"叛逃",若不是大形势未向他预期的那样发展,他怕是要将我送进班房,或戴帽子下放了吧。人生中此种插曲,虽也"随早潮晚潮退去",许是我这人气性大吧,到如今,到底意难平。插曲比插曲,唯愿善曲多些恶曲少些。

　　人生的足迹,印在春雪上,融尽是必然的。但有一些路程,有些足迹,印在心灵里,却是永难泯灭的。于是想起来,我和燕祥兄,曾一起走过,长长的路,走到那头,又回到这头,那一次,他腰里没别计步器。

2011 年 4 月 15 日　温榆斋

漂亮时光

时间、时光这两个同义词里,我喜欢时光;美丽、漂亮这两个同义词里,我钟情漂亮。

岁月推移里有许多光影,非常漂亮。

前几天去看望范用前辈,他卧在床上,见有客来,改卧为坐,靠着枕头垛,自己话不多,却为来客的话音欣喜,微笑着。

他耳朵收音不清,客人说的,大概只听真三四成,凡听真切的,如是提问,他会朗声回答。

那天李黎先去。李黎和许多海外文化人一样,老早就称他范公,他总是摇头摆手,表示担当不起。我理解,跟已故的夏衍等相比,他的辈分,要低一些,人们称夏公他觉得恰切,称他为公,他必然谦辞。但李黎认识他时,他已近花甲,而李黎才刚过而立之年,两人很快成为忘年交,李黎随一些海外文化人热络地唤他范公,实在是出于真心尊重而非虚礼矫情。

在开放尚未成为中心国策时,北京的三联书店成为连通海外文化人的一个重要渠道。1979年以后,这个渠道更得风气之先,李黎就是在1980年由范用邀请到北京来的台湾旅美作家,除安排她在三联书店主办的报告会上演讲,介绍她自己和台湾以及由台赴美的作家们的创作,还创造条件,让李黎成为最早去西藏、新疆参观的海外华文作家之一。

我结识李黎,就是由范用牵线。那比他以三联书店正式邀请李黎演讲更早,是在1978年。说来有趣,当时从美国飞来北京,要求见我,并提出进行采访,希望我畅谈《班主任》创作经历的,是薛人望先生,我在那以前因为已经参加过三联书店接待海外来客的活动,知道范用是"外事通",就打电话问他,能接受这样的采访吗?那采访,显然是要在海外发表的,会不会给我惹事呢?他蔼然地回答我说:没关系,薛人望和夫人李黎,都是前些年在美国出现的中国留学生发起的"保钓爱国运动"的积极分子,李黎的短篇小说内涵深刻,艺术手法圆熟,你更可以跟她切磋一番。于是,我就在华侨饭店接受了薛人望的采访,后来他整理出很长的采访录,在海外署名张华发表出来,采访录最后注明来不及请我过目,他文责自负。采访录中我的话究竟是否恰当另说,单就他的提问、插话及简短响应而言,他那对自己祖国的挚爱之心,切盼祖国发生良性变化的热望,洋溢在字里行间,"张华"这个笔名,当然是"张扬我中华"的寓意了。

薛人望的本行是研究基因的。他先在美国加州大学圣迭戈校区任教,后被斯坦福大学以优厚待遇挖走,专门从事研究。这下可好,他在学术领域节节上升,文学方面就只剩下一个空兴趣,再无闲暇读文学作品,更不可能以采访录来"张扬中华"了。如今他是中国科学院动物研究所特聘研究员和博士导师,每次来京总是专心致志地搞他的业务,简直没有时间会朋友。

但李黎却成为我的好友。每到北京,她一定要看望范公,也一定要会我。这回我们约齐来到范公床前,不免兴奋地谈论起来。话题涉及我近年来的揭秘《红楼梦》,李黎笑我"秦学"居然自圆其说,范公的儿子在旁提及当年王昆仑以太愚笔名写成的《红楼梦人物论》就是他父亲安排出版并设计封面的。范公让儿子把两册书分赠李黎和我。那是一本素雅的小书,封面上印着"时光"两个大字,又以较小的字印着"范用与三联书店七十年",还有两张淡色照片,一张是满脸稚气的少年范用,一张是满脸沧桑的老年范用。李黎和我齐请范公签名,他大声说了好几遍:"这不是我的书啊!"意思是此书非他所著,签名不妥。那是三联书店为表彰他将一生精力献给这家出版社成绩累累而编印的,里面有展现他历年风采的照片和手迹,以及他亲自设计的书籍封面。拗不过李黎和我的请求,范公接过笔为我们在书上签了名。回家一看,签的是"赠心武兄,范用"。随手一翻,就翻到了他设计的美国房龙《宽容》的书影。三联版《宽容》对我曾有过启蒙作用,范公的封面设计堪称雅而不拘、靓而不痞。

在我心中,三联是"宽容"的象征,而范公身上所体现出的宽容,施恩于我,难以忘怀。时光漂亮,镶嵌在时光里的范公的生命漂亮。愿范公在漂亮时光里乐享长寿。

2009 年 11 月 1 日

巴金与章仲锷的行为写作
—— 一封信引出的回忆

上

一位帮我整理书橱的"80后"小伙子,从一本旧书里抖落出一样东西,他拣起向我报告:"有封信!"我问他:"谁写给我的?"他把信封上的落款报告我:"上海……李寄。"我听清了那地址,忙让他把信递给我:"是巴金写来的啊!"他愣了一下,才恍然大悟:"是啊,巴金原来姓李!"我抽出信纸,巴金来信用圆珠笔写在了《收获》杂志的专用信笺上,现在将其照录如下:

心武同志:

　　谢谢您转来马汉茂文章的剪报。马先生前两天也有信来,我写字吃力,过些天给他写信。我的旧作的德译本已见到。您要是为我找到一两本,我当然高兴,但倘使不方便,就不用麻烦了。

　　您想必正为作协代表大会忙着。这次会开得很好。我因为身体不好,不能参加,感到遗憾。

　　祝

好！

　　　　　　　　　　　　　　　　巴金
　　　　　　　　　　　　　　　一月三日

　　说实在的，我已经不记得那是哪年的事了，仔细辨认了信封前后两面的邮戳，确定巴金写信是在1985年的1月3日。

　　我在"80后"前持信回忆往事，他望着我说："好啦！你又有回顾改革开放三十年的活材料啦！"我听出了他话音里调侃的味道。跟"80后"的后生相处，我不时会跟他们"不严肃"的想法碰撞，比如巴金的《随想录》，他一边帮我往书架上归位，一边哼唱似的说："这也是文学？"我不得不打破"不跟小孩子一般见识"的自定戒律，跟他讨论："文学多种多样，这是其中一种啊！"最惹我气的是他倒一副"不跟老头子一般见识"的神气，竟欢声笑语地说："是呀是呀，这是一部大书！好大一部书啊！"巴金的《随想录》，确有论家用"一部大书"之类的考语赞扬，用心良苦，但从眼前"80后"的反应来看，效果并不佳。

　　在和"80后"茶话的时候，我跟他坦陈了自己的一些看法，供他参考。我感叹，个体生命在时空里的存活挣扎，其悲苦往往是隔代人不解不谅的。"为什么那么'聪明'？""怎么不敢当烈士？"是不解不谅者最常用的"追问"。记得萧乾先生晚年曾对我说："有的年轻人那么说，可以理解，但要不了太久，他们当中的绝大多数会比我们更'聪明'。"其实全人类都有此类现象，上世纪五十年代美国"垮掉一代"的代表人物，如金斯伯格，到七十年代也都成了那社会守规矩的纳税人，会心平气和地接受他们以前骂死的媒体采访，其著作会交由他们以前鄙夷的主流出版商包装推出。

巴金无疑是写过无可争议是正宗文学作品的大书的，不仅有"激流三部曲"《家》《春》《秋》及其他长篇小说，还有无论从人性探索到文本情调都堪称精品的《寒夜》《憩园》等中篇小说。当然，他后半生几乎不再从事小说创作，他的最后一篇小说也许就是《团圆》，从文学的角度来看，那不是一篇杰作，更不能称为他的代表作，但根据这篇小说改编的电影《英雄儿女》自上世纪六十年代初拍成放映后，影响极大，不过看过电影去找小说看的人，恐怕很少，电影里那首脍炙人口的插曲《英雄战歌》，小说里是没有的，词作者是公木。巴金后半生没怎么写小说，散文随笔写了一些，我记得少年时代读过巴金写的《别了，法斯特》——法斯特是一个上世纪四五十年代颇活跃的美国左翼作家，写过一些抨击资本主义的小说，但在斯大林去世、赫鲁晓夫否定斯大林的"秘密报告"泄露出来以后，感到幻灭，遂公开宣布退出美国共产党——法斯特当然可以评议，但巴金那时写此文是奉命，是一种借助于他名气的"我方""表态"。这类的"表态"文章他和那个时代的另一些名家写得不少。那当然不能算得文学。可是，粉碎"四人帮"以后，巴金陆陆续续写下的《随想录》，却和之前的那些"表态"文章性质完全不同，他这时完全不是奉组织之命，而是从自我心灵深处，说真话，表达真感情，真切地诉求，真诚地祈盼，这样的文字，在那一特定的历史阶段，得以激动人心，获得共鸣，我作为一个过来人，可以为之见证。"那也是文学？"年轻人发出这样的质疑，我也理解，拿眼前的这位"80后"来说，他觉得像帕慕克的《我的名字叫红》那样的著作才算得文学，这思路并没有什么不妥，帕慕克并不是一位"为文学而文学"的作家,实际上这位土耳其作家的政治观念是很强的,《我的名字叫红》里面就浸透着鲜明的政治理念,但无论如何帕慕克不能凭借着一些说真话的短文来标志他的文学成就,他总得持续地写出艺术上精到的有分量的小说来,有真正的"大书",才能让人服气。

巴金后半生没能写出小说,这不能怪他自己。他实在太难了。"文革"十年他能活过来就不易。粉碎"四人帮"后他公布过自己的工作计划,他还是要写新作品的,包括想把俄罗斯古典作家赫尔岑的回忆录翻译完,但他受过太多的摧残,年事日高,身体日衰,心有余力不足。尽管如此,他仍不懈怠,坚持写下了《随想录》里的那些短文。特殊情况下的特殊写作,我们除了尊敬,别无选择。巴金晚年公开声明,他不是作家,只是一个通过写文章把心交给读者的人,我以为这不是谦虚,而是他已经非常明了自己作为一个特殊的生命,应有一个什么样的坚实的定位。

我不赞同那种因为巴金在粉碎"四人帮"后不但恢复了"文革"前的名誉地位,甚至更上层楼,就把他奉为神明,甚至非要把大白话的《随想录》说成巅峰"大书"的夸张性评价。那也实在是辜负了他自己最后为自己的定位。

"80后"小伙子问我:"巴金给你的信讲的究竟是什么啊?怎么跟密电码似的?"其实也不过二十多年,但拿着那张信纸重读,我自己也恍若隔世。我和巴金只见过一面。从这封信看,我起码给他写去过一封信,这是他给我的回信。"你既然见过巴金,还通过信,前几年他逝世的时候,怎么没见你有文章?"我告诉他,以前的不去算了,粉碎"四人帮"以后,跟他交往频密的中青年作家很多,通信的大概也不少,算起来我在他的人际交往中是很边缘、很淡薄的,对他我实在没有多少发言权。不过既然发现了这封信,却也勾出了我若干回忆,而与眼前的小青年对话,也激活了我的思路,忽然觉得有话要说。

我跟"80后"小伙子从头道来,而这就不能不提到另一个人——章仲锷。"他是谁？也能跟巴金相提并论？"我说,世法平等,巴金跟章仲锷,人格上应享有同样尊严,他们可以平起平坐。确实,巴金跟章仲锷平起平坐过。那是在1978年。那一年,我和章仲锷都在北京人民出版社文艺编辑室当编辑。当时只有《人民文学》《诗刊》两份全国性的文学刊物,我们北京人民出版社文学编辑室的同仁以高涨的热情,自发创办向全国发行的大型文学刊物《十月》,一时没有刊号,就"以书带刊",兴高采烈地组起稿来。章仲锷长我八岁,当编辑的时间也比我长,他带着我去上海组稿。那时候因为我已经于1977年11月在《人民文学》杂志发表了短篇小说《班主任》,在文学界和社会上获得一定名声,组织上就把我定为《十月》的"领导小组"成员之一,章仲锷并不是"领导小组"成员,所以他偶尔会戏称我"领导"。其实出差上海我是心甘情愿接受他领导的,他无论是在社会生活经验还是文学界情况方面都比我熟络,去巴金府上拜见巴金,我多少有些腼腆,他坐到巴金面前,却神态自若,谈笑风生。巴金祝贺《十月》的创办,答应给《十月》写稿,同时告诉我们,他主编的《上海文学》《收获》也即将复刊,他特别问及我的写作状况,向我为《上海文学》和《收获》约稿。他望着我说,编辑工作虽然繁忙,你还是应该把你的小说写作继续下去。现在回思往事,就体味到他的语重心长。他自己的小说写作怎么会没有继续下去？他希望我这个赶上了好时期的后进者,抓住时代机遇,让自己的小说写作进入可持续发展的轨道。我说一定给《上海文学》写一篇，巴金却说，你也要给《收获》写一篇，两个刊物都要登你的。《收获》也要？那时记忆里的《收获》，基本上只刊登成熟名家的作品，复刊后该有多少复出的名家需要它的篇幅啊，但巴金却明确地跟我说，《上海文学》和《收获》复刊第一期都要我的作品。我回北京以后果然写出了两个短篇小说，寄过去，《找他》刊登在了《上海文学》，《等待决定》刊登在了《收获》。我很惭愧，因为这两个巴金亲自约去的小说，质量都不高。我又感到很幸运，如果不是巴金对我真诚鼓励，使我的小说写作进入持续性的轨道，我又怎么会在摸索中写出质量较高的那些作品呢？回望文坛，有过几多昙花一现的写作者，有的固然是外在因素强行中断了其写作生涯，有的却是自己不能进入持续性的操练，不熟，如何生巧？生活积累和悟性灵感固然重要，而写作尤其是写小说，其实也是一门手艺，有前辈鼓励你不懈地"练手"，并提供高级平台，是极大的福气。

　　作家写作，一种是地道的文学写作，如帕慕克写《我的名字叫红》，一种是行为写作，巴金当面鼓励我这样一个当时的新手不要畏惧松懈，把写作坚持到底，并且作为影响深远的文学刊物主编，向我在有特殊意义的复刊号上约稿，这就是一种行为写作。巴金的行为写作早在他的青年时代就已十分耀眼，他主编刊物，自办出版机构，推出新人佳作。我生也晚，上世纪前半叶的事迹也只能听老辈"说古"，但上世纪五六十年代他和靳以主编的《收获》，我作为文学青年，是几乎每期必读的，却留有若干深刻的印象。别人多有列举的例子，我不重复了。只举两个给我个人印象很深而似乎少有人提及的例子。一个是《收获》曾刊发管桦的中篇小说《辛俊地》，写的是抗日战争时期游击队员辛俊地，他和成分不好的女人恋爱，还个人英雄主义，自以为是地去伏击给鬼子做事的伪军通讯员，将其击毙，没想到那人其实是八路的特工……让我读得目瞪口呆却又回味悠长，原来生活和人性都如此复杂诡谲——《辛俊地》明显受到苏联小说《第四十一》的影响，但管桦也确实把他熟悉的时代、地域和人物融汇在了小说里，这样的作品，在那个不但国内阶级斗争的弦越绷越紧，国际范围的反修正主义也越演越烈的历史时期，竟能刊发在《收获》杂志上，不能不说是巴金作为其主编的一种"泰山石敢当"的行为写作。再一个是《收获》刊发了儿童文学作家任大霖的系列短篇小说《童年时代的朋友》，跳出那时期政治挂帅对少年儿童只进行单一的阶级教育、爱国教育、品德教育的窠臼，以人情人性贯穿全篇，使忧郁、惆怅、伤感等情调弥漫到字里行间，文字唯美，格调雅致，令当时的我耳目一新。这当然是巴金对展拓儿童文学写作空间的一种可贵行为。

其实中外古今，文化人除了文字写作，都有行为写作呈现。比如蔡元培，他的文字遗产遗留甚丰，老实说其中能有几多现在还令人百读不厌的，但说起他在担任北京大学校长期间以及跻身学术界那兼容并包宽容大度的行为遗产，我们至今还是津津乐道、赞佩不已。哥伦比亚的马尔克斯，《百年孤独》固然是他杰出的文学写作，而他一度履行的"文学罢工"，难道不是激动人心的行为写作吗？晚年的冰心写出《我请求》的短文，还有巴金集腋成裘的《随想录》，当然是些文字，但我以为其意义确实更多地，甚至完全体现为了一种超文字的可尊敬和钦佩的文学行为。

"80后"小伙子耐心地听了我的倾诉。他表示"行为写作"这个说法于他而言确实新鲜。他问我："那位章仲锷，他的行为写作又是什么呢？难道编刊物、编书，都算行为写作？"我说当然不能泛泛而言，作为主编敢于拍板固然是一种好的行为，作为编辑能够识货并说动主编让货出仓，需要勇气也需要技巧。当然前提是编辑与作者首先需要建立一种互信关系。章仲锷已被传媒称为京城几大编之一，从我个人的角度，以为他确实堪列于中国进入改革开放时期的名编前茅。

下

这篇文章还没写完，忽然得到消息，章仲锷竟因肺炎并发心力衰竭，在10月3日午夜去世！呜呼！我记得他曾跟我说过，想写本《改革开放文学过眼录》，把他三十年来编发文稿推出作家的亲力亲为"沙场秋点兵"，一一娓娓道来，"你是其中一角啊！"我断定他会以戏谑的笔调写到我们既是同事又是作者与编者的相处甚欢的那些时日。但他的遗孀高桦在电话里哽咽着告诉我，他的肺炎来得突然，他临去世前还在帮助出版机构审编别人的文稿，"苦恨年年压金线，为他人作嫁衣裳"，自己的这样一部专著竟还没有开笔！

从这段文字起我要称他为仲锷兄。他的音容笑貌，宛在眼前。1980年我一边参与《十月》的编辑工作一边抽暇写小说，写出了我的第一个中篇小说《如意》，这是我写作上的一个转捩点，我不再像写《班主任》《爱情的位置》《醒来吧，弟弟》那样，总想在小说里触及一个重大的社会问题，以激情构成文本基调，我写了"文革"背景下一个扫地工和一个沦落到底层的满清格格之间隐秘的爱情故事，以柔情的舒缓的调式来进行叙述。稿子刚刚完成，被仲锷兄觑见，他就问我:"又闯什么禁区呢?"我把稿子给他:"你先看看,能不能投出去?"过一夜他见到我说:"就投给我,我编发到下一期《十月》。"我知道那一期里他已经编发着刘绍棠的《蒲柳人家》,还有另一同仁正编入宗璞的《三生石》,都是力作精品,中篇小说的阵容已经十分强大,就说:"我的搁进去合适吗?"他说:"各有千秋,搭配起来有趣。听我的没错。"我虽然是所谓《十月》"领导小组"成员,但确实真心地相信他的判断。那时《十月》的气氛相当民主,不是谁"官"大谁专断,像仲锷兄,还有另外比如说张守仁等资深编辑,也包括一些年轻的编辑,谁把理由道出占了上风,就按理发稿。

后来有同辈作家在仲锷兄那里看到过我《如意》的原稿,自我涂改相当严重,那时一般作者总是听取编辑意见对原稿进行认真修改后,再誊抄清爽,以供加工发稿,仲锷兄竟不待我修改誊抄就进行技术处理,直接发稿,很令旁观者惊诧,以为是我因《班主任》出了名"拿大",仲锷兄却笑嘻嘻地跟我说"人怕出名猪怕壮,活猪也能开水烫,说你几句是你福,以后把字写清楚!"他后来告诉我,他是觉得我那原稿虽较潦草但文气贯畅,怕我正襟危坐地一改一誊倒伤了本来不错的"微循环",你说他作为编辑是不是独具慧眼?

1981年我又写出了中篇小说《立体交叉桥》,写居住空间狭窄引发的心灵空间危机,以冷调子探索人性,这是我终于进入文学本性的一次写作,但我也意识到这个作品会使某些曾支持过我的文坛领导和主流评论家失望甚至愠怒。写完了我搁在抽屉里好久不忍拿出。那时我已离开出版社在北京市文联取得专业作家身份。仲锷兄凭借超常的"编辑嗅觉",一日竟到我家敲门,那时我母亲健在,开门后告诉他我不在家,他竟入内一叠声地伯母长伯母短,哄得母亲说出抽屉里有新稿子,他取出那稿子,也就是《立体交叉桥》,坐到沙发上细读起来,那个中篇小说有七万五千字,他读了许久,令母亲十分惊异。读完了,我仍未回家,他就告辞,跟母亲说他把稿子拿走了,"我跟心武不分彼此,他回来您告诉他他不会在意",我怎么不在意?回到家听母亲一说急坏了,连说"岂有此理",但那时我们各家还都没有安装电话,也无从马上追问仲锷兄"意欲何为",害得我一夜没有睡好。第二天我才知道,他拿了那稿子,并没有回家,直接去了当时《十月》主编苏予家里,力逼苏予连夜审读,说一定要编入待印的一期,苏予果然连夜审读,上班后做出决定:撤下已编入的两个节目以后再用,将《立体交叉桥》作为头条推出。《立体交叉桥》果然令一些领导前辈和主流评论家觉得我"走向歧途",但却获得了林斤澜大哥的鼓励:"这回你写的是小说了!"上海美学家蒋孔阳教授本不怎么涉及当代文学评论,却破例地著文肯定,这篇小说也很快地被外面汉学家译成了英、俄、德等文字,更令我欣慰的是直到今天也还有普通读者记得它。如果没有仲锷兄那戏剧性的编辑行为,这部作品不会那样迅速地刊发出来。

我的第一部长篇小说《钟鼓楼》,责任编辑也是仲锷兄(那时他已调到人民文学出版社)。《钟鼓楼》获得了第二届茅盾文学奖,记得颁奖活动是在国际俱乐部举行,我上台领奖致谢颇为风光,但三部获奖作品的责任编辑虽然被点名嘉奖,却没有安排上台亮相,仲锷兄后来见到我愤愤不平,说就在后台把装有奖金的信封塞到他们手里完事,抱怨后还加了一句国骂。"80后"小伙子今天又来跟我聊天,听我讲到这情况说:"呀,这位章大编确实性格可爱,其特立独行的编辑方式也真是构成了行为写作!"

再回过头来说巴金给我的那封信。原委应该是1984年冬我应邀去联邦德国(西德)访问,其间见到德国汉学家马汉茂(Martin, Helmut),他虽然原本以研究中国清代李渔为专长,但在上世纪七十年代末和八十年代初,对中国当代文学产生了浓厚兴趣,那时他对巴金等老作家的复出和改革开放后新作家作品的出现都很看重,当时他是波鸿大学的教授,他也是行为写作胜于实际写作。他自己翻译中国作家作品并不多,主要是写推介性文章,积极组织德国汉学家进行翻译,并且善于利用自己在学术界的地位和社会影响,说动出版社出版中国当代作家作品的德译本,还从基金会或别的方面找到钱来邀请中国作家到德国访问,联系媒体安排采访报导以扩大影响,他并且具有向瑞典文学院推荐诺贝尔文学奖候选人的资格,尽管他后来的立场和观点具争议性,而且不幸因患上抑郁症在1999年6月跳楼身亡,但他那一时期对中国当代作家作品进入西方视野的行为写作,我们不应该遗忘抹煞。我从德国回来,应该是把马汉茂在境外发表的与中国当代作家作品特别是与巴金有关的文章、访谈的剪报寄给了巴金。马汉茂那时候跟我说,后来我又从瑞典汉学家马悦然等那里听说——他们虽然观点多有分歧,但在这一点上却惊人一致——中国当代作家的作品本来不错,但缺少好的西文译本,特别是由中国自己外文局组织翻译的那些译本,几乎都不行,他们认为中国文学要走向世界,必须要有好的外文译本。马汉茂很具体地跟我议论了巴金作品的英、法、德文的译本,其中德译《寒夜》的一种比较好,他说要是巴金其他小说的译本都能达到或超过那样的水平,那么西方读者对巴金的接受程度会大大提升。我大概是带回了《寒夜》的德译本转给巴金,所以他信里说"我的旧作的德译本已见到"。那时巴金在浩劫后手里已经没有几个自己小说的境外译本,他希望我能替他多找到一两本,心情可以理解。

　　改革开放对中国当代文学带来怎样的生机？一是无论从作家的生存方式到作品的面貌都呈现多元了,这是以前难以想象的。还有就是对外面的文学敞开了门窗,而中国文学也确实走出了国门,尽管到目前还是"入超"的局面。从巴金二十三年前的这封来信,你可以看出像我这样的新作家已经得到他那样的老前辈的平等对待,我们已经完全不必惧怕"里通外国"的嫌疑,坦率地谈论与外国汉学家的交往以及中国作家作品在境外的翻译出版情况。"80后"小伙子说他从网络上查到一个资料,天津一位用世界语写诗的苏阿芒,写的诗完全不涉及政治,因为投往境外世界语杂志发表,竟被以"里通外国"的罪名锒铛入狱,后来得以平反昭雪。我说你应该多查阅些这类的"近史"资料,有助于理解祖辈父辈是通过怎样的历史隧道抵达今天的,而几辈人也就可以更融洽和谐地扶持前行。

　　巴金信里说"您想必正为作协代表大会忙着",他的猜想不确,我这人不习惯开会,到了人多的会场总手足无措,他说的是中国作协的第四次全国代表大会,我没等会议开完就回家去了,那以后我没有参加过类似的会议,我从未为开会而忙碌过。中国作协的"四大"是中国进入改革开放以后,文坛共识破裂的开端,巴金认为"这次会开得很好",但另有地位显赫的人士认为开得很糟。

　　改革开放进程中,共识的形成、凝结、发酵和歧见、破裂、分弛,是必然的,文化界包括文学界莫不有这样的现象,现在大体上歧见各方对问题的"点穴"几无差别,但如何化解这些问题,则择路不同。作为一个改革开放进程的参与者与见证人,我的想法是无论如何不能往回走。巴金的一封信,使我对老一辈肩住因袭的闸门,自己走不动了,鼓励后辈冲出闸门,去往广阔的天地,那样一种悲壮的情怀,深为感动。同时回忆到仲锷兄那样一起往前跑的友伴,就实质而言,我们的生命价值可能也都更多地体现于行为写作,我对"80后"小伙子说,创作出真正堪称"大书"的作品,希望正在他们身上。他没有言语,只是拿起那封巴金的信细看,似乎那上面真有什么"达·芬奇密码"。

2008年10月6日　写完于绿叶居

有个戴鸭舌帽的人

开头,我们仅仅是邻居。严格意义上的邻居。

倘若邻居都能成为我们的朋友,那么,跑到远处去看朋友的事一定会显得很滑稽。

身近不一定心近。人的心灵,即人的精神世界,为什么这般复杂微妙?

湛秋知道我是写小说的,但他并不怎么读我的小说。我知道湛秋是写诗的,但我也并不怎么读他的诗。我们是邻居——同世界上大多数邻居一样,我们客客气气,彬彬有礼,在生活方面互相照应,但我们的感情世界,在相当长一段时间内并无交流。

有时我对他说:"嘿,你看到了吗?我最近新发表了一篇小说。"他照例没看。后来看了,看了也就看了,他无兴致评议,我便也不问。有时他对我说:"有几首诗,新发在刊物上……"那刊物我有,翻开看了,看了也就看了,再见他时想不起这个话题,他便也不问。自自然然地相处,这多么好。

渐渐地,出现了这种情况,他主动议论:你新发表的那篇小说,如何如何。我见了他也忍不住说:看见你新发表的几首诗,如何如何。与其说我们从对方的作品中产生了什么共鸣,不如说我们从对方的作品中发现和明晰了我们之间究竟有哪些不同。

人们仅能以礼相待而不能成为朋友,是否恰恰是因为不能明晰相互究竟有哪些不同。只有清醒地认识到相互的不同,才有可能产生充分的谅解。而充分的谅解应当是沟通人与人心灵的坚实的桥梁。

存这种情况,我读到刘湛秋散发在刊物上的若干无题抒情诗。其中有一首说:"谅解无声而温暖/互送一个苹果的微笑/初春的黎明/悄悄融化着雪水/……/如果谅解能溶于空气/为我们每个人所呼吸/被谅解是一种幸福/谅解别人也是一种幸福。"

我想:这恰恰也是我所想到的。当然,我不是用诗的思维方式来想的。

我谅解。因为我理解了他。他在另一首中说:"也许,一切又都会忘记/花儿开了,还要凋谢/在美丽却又是多事的世界/只祈求相逢多于离别。"为什么那么渴求相逢而害怕离别呢?贾宝玉总怕盛筵有终,而小红却看准了"天下没有不散的筵席",对聚散的情感与认识,往细微处观察,自古就有多种不同派别。也许我毕竟比湛秋小,生活经历比他单纯,所以我总渴望着有机会去见更为广阔的世面,为此,我觉得离别次数多一点,也无所谓。当然,倘是"生离死别",我也受不了。

不完全追求共鸣,而把别人的作品当作一个对比物,来衡量自己的情感和认识,引起思索,这是我阅读文学作品时所追求的一种乐趣。湛秋的另一首无题抒情诗写道:"你从远方归来/踏着栀子花的清香/汲水的辘轳更光滑了/没衰老的还是那一轮月亮……往事如细冷的雨滴/落叶悄悄地把你张望……"倘若我从远方回到故乡,触动我的细节,牵动我的感情思缕,难道也会是这样的吗?但湛秋在诗的结尾处说:"在这偏僻寂静的山沟,为什么会听到潮水的轰响/于是你又匆匆离开/去追逐那大海的波浪。"这倒可以肯定,我会这样的。我就这样读湛秋的诗。他希望我这样来读吗?他自己在一则短文中说:诗,"它是真诚情绪的勃发,是热点或冰点的一种升华和凝固"。"这种勃发的情绪,也不仅表现于外在的喜怒哀乐!也凝固于内在的深沉的思索,这种思索也是催开诗的花朵的力量。其实,思索本身也是情绪的特有的波动啊!"那么说,他一定赞成别人用思索的态度读思索的诗。

湛秋又在另一首无题抒情诗中勾勒了一个可爱的小姑娘的形象:"她挎着一筐蓝色的小花/从一片没有砍伐的森林/淋着叶子筛落的阳光雨/踏着绿云般的青苔/笑声,像可爱的山雀……她是从不疲倦的风/眸子像永远燃烧的星云/心中怀着爱,也怀着痛苦……"她是谁?无疑的,她象征着一种值得追随的东西。湛秋在结尾时宣布:"不管在记忆里/是金黄的果实还是衰败的落叶/有个戴鸭舌帽的人/会和她一起深情走去/不怕做出任何的牺牲。"我自认识湛秋起,就总见他戴着一顶鸭舌帽,所以这诗的最后一节,我认定是湛秋的自况——不管他承认,还是不承认。

读了这个戴鸭舌帽的邻居的若干诗,有想说的话,现在便把它说了。算什么呢?吹捧吗?批评吗?什么也算不上吧?

我们能够不仅仅是邻居,也是朋友吗?我说的是严格意义上的朋友。

1983年4月1日　北京垂杨柳

元旦论灾为哪般？

1991年，浙江温州永嘉县邀请一批书画家和作家去那里访问，我也在被邀之列。到了那里，见到一位满头白发的书法家——孙轶青。他见到我，很亲切地打招呼。他和我之间，有这样一段对话：

孙：1977年一读到《班主任》，见署名刘心武，我心里就说，这个刘心武，一定就是当年那个刘心武！

我：当年？

孙：是呀。你当年是不是写过一篇《水仙成灾》的文章呀？

我：是呀。好多年了啊！大概是1962年吧。呀，快三十年了！那时候我还没满二十岁。

孙：你发表在哪里的？记得吗？

我：记得是《中国青年报》。刊发在1962年元旦那天的副刊上，登在左上角头题。

孙：是我签发的啊！我那时候是《中国青年报》的总编辑。

我：呀！是您呀！

孙：那时候，人们经过"三年困难时期"，普遍觉得应该总结一下经验教训，不要把事情做过头啊。你这篇自发来稿，恰恰提出了这么一个意味深长的问题。底下编辑提交上来,我看了很高兴,就记住了作者的名字。当时还以为是个年纪比较大的同志写的哩。怪不得后来你能写出《班主任》,你从那时候就很能独立思考,发表出不同凡俗的见解啊!

我:我也走过弯路,写过随大流的东西。

孙:谁的道路是笔直的呢?吸取教训,发扬优点吧!

我:真高兴!二十九年后见到了您!

孙:我也是!

孙老提到的那篇文章,准确地说,题目为《水仙成灾之类》。大意是,非洲某港口引进了洋水仙(风信子),没想到水仙过度繁殖,造成了港口堵塞,损失惨重。可见好心也会造成恶果,凡事都应把握好尺度。

想想也是,这样一篇反"过头"的文章,竟然由一位小青年写出,作为一篇自发来稿,竟被《中国青年报》总编辑拍板刊于副刊头题,真是一桩值得忆念的事。可惜就在那一年,政治上又左起来,后来几年越来越左,终于引发出"文化大革命"。

其实我另一篇文章《从独木成林说起》,也刊发于《中国青年报》,而且时间更早一些,是1961年夏天。内容是谈辩证法的。我那时候自学恩格斯的《自然辩证法》,思考很多问题。那时只是觉得亲身经历的一些事情,可能是思想片面化所致,应该更全面地看问题才好,就写了这么篇文章。1991年在温州遇见孙轶青老前辈时,他没有提及这一篇,我想也应该是经他手签发的。

记得1962年春节,团中央在正义路本部举办了迎春晚会,我得到一张入场券,很高兴地去了。楼里大厅摆放着梅花盆景,悬挂着传统宫灯。礼堂里先有歌舞演出，最后放映新拍成的电影《花儿朵朵》。不同的空间里，安排了花样繁多的有奖游戏。在其中一间大屋子里，则有《中国青年报》的种种展示，有项"我最喜欢的文章"的投票活动，备选的文章里，就有《水仙成灾之类》。我听见有参与投票的人互相议论，一个说："元旦怎么发表谈灾害的文章？"又一个说："我投这篇。唯物主义者没有忌讳……"我脸一热，赶紧走开了。

1961年到1963年，我在《中国青年报》上刊发的文章不止这两篇。那时候我觉得团中央很开明，《中国青年报》很有生气。二十几年后，我曾借到那几年的《中国青年报》合订本，翻阅中，仿佛又回到了青年时代。

与孙老温州邂逅，弹指又过去了十八年，距《水仙成灾之类》刊发，已四十七年了！昨天看《北京晚报》，在《五色土》副刊上见有书法家沈鹏的诗歌作品，细看标题，竟是《晓川兄告轶青翁噩耗泣就》！孙老晚年进入书法大家行列，沈鹏悼念的不可能是另一轶青。我读了沈鹏的诗，久久地凝望着窗外的天空，只觉得有白鹤朝高远处翩翩而去。

2009年3月24日

一朵雅云

1987年访美,我在美国纽约初见文学评论家李子云,那都是在许多人共处的场合,她穿戴不扎眼,谈吐不哗众,恬淡平和,没太引起我注意。虽然我们两个人的原始邀请并不相同,但是派生出来的一些邀请,却是相同的——我们同被邀请在哈佛和康奈尔大学演讲。

在哈佛,记得我和李子云被安排在同场演讲。那个演讲厅很大,大约有五百个座位。那回座无虚席,甚至还有加座,乃至站着听的。听众以华裔居多,也不乏学中文的金发碧眼的学生。我的演讲内容是通过1977年至1987年中国文学的发展透视中国社会的巨大变化,切入角度是我个人对文学运动的参与及其心路历程。李子云的演讲内容则是介绍中国当代文学中女性意识的觉醒。我因为当过中学教师,论口才是相当自傲的。在前几站演讲中,特别是在纽约哥伦比亚大学的演讲,大获成功,记得刚讲完,就有当时美国《华侨日报》副刊的主编王渝女士冲过来拥抱我并吻我脸颊,激动地说:"你讲得太好了!"这给了我更多的自信,后来在哈德佛德三一学院的小型演讲和在麻省理工学院的大型演讲,我都并不完全重复在哥伦比亚大学的内容,在灵感被激活的情况下常有精彩的话语迸出。

哈佛那场演讲安排在下午。我先李后。我演讲时,李子云坐在台下前排一侧。我讲了约45分钟,与听众交流约20分钟。我自己觉得发挥很好,结束后掌声非常热烈,还有人跑过来让我签名。

休息一刻钟后,李子云登台演讲,我坐到台下她坐过的位子上。说实在的,开始,我只是出于尊重与礼貌,坐在那里听。5分钟后,我被吸引。10分钟后,我开始吃惊。20分钟后,我大佩服。她的仪态十分从容。她的普通话语音甚至比我还要规范圆润。特别是,她完全以实例说明问题,条分缕析,层层推进。那时候出国访问的一些人士,往往喜欢通过演讲与私下接触,竭力显示自己的开放程度,甚至多少有些投人所好。李子云的演讲从头到尾没有为官方以及任何机构、群体、他人代言的意味,没有投任何一方所好的气息,她就是作为一个独立的文学批评家,通过阅读思考,发表自己的独立见解,没有框框条条,没有禁忌也绝不放肆,严谨中不失幽默,幽默中又绝无油滑。那时候我尽管是《人民文学》杂志的主编,从工作角度也阅读了不少当代女作家的作品,也知道西方的女权主义包括文学上的女权批评传入了中国,也曾试图从女性话语角度去理解那时的女作家作品,但听了李子云的演讲,才知道自己是一知半解,甚至是强不知为已知。她对那时期中国大陆女作家在作品中有意无意渗透出的女性意识,揭橥中只有放大而没有夸大,既有肯定也有质疑。到答疑讨论阶段,听众提问的深度,以及讨论气氛的热烈,都超过我那前半场。主持人宣布曲终奏雅,掌声不仅热烈而且持续的时间超过了给我的。后来她款款走下台来,我迎向她,于是才猛然意识到,她那身乍看并不起眼的衣衫,是非常高级的品牌,其颜色是一种特别难以调出来的海洋色,穿在她身上,使她显得非常典雅,而她那似乎简单的发型,其实是精心梳理出来的,眼镜也非俗品……我心中一震,分明是一朵雅云从天冉冉飘落!

从时间总数上计,我跟李子云的交往,比许许多多的同行要少很多很多。我们真有点常常相忘于江湖的意味。我最后一次见到她是2006年,今年春节我们通过很长的电话。万没想到她在今年6月11日七十九岁生日前猝然仙去。

李子云曾跟我深议过安东·契诃夫,契诃夫无论是他的小说,戏剧也好,贯穿性的东西就是反庸俗。本是富家名媛的李子云之所以少女时期就投身革命,我以为她是将革命视为一种反庸俗的社会运动,其理想的核心是使公众生活与个人心灵都在公正、公平的实现中朝高尚提升,包括近三十年的改革开放,从某种角度上说,其实也应该视为一种反庸俗的社会运动,而这运动的曲折,以及目前所遇到的问题,也都可以用高尚与庸俗之间的搏斗消长来加以诠释。李子云实实在在地实现了契诃夫的箴言:"人的一切都应该是美好的:面貌,衣裳,心灵,思想。"

2009年6月29日

马季拿我抖包袱

大约二十年前,我遇到人生中的一次大挫折。因为不清楚深层因素,格外惶惑灰心。那时候我是全国青年联合会的委员,还被选为了常委。青联逢年过节总要搞联欢活动,那次照例给我发来请柬。几位热心的常委,还有青联的工作人员,纷纷给我来电话,他们估计我不想参加联欢,就好言相劝,动员我好歹去聚一聚、乐一乐、散散心。盛情难却,我勉强赴会。

那天我迟一步进入联欢会现场。人们围坐茶话,花团锦簇,笑语喧哗。闷闷不乐的,大概只有我一个人。

演出区里,一个个精彩节目接连不断。我也无心欣赏。不知不觉中,马季、赵炎上场,说开了相声。那应该是个已经表演过多次的段子,我就恍惚曾从电台广播里听到过。马季长我八岁,我还是少年时,他已经初露头角。他那甜中带酸的柑橘嗓音,还有那总是使劲眨巴眼的经典表情,迷倒、笑倒过无数我的前辈、同辈和晚辈。但我只是他的相声艺术的一个普通欣赏者,我们没有过任何私人交往。

那天马季和赵炎说的那个段子,你逗我捧的,哏花朵朵,虽然许多人原来听过,但好段子总愿一听再听。有时候,表演者的某个应有的瞬间还没到位,激赏者甚至会急不可耐地抢着道出。说到当中一蓖节,赵炎问出一句,马季随即抖出一个包袱,那本是许多人所熟悉、也热切期待的一个大哏,马季张口前,有个别听众甚至都替他冒出半句来了,但万没想到,那天马季大声抖出的包袱却是:"那不就是刘心武嘛!"

马季改词了!不知道他事先知会了赵炎没有。整个段子具有一定的讽刺性,但在那一蓖节那一问一答里,答话所抖的包袱,放在前后语境里,却是一种正面的宣示。也就是说,在当时那种情况下,马季那样抖包袱,等于说:"刘心武是个好人呀!"

我当然被那突如其来的声波惊得一震。满场的人都听得清清楚楚,都知道我在现场,都意识到马季是临场抓哏,而他在那个蓖节里把我拿来当包袱抖出,却又显得非常自然,仿佛稿本里就是那么写的,赵炎接包袱,也仿佛从来都是那么演出,水到渠成,天衣无缝。人们稍愣了两秒,就爆发出一阵开心的欢笑和热烈的掌声。当时我没有笑,也没顾得鼓掌。只是感觉到有股热力,从耳入心,又由心泵到全身每一部位。

现在我很后悔。那天直到散去,我都没有到马季跟前,跟他照个面、握个手、道声谢。

那是我最后一次在现场见到马季。后来我只是在电视上经常看到他。

我不知道马季本人后来是否还记得,那一年那一月那一天那一晚那一刻,他曾即兴抓哏,用他的表演艺术,去支撑过一个当时相当脆弱的生灵。

挫折是人生最好的教师。它可以使你顿悟。在我人生的大挫折中,有人从背后狠踹我几脚,令我惊异的是,他倒并不真认为我是坏人,只是想以那样的方式证明他是超级好人,以获取多多的奖赏。后来他并未谋求到所希求的,又竭力辩白并未踹人。这当然是极个别的存在。但锦上添花者多,雪中送炭者少,却是世相之常态。我也曾在挫折中灰心到极点,当然,我逐渐变得坚强。这里面有我自己凭借自尊、自信、自省、自我调整的艰辛努力,更有许多人士给予我的善意、宽容与激励,比如当年那些一再邀我参与联欢的人士,我都一一铭记在心;更难忘怀的是马季,在他来说,也许那只不过是他多姿多彩的人生中的惯性行为,在我来说,却是生命途程中的宝贵甘露。

总觉得,马季和自己都还不算老,我虽不善社交,近十多年更从不参与联欢活动,但毕竟与马季同在一城,邂逅的机会迟早会有,那时对他忆及这段往事,道出久存的谢意,也许如同献出窖藏佳酿,更能令我们在回味中微醺。却不料忽然传来马季骤然仙去的消息。

马季在天上笑,使劲眨巴眼。他俯看人世,会看到芥豆般的我吗?我写出这篇短文,愿看到的人士,更加深一层对马季人性美的认知。

2006 年

我的谈伴王小波

人生苦短,得一"谈伴"甚难。但人生的苦寻中,觅得"谈伴"的快乐,是无法形容的。

"谈伴"的出现,又往往是偶然的。

记得那是1996年初秋,我懒懒地散步于安定门外蒋宅口一带,发现街边一家私营小书店,有一搭没一搭地迈进去,发现有一格塞着些文学书,其中有一本是《黄金时代》,作者署名王小波。书里是几个中篇小说,头一篇即《黄金时代》。我试着读了一页,呀,竟欲罢不能,就那么着,站在书架前,一口气把它读完。我要买下那书,却懊丧地发现自己出来时并未揣上钱包。从书店往家走,还回味着读过的文字。那文字的语感,或者说叙述方式,真太好了。似乎漫不经心,其实深具功力。故事之外,似乎什么也没说,又似乎说了太多太多。

也不是完全没听说过王小波。我从那以前的好几年起,就基本上再不参加文学界的种种活动,但也还经常联系着几位年轻的作家、评论家,他们有时会跟我说起他们参加种种活动的见闻,其中就提到过"还有王小波,他总是闷坐一边,很少发言"。

那天晚饭后,忽来兴致,打了一圈电话,接电话的人都很惊讶,因为我的主题是:"你能告诉我联系王小波的电话号码吗?"广种薄收的结果是,其中一位告诉了我一个号码:"不过我从没打过,你试试吧。"

我迫不及待地拨了那个得来不易的电话号码。那边是一个懒懒的声音:"谁啊?"

我报上姓名。那边依然懒懒的:"唔。"

我就直截了当地说:"看了《黄金时代》,想认识你,跟你聊聊。"

他居然还是懒洋洋的:"好吧。"语气虽然出乎我的意料,传递过来的信息却令我欣慰。

我就问他第二天下午有没有时间,他说有,我就告诉他我住在哪里,下午三点半希望他来。

第二天下午他基本准时,到了我家。坦白地说,乍见到他,把我吓了一跳。我没想到他那么高,都站着,我得仰头跟他说话。请他坐到沙发上后,面对着他,不客气地说,觉得丑,而且丑相中还带有些凶样。

可是一开始对话,我就越来越感受到他的丰富多彩。开头,觉得他憨厚,再一会儿,感受到他的睿智,两杯茶过后,竟觉得他越看越顺眼。

我把在小书店立读《黄金时代》的情形讲给他听,提及因为没带钱所以没买下那本书。说着我注意到他手里一直拎着一个最简陋的薄薄的透明塑料袋,里面正是一本《黄金时代》。我问:"是带给我的吗?"他就掏出来递给我,我一翻:"怎么,都不给我签上名?"我找来笔递过去,他也就在扉页上给我签了名。我拍着那书告诉他:"你写得实在好。不可以这样好!你让我嫉妒!"

从表情上看,他很重视我的嫉妒。

我已经不记得随后又聊了些什么。只记得渐渐地,从我说得多,到他说得多。确实投机。我真的有个新"谈伴"了。他也会把我当作一个"谈伴"吗?

眼见天色转暗,到吃饭的时候了,我邀他到楼下附近一家小餐馆吃饭,他允诺,于是我们一起下楼。

到餐厅,选了里头一张靠犄角的餐桌,我们面对面坐下,要了一瓶北京最大众化的牛栏山二锅头,还有若干凉菜和热菜,一边乱侃一边对酌起来。我不知道王小波为什么能跟我聊得那么欢。我们之间的差异实在太大。那一年我五十四岁,他比我小十岁。我自己也很惊异,我跟他哪来那么多的"共同语言"?"共同语言"之所以要打引号,是因为就交谈的实质而言,我们双方多半是在陈述并不共同的想法。但我们双方偏都听得进对方的"不和谐音",甚至还越听越感觉兴趣盎然。我们并没有多少争论。他的语速,近乎慢条斯理,但语言链却非常坚韧。他的幽默全是软的冷的,我忍不住笑,他不笑,但面容会变得格外温和,我心中暗想,乍见他时所感到的那分凶猛,怎么竟被交谈化解为蔼然可亲了呢?

那一晚我们喝得吃得忘记了时间,也忘记了地点。每人都喝了半斤高度白酒。

过些天,我又打电话约王小波来喝酒,他又来了。我们仍旧有聊不尽的话题。

王小波喜欢有深度的交谈。所谓深度,不是故作高深,而是坦率地把长时间思考而始终不能释然的心结,陈述出来,听取谈伴那往往是"牛蹄子,两瓣子"的歧见怪论,纵使到头来未必得到启发,也还是会因为心灵的良性碰撞而欣喜。记得我们两个对酌时,谈到宗教信仰的问题。我说到那时为止,我对基督教、佛教、伊斯兰教都很尊重,但无论哪一种,也都还没有皈依的冲动。不过,相对而言,《圣经》是吸引人的,也许,基督教的感召力毕竟要大些?他就问我:"既然读过《圣经》,那么,你对基督被钉死在十字架上以后,又分明复活的记载,能从心底里相信吗?"我说:"愿意相信,但到目前为止,还是不怎么相信。"他就说:"这是许多中国人不能真正皈依基督教的关键。一般中国人更相信轮回,就是人死了,他会托生为别的,也许是某种动物,也许还是人,但即使托生为人,也还需要从婴儿重新发育一遍——二十年后又是一条好汉嘛!"我说:"基督是主的儿子,是主的使者,不是一般意义上的人。但他具有人的形态。他死而复活,不需要把那以前的生命重来一遍。这样的记载确实与中国传统文化里所记载的生命现象差别很大。"我们就这样饶有兴味地聊了好久。

那时候王小波发表作品已经不甚困难,但靠写作生存,显然仍会拮据。我说反正你有李银河为后盾,他说他也还有别的谋生手段,他有开载重车的驾照,必要的时候他可以上路挣钱。

有一回,我觉得王小波的有趣,应该让更多的人分享。我就召集一个饭局,请来王小波,以及五六个"小朋友",拼桌欢聚。

1997年初春,大约下午两点,我照例打电话约王小波:"晚上能来喝酒吗?"他回答说:"不行了,中午老同学聚会,喝高了,现在头还在疼,晚上没法跟你喝了。"我没大在意,嘱咐了一句:"你还是注意别喝高了好。"也就算了。

大约一周以后,忽然接到一个电话,声音很生,称是"王小波的

115

哥儿们",直截了当地告诉我:"王小波去世了。"我本能的反应是:"玩笑可不能这样开呀!"但那竟是事实。李银河去英国后,王小波一个人独居。他去世那夜,有邻居听见他在屋里大喊了一声。总之,当人们打开他的房门以后,发现他已经僵硬。王小波也是"大院里的孩子",他是在教育部的宿舍大院里长大的,大院里的同龄人即使后来各奔西东,也始终保持着联系。为他操办后事的大院"哥儿们"发现,在王小波电话机旁遗留下的号码本里,记录着我的名字和号码,所以他们打来电话:"没想到小波跟您走得这么近。"

骤然失去王小波这样一个"谈伴",我的悲痛难以用语言表达。

1998 年

幽窗棋罢指犹凉

——贺王澍获普利兹克奖

这阵子有两个热门话题，一个是第84届奥斯卡颁奖，一个是NBA纽约尼克斯队的林书豪。其实都跟咱们中国关系不甚大。奥斯卡奖，这回最佳外语片奖中国电影又没能入围，这回更难说人家有什么政治性偏见，美国的政治家跟伊朗的政治家PK得正酣，但这回奥斯卡奖的评委们却能超越政治，把最佳外语片的小金人授予了伊朗小成本制作的电影《纳德和西敏：一次离别》。在网络上，中国网民有"冲奥"一词，我乍看到时以为是冲击奥林匹克运动会的金牌，后来才知道指的是冲击美国奥斯卡奖的小金人。不管在什么范畴里，许多中国人都希望自己的同胞"夺金"，林书豪是生于美国长于美国的美国人，只因为从血统上说有福建的根，他在美国职业篮球界的爆红，也引出许多国人的亢奋，连中央电视台的记者采访他时，都迫不及待地追问他何时加入中国国家篮球队去为中国争光。这种希望中国人能在国际上扬名的心态，应该被理解。

第84届奥斯卡颁奖礼已经落幕，完全获奖名单在网络及纸媒上都可很方便地查到，相关评论很不少。林书豪作为话题资源似已透支。其实，有个话题应该热起来，那就是有个中国建筑家，出生在中国，成长在中国，工作在中国，作品在中国，中国记者采访他用不着使用英语,他也不会像林书豪那样只能说一点简单中文而大都以英语来回答,当然更用不着追问他"何时回中国报效祖国",这个人今年才四十九岁,他叫王澍,2012年2月27日,美国相关机构宣布,将2012年的普利兹克建筑奖授予给他。

中国网络上比"冲奥"使用得更多的词语是"冲诺"。许多中国人希望瑞典的那个诺贝尔奖在自然科学奖项上能再次授予中国人,特别是如今仍居住工作在中国的科学家,这种心情更可理解。但是国人应当注意到,当年诺贝尔立遗嘱时,在自然科学方面只设生物与医学、物理、化学三个奖项,且偏重基础理论研究,像数学、应用科学与工程技术方面,则并无奖项,但被"诺奖"忽略的领域里,如今几乎都有世界公认的具有权威性的奖项。那么,美国的普利兹克建筑奖,就相当于建筑界的"诺奖",是一个非同小可的奖项,其获奖者,理应受到比奥斯卡电影奖的小金人得主、NBA的球星,更被我们看重。

王澍到目前为止的作品,也许因为不处于大都会的中心,因此知者不多,其图像在电视、纸媒中此前也很少出现,网络上有,但行业外的观赏者稀少,至于特意到其作品里去欣赏者,就更少了。我希望出现王澍热。主要是应该让国人都见到他的作品,电视、纸媒、网络齐动员,让他的作品,能像上海浦东的那些摩天楼、北京的"水蒸蛋"(国家大剧院)、"大鸟巢"(国家运动中心)、"大歪椅"(中央电视台新楼,还有另一俗称恕不引用,对库哈斯的这一作品的总体评价另说,这里只强调它的独创性)等等一样,进入国人的眼球,成为显著的时代、地域、文化符码。

从建筑评论的角度谈论王澍的作品,我的准备还很不足,但我希望除了一般性的宣传，建筑界应当由此引发出讨论，将以往已经持续进行着的设计创新话题借机深入。

王澍的代表性作品，我知道的有中国美术学院杭州象山校区建筑群、苏州大学文正学院图书馆等。他规划设计的中国美术学院杭州象山校区建筑群，充分体现出他那"向乡村学习""轻盈建筑"的理念。你乍看到他的这个作品时，可能会有这样的反应：唔，我知道他都使用了什么样的建筑语言，这种线条让我想到汉司·沙龙的柏林爱乐音乐厅，那个细节让我想到柯布西耶的朗香教堂，那边嘿，有点山西悬空寺栈廊的味道，这里嘿，又严格地在按宋人的《营造法式》行事，那个角度令我揣测是受到西方近来"简约主义"的影响，暮色中的轮廓线又似乎有路易斯·康的孟加拉国会大厦的韵味……但是你真的流连其中，就会忘记了建筑史与晚近的各种流派，你就会觉得王澍所提供的，是他独特的构思。他超越了他必须熟悉的建筑史上的、近年流行的、同行创作的那些范式、新潮，而且，他也并不是在玩所谓"同一空间里不同时间的并置"，那种以拼贴、装饰趣味取胜的"后现代"（无论是在建筑上还是在别的，比如说造型艺术、影视、舞台演出、文学的领域，"后现代"那一套都是最难超越的），他不是将一盘营养大餐展示给我们，而是将那盘大餐自己吃了进去，并充分消化，成为自己灵感的营养，再发挥出来，使我们见到了非他王澍而不成的个性化杰作。这是非常了不起的。

象山校区的建筑上，王澍设计出不少非规整形态的窗洞，数量虽多，气流虽畅，透光效果却会令一些人觉得稍逊一筹，有位访问者就此问到他，他说他是在追求中国传统文化里的"幽明"意境，因为这组建筑是用来培养美术家的,因此,他的这种追求,是恰当的,更是意味深长的。西方建筑越来越彰显的"大放光明""宏大叙事"的特点,值得借鉴,但是,中国传统建筑的暧昧性、诗词化,却是万不能因追求所谓"现代化"("全球一体化")而抛弃掉的。《红楼梦》里,曹雪芹写大观园的那些文字,实际上是很好的建筑规划设计方案,贾宝玉奉父亲之命,为大观园诸景点题对联,有一联下句是"隔岸花分一脉香",可以引申联想,虽王澍是靠自己的独创性做出精彩设计,但普利兹克建筑奖颁给王澍,这"隔岸"的喝彩,确实能够让他作品的芬芳成为国人的骄傲;贾宝玉还有一联下句是"幽窗棋罢指犹凉",王澍常练书法、赏国画,因此能有对"幽明"等意蕴的追求,我想他对大洋那边的颁奖,应有一种胜棋的快感,却绝不会发起热来,他会继续遍体清凉地,投入到新的设计项目中。

2012年2月28日　北京温榆斋中

月亮来了

"月亮出来了——这不是诗；月亮来了——这才是诗。"痖弦微笑着说。我很喜欢这种随意交谈中的灵性展现。今年暮春和他在台湾，是第三次见面了，第一次是在二十一年前深秋的广州，第二次是在十六年前残冬的台北，吟出"月亮来了"的这次，是在台中。我们一起参加一个名目很堂皇的研讨会，开幕式有台湾地区领导人出席讲话，议程排得满满的，从台北经台中、台南再绕到东部花莲，一路上是和四所名牌大学合作举办，无论是个人演讲还是专题讨论，都有若干宏大的议题与深入的探究，但我觉得于我收益最大的，还是休息时间里，随缘而聚的那些闲聊。

其实文人相聚，开会是开不出作品来的，倒是茶叙闲聊，有时颇能在三言两语之间，刺激出灵感火花来。痖弦娓娓地讲起与晚年梁实秋的交往，其间提到梁一次跟他说起，早年在山东时，曾有一小姐到梁家做客，临别时问梁借两毛钱。两毛钱能买什么东西？梁心中疑惑嘴里不问，给了她两毛钱；那小姐下楼后，梁从窗口下望，只见那小姐到马路对面的小店，用两毛钱买了一粒糖丸，转身，将糖丸抛起，伸长脖颈，仰头，嘴巴大张，准确无误地将糖丸接住，然后快活地走掉了。那位抛食糖丸的小姐，当时籍籍无名，然而三十几年后,却成为中国大陆叱咤风云的"旗手"。梁先生给痖弦讲这个小镜头时,当然知道这位女性的人生曲线,但不言其他,专形容其人生中那抛食糖丸的一瞬,这,恐怕就是文学家与政论家的区别——他更关心的是作为一个独特的生命,其人性中潜伏的那些微妙因素,这些因素因外部力量的刺激,可能演化为壮丽,也可能变异为乖戾。"她是个坏蛋"——这不是文学;"她人性中的恶如何被调动出来"——这也还不完全是文学;"她携带着如许的人性在如许的世道中演出了正闹喜悲的活剧"——这可能比较接近于文学。

痖弦公布于世的诗作不多,他长年从事文学编辑工作,我认识他的时候他正主持《联合报》副刊。经他扶持在"联副"露头走上文坛并蔚成大家的,可开列出一个长长的名单。他对有苗头的投稿者,认真复信,对于诗歌作者,他的复信会比那稿件长出很多页。席慕蓉未出名的时候,投来的诗作常是既有妙句也有陈词的状态,痖弦给她回信耐心地分析说明,哪几句是诗,那几句是败笔,席慕蓉非常感动,后来就写信给他:您太费时间了,以后,您退稿时只要在妙句下划红线、败句下划蓝线就行了。痖弦照此办理,席慕蓉果然有悟性,就依那红蓝线修改,有时划红线的也改,再寄回去,洵为好诗,"联副"刊发出来,读者反响强烈。席慕蓉所保存的那些划着红线蓝线的诗稿,以后无妨公开,算得宝贵的文学史料。我对痖弦说,文学编辑工作固然会影响自身的创作,我自己担任杂志主编的时期,创作量就有所降低,直到卸任后,才又有几部长篇小说的诞生。但从事文学编辑,其实也是一种创作,像您在席慕蓉诗稿上划红线蓝线,就是一种行为创作啊。痖弦听了追问:"你说是什么创作?"我重复:"行为创作。"他再重复这个说法,蔼然颔首。

痖弦主持"联副"时期,提倡过"全民写作",鼓励普通老百姓拿起笔来,用质朴清纯的笔触,写出自己的人生感受,后来汇编成散文集,也曾寄赠给我。那阵子大陆文学界正是从现代派朝后现代派转换时期,"文本颠覆"啊,"文学就是语言"啊,"意义消解"啊,"平面拼贴"啊,"看不懂的才是文学看得懂的不是文学啊"……新潮滚滚,浪花淘尽文豪。痖弦在"联副"刊发的那些普通人写出的世道人情,散发出沃土草根的气息,我读到很喜欢,也深受启发。痖弦告诉我,其实台湾也是一样,打过"现代派""后现代派"的摆子,也不是说文学不能那样弄,那也是多元格局里的一些花卉,但是,到头来,写实的,贴近民生疾苦的,表达普通人悲欢离合、喜怒哀乐,特别是能从细微处探测到人性底蕴的,恐怕还是生命力最强,也能拥有最多读者的文学吧。

痖弦退休后定居加拿大温哥华。我和一些与会者要返回北京,他随到桃园机场送行。我们紧紧握别,但没有互留联络方式,我们将相忘于江湖。

2010年

小思不迁

香港圣提式反女子中学有大片花园，老树蓊翳，幽雅绮丽。十几年前一夜大风，吹倒了园坡上一株高大的凤凰木，至近残桩还凸显于茂草中。据说，萧红的一部分骨灰，就埋葬在那树根下。萧红是谁？至今学校大门外并没有挂牌，一般人哪里知道，这校园里还有关于一位中国现代文学史上杰出女作家的浪漫故事。

1997年，一位赴澳大利亚探女儿的白发女士，在几位朋友陪同下，被允进入学校花园，觅到了那株大凤凰木的残桩，她将自己带来的亡夫的一半骨灰，撒向那埋有萧红骨灰的树根。一个女人，不远千里，跑来把自己亡夫的骨灰撒给另一个女人，这事在校园里传开后，令许多女生惊异，这不仅是因为她们年岁还小，更是因为她们难知前因后果。据说有些女生，从此就有点怕进那花园，没有历史感与命运感的支撑，很难感受那真挚情感生发出的一派凄美与眷念。

于是，就有一个首先向下一代，讲述香港文化史的任务。暂时还没有任何机构来承担这一任务，民间人士里，挺身而出了一位女士，就是香港中文大学的教授卢玮銮女士，她主动挑起了搜集、梳理、考察、弘扬香港文学发展史的担子。

我结识卢女士,已达二十年。她用小思的笔名写散文。十几年前,她题赠了自己一本散文集给我,书名是两个大字《不迁》。那书出版前后,香港中产阶级市民外迁成风。个体生命有迁徙的自由。小思强调不迁,并没有干预评议他人迁移的意思,她曾跟我讲述,四十年前,有激进分子在铜锣湾百货公司安放炸弹,那天她恰好路过,见到紧急处置现场的警察和许多神情惶恐的市民,她说,就在那一刻,她心底浮出一个明确的意识,那就是:我是中国香港人,我爱脚下这片土地,无论如何,不可以在这里使用暴力来解决问题!

小思是我认识的香港文化人里,为数不多的本地生本地长的一位。2006年7月我赴港参加书展活动,其中一项,就是随小思进行文学散步,从鲁迅先生1927年应邀进行两场演讲的基督教青年会礼堂、戴望舒居住过的林泉居和被日本侵略者关押的域多利监狱、许地山教过课的香港大学……一直寻访到岛背后华人永久墓场里的蔡元培墓。

有人说香港是"文化沙漠",但我跟在小思矮小瘦弱的背影后面,仅仅进行了一上午的田野考察,就由衷地感叹:"我没有看到沙漠,看到的是厚重的文化积淀!"

小思虽然已经退休,却比任教时还忙。她说,香港现在是中国言论最开放、出版最自由的地方,而且香港有自己的文学发展轨迹,有大可发掘的文学旅游资源。不迁,是一份挚爱,更是一份责任。

小思发文章、出书、做报告,还亲自出马引领人们进行香港文学之旅。她有多少文学故事可讲啊!仅仅关于萧红,就可以讲她如何在香港写成了经典之作《呼兰河传》,她和萧军、端木蕻良、骆宾基三位男作家之间复杂的感情关系,在日本占领香港的一片混乱中,她如何一度住进当时改作医院的圣提式反女校,病故后端木如何把她一半骨灰埋葬在浅水湾一半埋葬在校园,而端木在北京去世前,嘱咐妻子钟耀群一定要把自己一半骨灰送往那株凤凰木下,与萧红"仙会"……这些故事里融会着历史、人情、人性,是文学的灵感发生处,也是文学赖以流传的精魂。小思不迁,她就是香港的一株凤凰木,绽放出一片艳丽的文化云霞。

2006 年

李黎小妹饮酒图

现在恐怕很多人都不知道孔罗荪了,那一年我三十七岁,站在六十七岁的孔罗荪面前,满心恭敬。那是1979年秋天,中国作家协会从被"砸烂"的废墟里重新搭建起来,孔罗荪从上海调到北京,参与中国作协的恢复事宜,他后来成为重新出版的《文艺报》双主编之一(另一主编是冯牧),还经常出面主持也是刚恢复的"外事活动"。孔罗荪是上世纪二十年代末就开始写作的左翼作家,打我第一次到最后一次见到他的十来年里,他总是笑眯眯的,私下里我不免揣度他是否夜里睡觉也仍然笑眯眯,又乱想到在历次劫波里,他是否也正是靠那雷打不动的微笑去坚守去盼望去争取去穿越的?

我是改革开放最早的受益者之一。从1978年我就参与了中国作家协会恢复后最早的一些"外事活动"。记得那时候作协外联部的负责人之一是毕朔望,在新桥饭店第一次举办有外国记者参加的活动时,他底下有的工作人员还赧于大声说英语,毕朔望就鼓励说:"怕什么?坦坦荡荡地交流起来!"1979年我更常得到外联部通知,参与和境外来的作家、记者的会见活动,很快地也就泰然自若了。那天又参加一个人数颇多的见面活动,是孔罗荪出面主持。从境外来的是位美籍华人作家,她是从台湾到美国去定居的。1978年她的夫君采访过我,并将访谈录在一家香港杂志上刊登出来。那时候积极主动打开门窗跟境外文化界进行交流的不止中国作协一个渠道,有的渠道存在得更早而且态度更加从容,比如三联书店的总经理范用,他就牵头接待了若干港台及从欧美来的人士,孔罗荪那天主持接待的那位女士,正是范用特邀到三联书店作过公开演讲的。虽说我那时已经多次参加涉外活动见过若干境外来客,但都是在指定的场所有领导主持,那天活动刚散,我走到孔罗荪面前,却提出了一个突破性的申请:"她想单独到我家做客。我也想请她去。您说可以吗?"

令我没有想到的是,孔罗荪笑眯眯地说:"可以呀!"后来,那到我家去的客人跟我说:"我也没有想到,我提出来想去你家拜访,孔罗荪笑眯眯地说:只要刘心武欢迎,没问题呀!"

那客人就是李黎,是我有生之年第一次在家里接待的无陪同的境外来客。

我带李黎乘公共汽车去我家。那时我家住在劲松。劲松老地名叫架松,据说是有座王爷坟,坟园里有棵老松树横着长,于是做了很多支架来支撑它的横体。后来在那里修建新的居民区,就根据著名诗句改叫劲松。1979年劲松只盖好了一区、二区,马路南面的三区、四区还在建设中,我带李黎下了公共汽车,必须穿越工地,一路坑坑洼洼,有时我得牵着她的手,帮她跨越坑槽,不免道歉,她却说:"很好。毕竟是在建设啊!"

我家住在五楼,无电梯,李黎活泼地跟我登到五楼。进了我家,介绍给我妻晓歌,没想到,她们竟一见如故。李黎事后说,她喜欢晓歌的淡定。那时候,常有人会在乍见到境外来客时或大惊小怪、热情过度,或惶惑拘谨、沟通失畅,晓歌则对李黎亲切自然、和善融通。我跟李黎谈起她的短篇小说《西江月》,赞其内涵深刻。李黎问能不能在我们屋里各处参观一下,我就带她在那个小小的单元里转了一下。她说前几天去清华大学拜访过几位在美国时认识的也是从台湾到美国去的人士,他们冲破层层阻挠在前几年就到了大陆,清华大学也给他们安排了宿舍,她觉得我住得比那些人士还好些,单元虽小,但如麻雀五脏俱全,又猜出端赖晓歌的布置,简洁而又雅气。晓歌制出了糖渍红果,用小玻璃盅端出请李黎品尝,多年过去,李黎说还记得那美味。

后来李黎又去了新疆,再到劲松,携来一把维族短刀赠我。那时我在恢复出刊的《收获》杂志上发表了短篇小说《等待决定》,属于主题先行之作,写一位科研人员因为家庭出身不好又有海外关系,公派出国有人阻挠,单位领导开会研究,会议室灯火通明,人们在等待最后决定。我跟李黎说读了她的新作《大风吹》,技巧圆熟,主题在明确与不明确之间,耐人寻味,对比起来自己很惭愧。李黎却说:"你那小说不可妄自菲薄。我读了心中自有一种沉重。"当时她没细说,后来知道,她亲生父母兄姊一直生活在上海,因为有她以及她养父母等海外关系,特别是还牵扯到海峡两岸的问题,"等待决定"确实一度是生活中不可躲避的煎熬。

1987年我第一次去美国,李黎邀我去她在圣迭戈的家里做客。

她带我参观了著名建筑家路易斯·康设计的萨尔克生物研究所。那是一次可谓现代建筑艺术的启蒙。那个由若干斜置的四层楼房构成的建筑群的中庭，完全由水泥砌成，排斥任何花草树木及盆栽雕塑点缀，只在中轴设一浅槽，营造出一派静寂与安谧。但是，随着日光的变化，建筑群尽头的树丛与海平面却仿佛翻动的书页，令置身在中庭的人心潮随之波动。李黎又带我去那里最大的一个MALL（购物中心）去，不是为了购物，而是见识"不同时间在同一空间里的并置"，也即"后现代主义"的一个典范。

1998年我和晓歌联袂访美，那时因为李黎夫君薛人望已被斯坦福大学礼聘去担任基因方面的研究员，他们迁到斯坦福校区居住，我们就下榻他们家，过了一段悠然的日子。我们交往的核心，是文化，李黎开车带我们到旧金山及湾区，进入黑人教堂听新派唱诗，看民俗游行，参观不同的博物馆，到雅人家中进行雅集，他们邀我讲《红楼梦》，我2005年在CCTV-10《百家讲坛》讲述的那些，其实已经在旧金山湾区的派对中小试锋芒了。

在湾区活动时，才发现李黎善饮，而且喜欢中国白酒，尤其欣赏北京牛栏山二锅头。她和那边的两位华裔文化老汉，组成了一个"二锅头会"，半月聚饮清谈一次，号称三杯不醉文思满怀。李黎那几年里轻松连获台湾《联合报》《中国时报》的文学大奖，其长篇小说《袋鼠男人》又拍成了电影，散文随笔特别是游记联翩出版，原来只觉得她文笔洁净俏丽，见她饮酒情景后，再读其文，就感觉其中自有饮者的豪爽仙气在焉。

李黎原名鲍利黎。她生于1948年，比我小六岁。成为朋友以后，我并不"忘年"，把她当小妹看待。她1949年由舅舅舅母带往台湾，在那里长大成人，但直到她从台湾大学毕业，到美国留学取得学位，并在那里定居以后，才知道自己并非养父母所生，生父母和兄姊一直在中国大陆。她在2010年《上海文学》第九期上发表了《昨日之河》，详尽揭示了其身世之谜，强调她在知晓了血缘后，仍坚定地把舅舅舅母认定为爸爸妈妈，"对他们除了那份感情上的孺慕之情，我更怀有一份理性上的感念与感恩。"在斯坦福家中，我和晓歌有时会跟伯母随意闲聊。后来伯母回上海定居，李黎从美国飞去探望，提及还要到北京会心武，伯母立即说："也要见到晓歌了。"李黎和我都觉得她妈妈和晓歌的性格很相近，都是恬淡平和人。可惜伯母和晓歌都仙去了，李黎和我再聚时都有人生怔惚之叹。

李黎青春期里，台湾当局禁读中国大陆包括鲁迅等左翼作家在内的现当代作品，但她为追求真相偷读了不少禁书，到美国后更进行一番恶补。她第一次进入中国大陆才三十岁，但说起老作家及其作品如数家珍。她拜访茅盾，茅盾为她的小说集《西江月》题了书名。她拜访艾青后跟我说，艾青额头一侧那个鼓包里，一定藏着许多诗句。2001年她的长篇小说和散文集由作家出版社出版后得到版税，她在日坛公园一家餐馆里请下一个饭局，记得有王世襄袁荃猷、黄苗子郁风、丁聪沈峻、黄宗江阮若珊等多对伉俪光临，还有杨宪益、范用，以及我和晓歌，大家欢聚一堂，言谈极欢。从这样的聚餐可以看出李黎的文化认同。也可惜这里面不少文化老人陆续地驾鹤西去。

2010年溽暑中，我和李黎、人望伉俪及他们的小儿子，在上海再聚。我们预定到了重新装修完的和平饭店七楼餐厅的窗景桌。

窗外是外滩及黄浦江和浦东的璀璨景观,窗内是三十多年友情的旧澜新漪。转眼间当年那个在孔罗荪面前询问是否可到我家做客的才逾而立之年的女青年,如今竟也迈过了花甲门槛。岁月没有磨掉我们的谈兴,我们边饮边吃,聊文学,忆故人——上海有我和李黎共同的挚友谈伴李子云,而她竟也如一朵雅云升天而去;我又与人望争论起来,他搞基因研究,在生命复制方面节节推进,而我认为生命复制的科研应该停步,再往下发展就突破生命伦理的底线了!李黎却是支持人望的,指出我乃杞人忧天。餐后我们下楼到得酒吧门外,门里据说仍有老年爵士乐队在演奏怀旧金曲。有客出入,泄出里厢光影和乐句。李黎想跟我进去略饮一杯共舞一曲,怎奈人望那天下午刚从旧金山飞抵上海第二天又要飞往成都讲学,时差没倒过来,不比早来上海的李黎精神抖擞,需要早点回住处歇息,我只好快快地跟他们道别。

晓歌逝后李黎人望曾来家里慰我。那天李黎自带了一瓶蓝色白花细颈凸肚的瓷装精品二锅头来,没有饮完,现在仍搁在我餐厅的多宝格里。见酒思友,不禁画出一幅李黎小妹饮酒图,不知远在斯坦福的她,今天能饮一杯无?

2010 年 11 月 4 日　温榆斋中

人生好时光

中国新鼠年春节过后,世界上有两位作家接踵去世,两个独立的生命,都热爱写作,但他们所处的社会,所度过的人生,所写出的作品,差别之大,难以譬喻。

一位是法国"新小说"流派开创者罗伯·格里耶,公历2008年2月19日逝于法国西部小城,享年八十五岁。一位是中国作家浩然,公历2008年2月20日逝于北京东方医院,享年七十六岁。他们仙去前,都已经被社会边缘化了。他们曾经辉煌,但当今法国和中国引领文学风骚的中心人物,已是另外的一些写作者。

1988年初夏,在法国巴黎,正对协和广场的大饭店的露台上,我曾和罗伯·格里耶站在一起喝香槟,当时露台那一角只有三个人,我们三个人站在那里,只不过是因为我们都不喜欢太热闹,当时饭店厅堂里正举行大型酒会,溜到露台一角实际是一种逃避。我不会法语,格里耶不会中国话,另一位恰既懂中文也讲法语,因此我和格里耶有简单的交流。格里耶对我不会有什么兴趣,事后也一定不记得我这么个人,但我那时却对他充满崇敬,还有同情。崇敬,大家可以理解,改革开放以后,格里耶及其"新小说"流派有不少品种被翻译到中国,格里耶的《橡皮》几乎成为上世纪七十年代末八十年代初所有文学爱好者和写作者的必读书,他编剧的先锋派电影《去年在马里昂巴德》在电影资料馆内部观摩,一票难求,能搞到录像带在家里跟几位同好欣赏,成为最大幸事。从那时候起,"文学是叙述技巧的展示""文学创作重在颠覆""不为俗众求雅眼,为下世纪而创作"等等想法和说辞,甚为流行。那么,我怎么会在1988年跟他近距离接触时,又会对他心怀同情呢?那是因为,1985年瑞典文学院把诺贝尔文学奖颁给了法国作家克洛德·西蒙,据说那也是表达对探索了三十年的"新小说"流派的一种肯定,法国人是最重视这类事情的,法国作家又一次获得诺奖,当然首先是高兴,但接着就感到困惑,消息传来的当天,巴黎大街上不少人面面相觑地互问:谁是克洛德·西蒙?他那本获奖代表作《佛兰德公路》写的是什么?有的则愤愤不平,如果是想肯定"新小说"流派创作,那为什么不颁给罗伯·格里耶?众所周知,格里耶可以说是"新小说"探索的发轫者,其作品人们耳熟能详啊!1988年站在格里耶身边,我也有这种情愫,实际上那是格里耶本人并不需要的同情。

1988年站在露台上喝香槟的格里耶,六十六岁,非常素净,非常恬淡,我觉得他自己非常清楚,他人生中最好时光,已经流逝,难以再来。他从1955年通过午夜出版社发表第一部引起关注的作品,到1985年西蒙得到诺奖,正好三十年。他的好时光不短,对于这个变幻莫测的世界上的大多数写作者来说,应该欣慰了。

格里耶当然也是老黄牛类型的作家,生命不息,笔耕不辍。但好景难在,他去世前一年新推出的作品《伤感小说》恶评如潮,在图书市场上遭到冷遇,最刻薄的评论是:"这是行将入土的法国'新小说'棺木上的最后一根钉子。"唉！但是，他去世消息传出，法国总统萨科齐很快表示哀悼，总统府发表正式言论："毋庸置疑，随着罗伯·格里耶的去世，法国知识分子史和文学史上的一个时代已经终结。"他定位于煌煌历史卷册，却又被社会发展彻底地边缘化乃至出局。

我1980年至1986年曾是北京市文联专业作家，和浩然分在一个学习组，有促膝的接触，但我们之间没有一次超出寒暄的交谈。他逝去后，从传媒上看到的文章，一般不外或指出他为置身其中的时代所局限，或表达对他无政治野心有质朴品格的赞叹。但替他细算一下，他人生中的好时光，也就是写作爱好与才能得以施展喷溢并占据中心位置放射光芒的时间段，也就是1963年至1966年、1972年至1976年加起不到十年而已。我跟他"一口锅里吃饭"时，他已经并不开心，后来更逐步地边缘化，引领文学风骚的，到如今也已经换了好几茬。说罗伯·格里耶的代表性"已经终结"也好，说浩然"被时代局限"也好，话说出口是可以很轻松的，但细揆天理，谁又能久据中心永不终结呢？谁又能遁逃于时代局限之外永恒摩登呢？居中时不欺人，边缘时不自欺，顺应代谢，敬畏规律，才是健康的人生。

2008年

"杜丝"莫问邻

我跟一位白领说见到过杜拉斯,她开头以为我吹牛,我把见到的时间地点和情况告诉她,她双手一握:"哇噻!你好大福气!"这位女士是杜拉斯的"骨灰级粉丝",把翻译成中文在我们这边出版的杜拉斯著作以及相关的传记、评论搜罗殆尽,所收藏的杜拉斯的原创与改编电影《广岛之恋》《情人》等光盘,每隔一段时间就要"鸳梦重温"一番,像她这样的"杜丝",相信在中国还很不少。

我见到杜拉斯,是在二十年前,那天我步行穿过巴黎市政厅广场,再穿过巴黎圣母院广场,过塞纳河桥,到了所谓左岸地区,继续南行,身右的圣·日耳曼教堂古色古香,身左的"双怪"咖啡馆十分著名。我再往前走,右手是条小街,我拐进那条街,街里全是古董式的老楼,我要进入其中一栋,拜访一位法国学者。我按地址找到了那栋楼,正复验着门牌号码,厚重的楼门被缓缓推开,一位个子奇矮、脊背佝偻的老妇人出现在我眼前,我定睛一看,呀,该不是杜拉斯吧?我到法国之前,已经看熟了她的照片,从童年到青年到老年的那些照片,给我印象最深的是戴一副粗框黑眼镜、满脸皱褶的老妇形象,这不活生生地就在我身前吗?

年轻白领在我讲述过程里,嵌入过好几次质疑与惊叹:"只是像她而已吧?""真的是她吗？那你怎么不求她给你签名?""真的没有人尾随吗?"……

那一年,在巴黎,我与鼎鼎大名的杜拉斯擦肩而过。进入那栋楼房,乘一架古旧的吊框式电梯,找准单元,按响门铃,被迎进去以后,我还满脑子是杜拉斯,与主人寒暄过后,忍不住就问:"杜拉斯是你们邻居?"学者夫妇点头。我真想跟他们聊聊杜拉斯啊。我肚子里滚动着一箩筐话题:你们跟杜拉斯为邻,怎么早没告诉我呢?她跟你们来往密切吗？邻居们以她为荣吧？常年近距离接触、观察,你们是不是感受到了她更多的魅力？……但是,我很快就感觉到,主人对杜拉斯完全没有兴趣,当然,他们并不否定杜拉斯在文学艺术方面取得的成绩和具有世界范围内的巨大影响,不过作为一个邻居,他们知道杜拉斯太多的缺点与弱点,我非逼着他们列举杜拉斯的魅力,不得已,他们只能举出几个小例子,说明杜拉斯实际是几乎全楼其他各家都有点厌烦的一个生命存在。

中国的白领"杜丝"听了我的叙说直发愣。我告诉她,"杜丝"莫问邻,其实还可以推而广之,总结成——"名人"莫问邻。积多年人生经验,我以为这大体是一条规律。在杜拉斯住的那栋楼里,没有人欣赏她的"魅力",还惹出若干闲言碎语;杜拉斯走出那栋楼,附近熟知她的人们没有人会去特别注意她;她若到"双怪"咖啡馆小坐,也极少有人会凑过去求她签名合影;她若过桥到了右岸,认出她的人可能会注目一时;出了巴黎,会有人凑上去表示钦敬……若是到了法国以外的某个书展签售她作品的译本,"杜丝"可能会把她围个水泄不通。我认识的那位中国白领"杜丝"自己这样说:"若是她突然出现在我面前,我可能会激动得晕倒!"当然,杜拉斯已于1996年逝世,"杜丝"们不可能再有与她谋面的机会了。

其实,这个社会人际的微妙规律可以更明快地总结为:远香近臭。

现在一些访谈式电视节目,编导总喜欢尽量找些主嘉宾多年未谋面的旧同窗、老邻居,在录制过程中由主持人突出奇兵地宣布上场,以造成主嘉宾由于意外而产生出特殊的情感波动,达到引人入胜的观赏效果,虽然播出的节目是经过删汰剪接,但是如果我们细心观看,有时候就会发现,知道太多"底细"的同窗、邻居往往禁不住就会道出主嘉宾其实并不希望抖搂出的往昔糗事:不雅的绰号呀,失范的行为呀,寒碜的失败呀……而作为名人、明星出场的主嘉宾,事到临头,只能抑制尴尬,接纳这些"因近知臭"的调侃。

当然,远近皆是好口碑的名人是有的,不过相对较少。其实远香近臭并不是坏事情。知道这一点,对"粉丝"们是一帖清凉剂,可以把对名人的崇拜调整得更理性;对于名人本身,常有近处把你视为平常的目光环绕,想想才是真福气。

2001年

松本清张一去不返

一个作家怎么可以长得这样丑？

一个著名作家怎么会是这样的相貌？

实话实说，这是十一年前我在日本东京见到推理小说泰斗松本清张的第一印象。

日本人都矮，这不足奇，中国人早把"倭"字"赠"给了他们。那一年松本先生已年过七旬，背有一点驼也不为怪。令人惊异的是他的面容。稀疏然而粗直的灰白头发一律向后背去，又在齐耳处剪成一条直线；略呈扁四方形的面庞，皮肤黧黑而粗糙，还分布着一些更黑更糙的死斑；嘴唇很厚，而下唇朝前突出，毫不夸张地说，大约足足突出去一市寸；两只眼睛仿佛藏在很深的洞里，放着幽幽的冷光。

呀！

上个月不知道为什么电视台在很晚的时间里重新播出了日本根据松本先生同名小说拍摄的影片《砂器》。

记得是七十年代末，我曾带着儿子去看过这部影片。当时儿子不足十岁，看不懂，大约片子还没放映完，便坐在椅子上呼呼大睡。这回已经二十岁的儿子坐在电视机前屏住气息从头看到了尾。看完他说他受到了很强烈的刺激。

他说《砂器》这个故事实在古怪，乍看觉得太有悖于情理。那个功成名就的大音乐家，就算他羞于让社会知道他的父亲是个隔离在荒岛上的麻风病人，那他也犯不上，更何忍心杀死那个当年对他们父子有救命之恩的退休警察呢？那慈蔼的退休者无非是找到已隐姓埋名的他，告诉他他父亲仍然活着，并且非常想念他，希望他去见一面罢了，而他竟下了毒手！但他的杀人行径又终于被警方侦破。影片最后以很大篇幅表现他在豪华的演出厅中亲自演奏自己谱写的钢琴协奏曲，而那动人心魄的大曲，却又寄托着他对父亲那无法割舍的血脉之爱与对命运的无奈之叹，影片结束在拘捕他的警员已逼近台口的瞬间，在最后的一组闪回镜头中，干脆用字幕点出了"宿命"的主题——再成大器，终究砂制，人之命挣不脱血脉的遗传。

儿子久久地同我交谈着观看《砂器》的感想。末了他说："我想，写这个作品的人，他内心一定非常非常的孤独！"

非常非常的孤独！

犹如一记重槌击在了我记忆的鼓面上。

是的，我感到松本先生非常非常的孤独。

1981年我在东京拜见松本先生时，他已红到顶峰。据说1980年全日本个人上缴所得税数额，松本先生名列第一。他已出版了《全集》，在东京购买地皮按自己的想法让建筑师设计、施工队修造出了豪华的住宅。我们一行三人是由日本文艺春秋社引领着到松本宅邸去拜见老先生的。在寸土寸金的东京，松本先生的宅邸不仅有造型别致的小楼、回廊、凉棚、天井，还有面积相当可观的花园,除了大片的草坪,还有多种树木花卉,以及中国式的太湖石、竹丛与卵石镶的弯曲小径,周遭呈不规则状态的金鱼池,当然也有日本式的亭形石灯柱。

据说松本清张很少在自己的宅邸接待来访者。我们之得以被他接待,当然并不是我们,特别是我有什么引起他兴趣的地方,我想他一定从未听说过我的名字,更不消说读过我的任何一行文字。他之所以给我们礼遇,一是看在文艺春秋社的面子上,二是他当时有自己的一个打算。

先说文艺春秋社的面子。到过日本的人就知道日本有一种发行量极大、历史相当悠久、颇具权威性的社会综合性杂志《文艺春秋》,每月厚厚一册,相当于中国一本大32开的四五十万字的长篇小说的篇幅,但里面其实并没有多少纯粹的文艺作品,以类似我们报刊上的新闻报道、新闻述评及文化评论等等的文章居多,还有大量的新闻性社会性照片的插页和广告,大凡日本知识界人士和一般的白领阶层,都是它的读者。文艺春秋社到八十年代初时早已建起了堂皇的大楼,并且已不止出版发行一种杂志,实际上已是一个颇具规模的文化性财团。文艺春秋社虽然早已不拘泥于文艺而几乎染指于日本社会的各个方面,但它对日本文艺界却长期有着左右潮流的作用,这就是它几乎有半个多世纪(二战时期一度中断)在每年春、秋两季颁发两种以前辈大作家命名的文学奖,一种是芥川龙之介奖,属纯文学性质,一种是直木五十三奖,属通俗文学(推理小说)性质,日本作家凡得了这两种奖之一,便形同跃入"龙门"。虽说奖金保持着最初的数目到今天已几乎只有纯象征意义,但"跃入龙门"的作家身价倍增后,稿约不断,版税飞升,那收获是难以计算的。松本清张原是朝日新闻社驻外省的一个默默无闻的小记者，就因为向文艺春秋社投了稿，得了奖，才脱颖而出，为人所知。但值得注意的是他当时得的并不是直木五十三奖，而是芥川龙之介奖。这也就决定着他嗣后以《点与线》等推理小说走红以后，其作品总有着一种一般仅只写侦破过程的推理小说所不具备的纯文学气息，即注意到写人，写人的命运，写人性的挣扎，写当代人的困境，特别是精神困境。《砂器》可以说是最能体现他这一创作个性的代表作。后来步他后尘也极走红的推理小说家如森村诚一，森村那也拍成电影、也在中国上映过的代表作《人证》，以我个人的眼光看来，虽也出色却并未突破松本拓出的阔地。文艺春秋社既然是松本的发掘者，松本先生与该社的关系自然非同一般。后来他许多力作都交该社出版，到我见到松本先生时该社已推出了他的全集，精装套匣版本，总有二十几卷之多，放在书架上确实非常之堂皇。我们既是文艺春秋社邀请访日的客人，文艺春秋社为显示自己有能力说动松本先生出面接待，法力非其他文艺团体可比；松本先生为表示他对文艺春秋社当年的提掖责不忘本，这两方面一凑拍，几乎从不在家里见别的作家尤其是外国作家的松本先生，便破了戒。

另一因素则是松本先生当时已从《日本的黑雾》那类的"黑幕小说"和《砂器》那类的"人性探秘"小说的路数中超越了出来，他决心写一部多卷的历史小说，具体地说，便是要写袄教从波斯经中国传入日本的复杂过程，把许多不同种族、不同民族、不同性别、不同身份的人物的命运，纠葛在一起，展现壮阔瑰丽而又神秘诡谲的历史画卷与人生诗篇。为写好这部巨著，他除了搜集各种文献、文物资料，作案头准备外，还打算到中国一些尚有袄教遗迹的地方和史书上提及的山川驿路去补充素材和感受氛围。因而他也愿破例同中国作家接触，以探询其可能性。

会见的场面是近乎冷寂的。

松本先生很客气地接待我们。他的话很少，而且也几乎不笑。

不知道他为什么临到我们快到达时，忽然想起来或许要拍照，便让他的一位助手赶紧到照相器材商店去买回一架昂贵的照相机来，既然昂贵，当然并非"傻瓜机"，结果他完全不知道如何使用，他的助手看了说明书竟也一时掌握不好，那时候我们已经到达，他因为不会用那照相机，便命令他的助手再去商店换一个好的"傻瓜机"来，助手赶忙去了。

这件事当时便令我吃惊，至今回想起来，还不禁发愣。

他腰缠万贯，也并不吝啬，却在我们去做客之前，并不置备一架照相机！难道他是自知相貌丑陋，回避照相吗？似乎那原因又并非如此简单。孤独，深深的孤独！只有最孤独的人，才会有这样的举措。

其实也无需他购买照相机。文艺春秋社的人士带得有最高档的照相机，里面装的是400度的胶片，因此即使当时已然夕阳半敛，我们在庭院中合影时也全然无需使用闪光灯。

助手换回了"傻瓜机"，尽管文艺春秋社已拍过照，并说好洗印出来以后既给他，也给我们，他还是要助手用那相机在原处再拍几张。

他领着我们大略参观了一下他那座结构复杂的小楼。记得后半部忽然演变为完全的"和式"即日本风格，在天井翠竹掩映的木格纸拉门后,显露出完全的传统布置,并有一位瘦小的老太婆穿着雅致的和服双手帖膝向我们行90度的鞠躬礼,那是他的夫人,元配夫人。文艺春秋社的人说,松本自己著文讲过他之所以有那样的成就,端赖他夫人的背后支撑。那支撑我猜想或许并非什么语言的激励以及充当所谓"第一读者"的切磋,而是默默地同他共同度过那些平庸乃至猥琐的日子而绝无怨言——松本出名时已经四十多岁。据说那宅邸的后半部建成日式的结构并保持传统的情调,完全是松本为夫人着想,就他个人而言,看得出他是比较喜欢西式的房屋结构和东西合璧的风格的。

他重点引领我们参观了他的藏书库和文物库,那真令人艳羡不已。都不记得上了几次楼梯又下了几次楼梯,迈过了几道门,走过了几道廊,印象中他的藏书足可媲美于一所名牌中学的图书馆,这还只是就数量而言,实际上他还搜罗到若干珍本乃至孤本,可惜绝大部分是日文或西文,虽有文艺春秋社的翻译略加解释,我还是不懂或当时懂了而不能记牢。记得有一处书架上是些纸张相对比较粗黑的平装中文书,细一看是北京中华书局出版的《二十四史》分册简装本,松本先生却特意让翻译告诉我们,他十分珍爱那套书,因为经过比较,他认为大陆的这一套校雠水准远远高于香港和台湾所出的,这当然是内行话。

他所存的古币、古镜、古瓷及古工艺品也很不少,最令人叹为观止的是他还收藏了一只巨大的中国铜鼓,上面雕铸着许多细琐的花纹,我也无从鉴别那是真的古物还是一种制作得很认真的赝品,就算是赝品吧,我想不出哪一位中国当代作家的居室中可以从容地陈列出那样一件收藏品来。

在他的藏书和文物面前,我才看到他脸上现出了一个微笑。

这是一个孤独的微笑。

一个寂寞的微笑。

对他人而言的孤独。

对人世而言的寂寞。

他为自己构筑了一个心灵的慰藉所。享受孤独。消解寂寞。

最后走进了他的书房。相对而言,不大。似乎当时他也还没使用电脑。他一见书桌前的那把椅子便不由自主地坐了上去。在待客的时候那似乎很不得体,但他情不自禁。

坐在书桌前,有一瞬间他似乎忘记了我们的存在。

我理解。

唯有深深的孤独,才能透过笔尖向纸上倾泻出对人世、人生、人性那样近乎冷酷的揭示与剖析。

我对儿子说:《砂器》里的那个音乐家,当他泪流满面地演奏那个大曲时,他内心该受着怎样的煎熬!

而松本清张在创作《砂器》时,他不得不写到那个音乐家的儿子为隐瞒自己的卑贱血统而杀害恩人时,他内心又该受着怎样的煎熬!

儿子说:这个松本清张好冷酷,这个《砂器》拍得好疼人,看完我做了一夜的噩梦,他就不想想读者、观众内心该受着怎样的煎熬!

没办法。

孤独者把我们从热闹场中拉回到清凉界,使我们骇然于自我的孤独。

不知道松本清张所有的作品是否都贯串着这样一种凄厉的调子。

那天他送了我一本他写的书,书名是两个中国字《眩人》,用墨笔签了名,还郑重其事地盖了印鉴,有位日本朋友后来在我家书架上见到了这本书,他说倘若我将这签名本拿去拍卖,那至少能得到书价百倍的收入。但是我不想拍卖它。然而我也看不懂。面对着这本书,我只是回想起见到过一个红得发紫而又孤独得要命的老人。

后来松本清张先生请我们去东京一家最大的中国餐馆吃饭。是事先订好座的。

那座餐馆至少有三层楼的堂座,还有许多单间的雅座。

但走进去以后我们不免大吃一惊,整个餐馆的厅堂桌面布置是营业状态,然而三层楼里除我们以外竟再无一名顾客!

原来,据说松本清张出名后几乎从不到餐馆用餐,又是为了我们才破戒,然而,为了不让别的顾客影响我们——不,其实是不让别的顾客影响他,他便预先向老板打过电话,那一晚他把整个餐馆全包了。

我们登到三楼,三楼厅堂里专为我们布置了一桌。坐下来以后,我们一共不足十人,大大的圆桌,空空的厅堂,至少我是感到一种莫名的惊诧与尴尬。

记不得都吃过些什么菜肴。只是强烈地感觉到松本清张的怪诞、荒唐。后来细细回味,才意识到那仍然是源于他内心深深的孤独。

红得发紫,却羞于见人。

确确实实是羞涩,而并非狂傲。

谁信呢?

都不信,所以内心像深井般的黑暗,没有理解的光芒射进。最深沉最浓酽的孤独啊!

都走出那家餐馆,分别要进入小轿车了,忽然停车场上有一位妇女认出了松本清张,她禁不住惊叫一声,竟至于将手中的车钥匙咣当落到地上,匆忙拾起车钥匙后,便简直是朝着松本先生疾跑而去……

仿佛突然见到一位天神。

仿佛突然见到一位圣贤。

她崇拜他。

她热爱他。

她掏出一个什么本册,请松本先生签名,松本先生站在汽车门前,给她签了。

她发出一种幸福的、快乐的声音。

她的出现和表现,是否说明松本先生并不孤独?

我至今不解,以松本先生那样的相貌,那妇女偶然撞见发出的不是惊悚的呼叫而是狂喜的欢呼,究竟是为什么?

难道他那些小说,竟有那样奇伟的魅力?

还是主要因为他那如日中天的名气?巨大的名气可以使丑人变得千人爱万人喜,这样的社会现象全世界都有,过去,现在,将来都有。

试着这样去解释,却不能圆通。

松本先生对那妇女的狂热崇拜并不呼应。他淡淡地签了个名,便钻进了车里。

他似乎只甘心让他写出印好的文字与社会见面,他自己则要固执地缩在一个壳子里。

也许他是对的。

他是永远的孤独者。他要保持这个本色。

后来松本先生来了中国。他去了他想去的地方。有些地方我这样比他年轻的人听了都发怵:没有汽车道,只能骑马、骑驴或步行,没有像样的客栈,没有卫生间,吃饭时有许多苍蝇来做伴。然而他以七十多岁的高龄——都踏勘寻访到了。想必他把那些感受都写进了他那以袄教东传为内容的长篇巨著之中。他的巨著想必已经完成出版多年,我未看到中文译本,或许是我孤陋寡闻。

松本先生来中国,基本上是静静而来,悄悄而去。但日本驻华使馆为他举办了一次宴会,我有幸与宴,去给他老先生进酒,提起在东京拜望过他,他记得,但只是淡淡地点头,没话。

前两天在报上看到了"日推理小说家松本清张病逝"的消息。老实说,并没有什么悲哀,而且,似乎也轮不到我来悼念他。只是想起了电影《砂器》中的一些镜头,感到有一个孤独的人,从此背向我们,一去不返了。

1992 年 8 月 12 日　于北京绿叶居

听沃尔科特受奖演说

瑞典斯德哥尔摩的古城岛不仅是王宫所在地，也是瑞典文学院的坐落处。1992年冬我应该学院邀请到北欧瑞典、丹麦、挪威三国进行文学访问，时逢1992年诺贝尔文学奖得主德里克·沃尔科特于12月7日在瑞典文学院发表受奖演说，有幸应邀到场聆听，留下深刻印象。

回国后见某些报纸发表的文章，称诺贝尔文学奖由瑞典皇家科学院评定，非。瑞典皇家科学院只管诺贝尔物理学奖、化学奖的评定，医学和生物学奖则由皇家卡洛琳学院评定。

我在11月甫抵瑞典后，即应邀访问了瑞典文学院，因为该机构每年要在10月8日公布一位(偶尔两位并列)诺贝尔文学奖得主，所以引得世界上不少作家(当然不是全部)心向往之，亦使得全世界文学爱好者(差不多是全部)津津乐道，更有些人为之引颈以盼，神魂颠倒乃至喋喋不休地议论诸如"为什么诺贝尔文学奖不颁给中国作家"一类的问题。

瑞典文学院外观拙朴，初进其门，那廊梯也难称堂皇，但一推门进入内室，则双眼顿感爽耀。首先看到的是纵深莫测的大书库，两旁高及穹顶的书架上排满了望之生敬的大开本精装烫金书脊的图书,当然一路走过去细看倒也能看到若干小开本的平装书……听解说方知,该书库实为评定诺贝尔文学奖的重要信息源。为什么诺贝尔文学奖没有颁给中国作家？很可能是许多中国作家虽然写得不错却没有成本的译成西方文字特别是瑞典文和英文的个人专著,或虽有一本两本但难称丰富,或虽翻译稍多却译笔欠佳,或虽有优质译本却没有主动往该处递送……从书库转入文学院秘书办公室,堂皇且富丽,四壁不仅有鎏金浮雕装饰,悬有大幅油画,还有若干大理石雕出的胸像,都是本世纪以来担任过文学院院长且兼任过秘书的杰出人物的造像,但经询问颇令我这中国人吃惊,偌大的瑞典文学院,平日每天到院履职的仅两个半人,一位便是统揽一切的秘书,一位则是在图书馆已见过的管理员,另一位会计只半日来此工作,另半日则在另外机构任职,当然也许尚有勤杂工一二人,否则厅堂过道楼梯洗手间何以那般洁净？懵懵懂懂中,我觉得我们中国一个县级的文联机关总也得十来个人的规模倒属正常,他们这在全世界声誉大得不得了的瑞典文学院编制竟如此"不健全",殊难理解。

　　也没人给我细解释为何瑞典文学院无办公厅人事司保卫处,便把我引入了会议厅,这便是文学院院士们讨论评诺贝尔文学奖颁给谁的场所。现文学院院士共十八位,系终身制,有三位因年老体衰已几年不参加一切活动,故现操诺贝尔文学奖评定权的实为十五位,其中仅一位马悦然院士通中文(不是一般的通而是精通),但其余十四位能否认出中国"福"字,都还是一个问题,他们只能通过阅读瑞典文或英文法文德文的译本来了解中国当代作家的创作;或许有人问,那他们为什么不读比如说某中国作家的作品译本？这就需要懂得,评定诺贝尔文学奖的第一环节是得有人推荐,只有下列几种人有资格推荐诺贝尔文学奖的候选人:一、历届诺贝尔文学奖得主,比如1992年获奖的沃尔科特,就得力于1987年得主布罗斯基的推荐,而布罗斯基则得力于1980年得主米诺什推荐;二、各国科学院的院士或相当于院士资格的人;三、各国高等学府中的语言和文学的正教授;四、各国作家协会的主席和副主席(理事和会员则没有资格)。推荐都需提出正式的推荐书并附原作或译本,由个人签署,不接受团体的推荐,推荐书需在每年的3月31日午夜前送达瑞典文学院,逾时则算作下一年度的推荐。全世界所推荐的作家至少有百十来个,最多时达一百五十多个,名单保密,然后便由十五位院士在轮值的主席主持下定期召开讨论会,最频繁时可达一周一次,依次递减候选名单,到夏日休假期间,所剩已无多,这时各院士方细读那无多的作品,入秋后再讨论,一般候选人已减至5人,到10月初则无记名投票,以票多者为当年诺贝尔奖得主(据说几无以全票通过者),于10月8日通过新闻媒介向全世界公布。为何中国作家总不能得？尤其是为何某某某大陆中国作家总不能得？那原因很可能是舆论虽吵得厉害,但却并无人认真从事有效的推荐,或虽有推荐但不够得当不够有力,或早在入夏前即已在讨论中被淘汰,或在最后无记名投票中不能获多数选票。连瑞典一般民众也早有"诺贝尔文学奖的评定总操纵在一帮老家伙手中"的訾议,所以近来文学院增选院士时(必得死掉一位方能补一位),一位不到四十岁的女诗人终于入选,她这位"新鲜血液"的输入对中国作家获奖有无裨益,则难预料。

在式样古雅的院士会议长桌前端,会议主席坐处前,有一醒目的木槌,大约在每年的无记名投票计数终了时,随着主席挥动那木槌的一声闷响,则引得全世界各处文坛沸沸扬扬议论纷纷的诺贝尔文学奖得主的名字,便被呼叫了出来。1993年的轮值主席便是马悦然院士,彼时他会呼出一个中国人的名字吗?

瑞典文学最重要的场所当然还得是二楼的那个大会议厅,从穹顶上吊下一连数盏缀满水晶饰件的大灯,各具三层,每一层都环簇着烛形灯泡,沃尔科特演讲那天大放光明,把彩绘的穹隆和古希腊风格的壁柱映照得金碧辉煌,那天与会的文化界、新闻界人士以及其他方面的社会名流个个衣着是男的庄重女的华贵。不过比起三天后在斯德哥尔摩音乐厅、国王王后亲临的五奖并颁仪式和该晚在市政厅中的盛大宴会,与会者的衣着却仍应以"随便"二字形容,因为在那后面的两个场合男士一律要穿正宗燕尾服执装银白色领结,女士则一律要穿古典式长裙,丝毫不得走样;毕竟文学界本身具有浪漫气息,所以那天沃尔科特演讲时,也只穿一套绝不华贵而只觉雅洁的西服,扎一条深色的斜纹领带。

沃氏演讲前,我已在入口处自取了一份英文的演讲稿(另有瑞典文的),见演讲的题目,大意为《安德列斯:关于史诗记忆的碎说》。沃氏长相奇特,从背后看,骨架与欧美白人无异,从正面看,肤色微黑而眉骨突出,鼻子大而扁,具有加勒比海安德列斯群岛上土著的特征。从演讲的姿态、风度与音韵上,则又令你深感他是一位浸泡在西方主流文化中的精英,他用英语演讲不仅流利自如,与使用自己民族语言无异,且英语讲稿文笔优美,具有诗的意蕴与韵律。据马悦然院士告诉我,现今英语文学文笔一流中的首席,当推沃氏。沃氏生长于各类文化汇聚的加勒比群岛,自己身上又流动着多种族的血液,故而他在受奖演说中主要阐释他那不求纯美但求弥合的美学信念。他说,一只完整无缺的花瓶纵使再美,也缺乏足够的魅力,但倘若将若干从历史的掩埋中挖掘的花瓶碎片加以细心的拼合,则那弥合的花瓶便具有欣赏不尽的艺术魅力;他又说一尊精心雕制的塑像固然美,但清晨凝聚于那雕像额上的清醇的露珠,当更具摇人心旌的瑰彩……我想他是力主将各民族的艺术血液,亲合为一种独具生命力的火焰,以穿越爱情交织的历史,达于一种人类的至善至美的境界。沃氏虽以顶尖水平的英文写诗,但其诗作如具史诗规模的《奥梅罗斯》,却都取材于生养自己的加勒比海群岛上延续至今的独具古风的生活。他在演讲开篇即讲到他已成为美国哈佛大学的教授后回到安德列斯岛上观看土著民连续九天举行传统仪式的场景,他说他原以为那是一种表演,但后来发现参与者的身心均处于一种竹箭飞梭般的自然状态,那仪式背景,便由许多射手不断以弓射出以优美弧线飞梭的竹箭构成,他说他悟到那便是他的先人和今日同胞的一种自在的生存方式,而绝非表演和挽悼……沃氏的演讲历时约七十分钟,即使是最具英语听力的听众,散席后也说虽犹如聆听美曲,但回家后必得细读讲稿,方能消化其所阐释的美学追求。我趁坐席靠前之便,一散会便迎到沃氏面前,请他在我领取的讲稿上签名,并作简单的交谈,他说很高兴有中国作家在现场听他演讲,并说他读过中国的古诗,也认识一两位中国当代的诗人。

沃氏在演讲中说,一个游客不必言爱,因为爱意味着停留,而旅游的乐趣全在流动之中;当我又漫步在古城的圣诞市场中时,我感觉这北欧的童话般生活场景确实令我欣喜却还不足以令我留恋;我又想到沃氏在演讲中说,建立在快乐之上的文化毕竟是肤浅的,没有悲伤也没有光环,但那单纯的生活的宽广性在于耐心,不是总在问生活错在哪儿;诗应是世界的早晨,历史只是一个被遗忘的失眠之夜,诗的命运是爱这个现时世界,不必顾及历史的存在……想到这儿我忽然有一种莫可名状的惆怅。在北欧早降的夜幕下,在烛光灯影中,我朝将古城和闹市区连接在一起的长桥上走去。踽踽独行中,我觉得那桥很长很长,走到桥当中,我更觉得桥两头都离得我很远……"人在桥上",是那天听沃尔科特受奖演说的主要感受。

1993 年元旦

兰屿有个夏曼·蓝波安

我正在房间里泡温泉澡,有人敲门,爬出温泉池,披上睡衣,到门边问:"谁呀?"一个浑厚的声音:"夏曼·蓝波安。""就你一个人吗?""一个。"我打开房门,迎进也裹着睡衣的来客。来客身材高大,衣缝里露出隆起的胸肌。他递我一样东西,接过看,是一只前后翘尖的刳木船模型。"为什么送我东西?""因为晚饭的时候,你注意听我讲兰屿的事情。"

那是今年4月在台东,所参加的一项环岛文学研讨活动在那里只进行一天,晚上到一家原住民风情餐馆吃特色菜肴,我正好和夏曼·蓝波安坐在一起,席间欢声笑语、觥筹交错,但我和他一见如故,形成一个小小的语言岛——我问他答,把关于兰屿的种种讲给我听——以至别的人提醒我们该回温泉旅舍时,我们才发现席终人散,竟都没有吃饱。

台湾和海南一样,大岛周边还有若干小岛。对于台湾大岛西边的小岛,金门、马祖和澎湖我耳熟能详,大岛东边,因为听过一首《绿岛小夜曲》,所以知道又名火烧岛的绿岛,并且知道那里曾有囚禁政治犯的监狱,但对于比绿岛更往东南的兰屿,则不在意识之中。其实如果把台湾大岛喻为一块翡翠玉佩,则兰屿是缀在大玉旁的璀璨珍珠。

兰屿也并非一岛之名,大兰屿有雅美人里的达悟族居住,小兰屿则是个无人居住的纯自然岛屿。夏曼·蓝波安祖居兰屿,他这名字,意思是"蓝波安的父亲",如此命名,是达悟族固有的习俗,一个男子未婚前,名号是临时的,到娶妻生下长子,给长子取妥名字,则从此使用"谁谁谁之父"的名字直到老死。这个民族何以如此重视血脉的延续,以至长辈为晚辈牺牲自己的原有称谓?夏曼·蓝波安告诉我,目前定居在兰屿的达悟人约2500个,可知对于这个族群来说,每一个新的生命当然都必须格外珍视。称呼我的这个新朋友,不能为省事叫他"夏曼",那等于叫他"爸爸"了,也不能叫"蓝波安",因为很可能他儿子从他身后冒出来答应着。

在全球一体化的浪潮中,很大的族群尚且会遇到如何保持其固有文化传统的问题,何况兰屿岛上人数不足三千的达悟族。我们对高金素梅的名字比较熟悉,她是台湾维护原住民权益的代表性人物。其实我们也该知道一些像夏曼·蓝波安这样的台湾原住民作家。夏曼·蓝波安也曾离开兰屿到大岛上读书、生活,他先在淡江大学学习法语,后来又从清华大学研究院毕业,他对兰屿之外的广大世界有见识有体验,也曾在大岛上工作,但最后他选择了回归兰屿,在兰屿与族人一起到山上伐木制作刳木舟,使用自己制作的非火药性鱼枪潜入大海刺射大鱼,意在身体力行地把达悟人固有的生产、生活、思维、信仰方式延续下去,更难能可贵的是,他使用学来的汉语,用方块字,写成优美的散文和小说,把达悟族淳朴生活之美,特别是心灵中的圣洁,呈现给我们,与我们共享。

回到北京,捧读夏曼·蓝波安赠我的大作《冷海情深》,开始不由得联想起美国作家海明威。夏曼·蓝波安无疑是条硬汉,在刳舟、制矛、潜海、射鱼方面,他肯定赛过海明威。海明威最杰出的那篇《老人与海》,写出了人与大鱼与大海与宇宙搏斗中,享受孤独悲欣的诗意。但是细读夏曼·蓝波安的文字,我就断定他并不曾受到海明威的什么影响。他也写人与大鱼与大海与宇宙搏斗,但他咀嚼的却并非个体生命的孤独,而是作为达悟族群体一员的自豪、自强、自信、自尊。他写到在海流交汇处潜到海洋深处捕射比自己身体还要硕大的浪人鲹时的微妙心情,写到划着刳木舟满载而归,根据达悟族的古老族规,把捕获的鱼按男人鱼、女人鱼、老人鱼、女人分娩坐月子的鱼,分别切割为生鱼片和煮成鱼汤,族人欢乐地分食,男子酒后随口吟唱敬畏海神驱赶恶灵的诗句……读了他的文字,我深受感染,尽管我如今生活在一个几乎无处不讲金钱、务求摆脱体力劳动的人文环境中,起码在心灵上,我与达悟族那种以体力劳动为荣、以消耗鱼类必以维护鱼类延续繁衍为前提、以淳朴亲情为人生至乐的思维认同。

当我在电脑上敲着这篇文章时,夏曼·蓝波安也许正如他在《冷海情深》里所写的:"把身体成倒立的潜入水中,趴在礁石上寻找猎物……""在此刻,我是孤独的,在海里非常地孤伶,而我的感觉是何等的舒畅。"

2010 年

从忧郁中升华

我喜欢听交响乐,但我缺乏这方面的专业知识,更不具备一双"专业耳朵"。我的一位好朋友,他的职业离音乐甚远,然而他业余爱好音乐,他就有一双听音乐的"专业耳朵",比如在我家,我放CD盘,头几组音符一出,他便能娓娓道出,这是哪个乐团演奏,由谁指挥,这张盘的录音师是谁,在英国《企鹅唱片指南》上,评上了几个星花……而另一乐队另一指挥所演绎的该曲,明暗对比处理其实更加精心,听来会更丰腴滋润,等等。他的指导,总是使我受益匪浅。我常常根据他的建议,去选购新的唱盘。不过一般来说,凡我已经有了的曲目,都不拟重复购买;我还没有比较着欣赏同一曲目的不同版本的道行;唯一刻意重复搜罗过不同版本的曲子,是巴伯的《弦乐柔板》。巴伯1981年才谢世,这位在本世纪前卫艺术浪涛滚滚、代谢频仍的文化氛围中进行创作的美国作曲家,给我的印象,却乐风始终相当地古典。他的这首《弦乐柔板》其实算不得严格意义上的交响乐,原是他的《弦乐四重奏》中的慢板乐章,1936年他将此章改编为了管弦乐,1938年经托斯卡尼尼指挥演奏,立刻风靡。《弦乐柔板》全曲演奏下来,不过九分多钟,但我每回静心咀嚼这首乐曲,却总是忘记了时空,心中升腾着莫名的感悟。

常常是,听完了这张盘上的该曲,再接着听另一张盘上的,或同一张盘上的连听两三次。于我来说,巴伯的《弦乐柔板》真是沐灵的甘泉。

这首《弦乐柔板》是缓慢、深沉而忧郁的。我常常陷于忧郁的情绪中。为什么忧郁?是因为不如意事常八九么?是因为感受到个体生存的寂寞与孤独么?是因为个体与他人之间通过碰撞、摩擦而达于沟通、理解、谅解、和谐的艰难么?是悚然于世事的白云苍狗与人性的诡谲莫测么?是人生苦短,而永恒难求么?……要承认,乐曲确从心底牵出了丝丝缕缕、纠结缠绕的这类私心杂念;但其实,最令人忧郁难解的,是忽然会意识到,生活的常态,是平平淡淡;人生从急风暴雨的动荡岁月解脱出来以后,置身于衣食无忧、和平稳定的建设环境中,所遇到的最大难题,往往并不是别的,而是如何克服平淡与枯燥。一位在设计院搞设计的年轻工程师告诉我,他每天的工作就是画工程设计图,以前在图板架子上用尺子什么的和笔来画,现在改成用电脑画,虽也会出现一时的新奇感和兴奋点,但总体而言是平淡、枯燥的。一位在我家附近的建筑工地上的抹灰工,也跟我说,他每天就是抹灰、抹灰……晚上回到工棚,打几把"拱猪",也就睡觉。一位商人朋友也跟我说,他早就对豪宴、卡拉OK、桑拿浴之类不能不"奉陪"的事情感到了无兴趣,但为谈生意计,又不能不一再地重复着这一套,欲罢不能。也许有的人从未感受到常态生活的平淡、枯燥一面,因而从未陷入过忧郁,但那样的人我还没有遇到过。我自己是常为人生的平淡与枯燥而忧郁的。怎样从这种忧郁中解脱?我以为听巴伯的《弦乐柔板》这类的曲子,边听边咀嚼人生的这苦涩况味,是一大妙法。当乐曲与心思融为一派澄明时,你便可以悟到,人生的功业,主要还不是靠狂恣的暴发而成就,其主体,应是默默地耕耘与韧性地尝试,其中会有大容量的落寞枯燥,乃至数量非少的失误与弯路;人生的意义,于大多数人而言不是"轰"地一声雷响,而是蜜蜂般"嗡嗡"不息地采撷花蜜;人从暗寂的子宫中来,还要渡到暗寂的彼岸去,那中间的历程,惊心动魄的事未必多多,真多了更未必是福,而常态的日常生活,以其平淡枯燥,磨砺着我们焦虑的灵魂,倘若我们能消除娇嗔暴戾,而终于甘于平凡,把有限的生命,融入能与真、善、美相联的事体中,那可能便是缔造了真福。

在中央音乐学院指挥系创建四十年暨杉杉中国指挥育才金设立的交响音乐会上,演奏了五阙交响曲,由中央音乐学院指挥系历届系主任指挥,其中第三曲便是巴伯的《弦乐柔板》,李德伦走出来了,他没坐到别人为他准备的高脚凳上,也没拿指挥棒;这位年逾八十的老指挥家用简洁的手势演绎了这首我心爱的乐曲;我觉得他的面色是忧郁的,而演奏者们也从容地宣泄着人类共通的忧郁情愫。我从三十多年前起,就常在北京的各个演奏场所欣赏过李德伦大师的指挥,然而听他指挥这一首曲子,还是头一回。台上的指挥老了,台下如我这样的观众,也已鬓发斑白;我想到了关于李德伦人生经历的种种报道,他是很轰轰烈烈过的,有过大落大起,大辱大荣,大悲大喜,然而终于归到平静,归到沉思,归到澄明……我看到他侧身大提琴一边,用肥厚的手掌向上强调,仿佛是嫌那部分乐师尚不能传达出众生忧郁的淳朴之美……短短的九分多钟里,我也许已回顾过自己迄今为止的一生……我感到自己的灵魂正从浓酽的忧郁中升华……

交响乐曲不仅是我书房中经常性的"生命背景",也逐渐地融入了我的魂魄。现在,又是一个平淡的静夜,我又放送着以巴伯《弦乐柔板》打头的唱盘……我勉励自己,再埋头,勤耕耘,好好地走完这可能久久都是平淡无奇的人生之路。

1996 年 11 月 25 日午夜　绿叶居中

下编 草影

刘心武 漂亮时光

敲石子的人

在一处风景名胜地,我们乘坐的面包车抛了锚,司机下车,钻到底盘下修理,我们便纷纷下车活动。

那是从该名胜地的一个景点,移师到另一个景点的途中。周遭虽只是些"过渡性景观",但山清水秀,一草一木都透出灵气,空气中弥散着栀子花的芳馨。我们随喜着那风景,深呼吸中甚觉畅快欢愉。

散步几十米外,看到路边有些个敲石子的人。他们有的坐在矮凳上,有的基本上是席地而坐,臀下只垫着一个蒲团。只见他们左手将一块甜瓜大的石头稳定在身前的硬石板上,右手抡锤将其碎裂为栗子般大小;他们身左是待碎的"瓜堆",身右则是碎讫的"栗堆";其成绩如何,一望"栗堆"即刻了然。我们懂得,这是些民工是在为养路队备料。那些栗子般的碎石都将陆续补充到游客必经的公路上。

我们望着敲石子的人,敲石子的人也望着我们。我们对他们微笑,他们呢,有的不是报我们以同等程度的微笑,而是咧嘴讪笑,有几位还笑着互视一下,眨眨眼,歪歪嘴角,然后又回望我们,再笑……

我和朋友小孔散步到离他们较远的小溪边,坐在石蹬上闲聊。我问他:"那些敲石子的人在笑什么?"他反问我:"你说呢?"我说:"他们也许在笑我们城里人的奇装异服,还有,比如说你一个大老爷们,却脑后用猴皮筋扎了个小马尾巴……"他摇头。我便再猜度:"他们是笑我们的汽车抛了锚,一副狼狈相……"他头摇得更凶:"你这人!怎么能净以恶意揣测人!"我便说:"其实就算他们羡慕,或者说嫉妒我们这些悠闲自在地游山玩水的城里人,也够不上什么恶意……"小孔正色道:"你以为他们是羡慕,乃至嫉妒我们?!天哪!你大错特错啦!"我一愣。我真的错了吗?

小孔遂告诉我,二十几年前,他下乡插队时,也曾当过为养路队备料的碎石人,并且,那里也是一个著名的风景区,在毛主席会见了尼克松以后,那个风景渐渐恢复了旅游业务,当时来的,多是有首长陪同的外宾。那些外宾的奇装异服,以及种种肤色、长相和发型,要比我们现在的模样扎眼得多,可是,当时也是坐在路边敲石子的小孔他们,并没觉得那有多么好笑;当年的他们为什么笑?笑得和现在这些敲石子的民工一模一样,是一种无法掩饰,却也自知应礼貌待人、不能放声的笑……笑的是:这儿有什么好看的啊?值得这些人大老远地跑来,东张西望,大惊小怪!瞧那脖子上吊着照相机的辛苦相!……

啊,原来不仅不是羡慕、嫉妒,竟是讪笑、同情!

可是,小孔敲石子那是什么时代,而今又是什么世道,任是深山更深处,也应无计避商潮了啊!就在这风景区里,追逐金钱、向往物质享受,以及附庸风雅、艳羡都会生活的人与事,我们也遇到了不少宗。这些敲石子的人,真会江流石不转,仍保持着那种未被浸染的情怀么？这些人为何安坐那儿敲石子？因为心存一种无私奉献的信念？因为缺乏竞争能力，只能以此养家糊口？或者干脆是犯了什么事儿，被强制着干这活儿？

我朝那些敲石子的人望去，他们有说有笑地从事着那依我想来是极其单调而又粗顶的劳作，其间虽也有性格沉稳些的埋头敲击者，但细细观察，却也面容平静，动作中透出怡然自得的韵味……我心中的判断，不能不向小孔的指向倾斜。是啊，我们和他们离得这么近，在同一美景的环抱中，可是，我们的人生，以及融汇在人生中的观念情趣、喜乐哀愁，却相距甚远，乃至取向迥异……

小孔似乎并不是对我，而是自言自语地望着清澈的溪水，低声说："现在我成了另一种人……并不是我想走回头路……可是，我还是要说，一种最单纯的劳作，一种最质朴的生活，一种最简单的想法，一种根本不用与所谓风景疏离开再跑过来观赏它的生存方式，一种像这溪水奔流般的，可能不够深刻，却十分纯净的快乐——实际上，才是我们应当苦苦追求的所谓幸福！……"

在他的感染下，我的心绪也漾动起来。多么曼妙的哲思啊！难道，我们都应该留下来，坐进路边的行列，做一个敲石子的人？不过，我又想，这些偶然邂逅的人，他们内心的真实情愫，即使援引小孔二十多年前的自身体验，也还是难免误读；他们之所以不艳羡、嫉妒我们这些旅游者，也许，正如我们不会艳羡、嫉妒阿拉伯王子的奢豪生活一样，因为彼此的人生根脉，离得实在太远；倘面对的是从他们村里跑出去闯都会，而一朝衣锦荣归的邻居，那会是怎么个心情，可也就难说了吧！更何况，这些敲石子的人，他们每位都是一个独立的生命存在，其间外在的与内心的差异，一定很多，

167

似我等这样流星般划过他们人生的过客,怎敢妄断他们的心灵图像? 小孔那吟诗般的哲理归纳,是否恰暴露出了我们这些舞文弄墨者的自以为是、似是而非?

不过,他们那回应我们的笑容,其中潜藏的玄机妙谛,究竟该怎么解读呢?

那边喇叭响了,是修好汽车的司机在召唤我们上车。

恋恋不舍么? 不,我和小孔何曾犹豫,我们怀着欣慰的心情忙去上车。

在前行的车上,我望着那些路边敲石子的人,心中怅然若失。我们离开的是一种可望而不可即的人生境界么? 或者,竟是一个深不可测的人性哑谜?

1997年12月28日

冬日看海人

我偶然遇到一位来自大西北小镇里的小学教师。猛看上去，他似乎已然年过半百，因为他脸上有那么几条很长也很深的纹路，并且头发也花白了；可是跟他交谈时，他那双眼睛却闪射出很有劲的光芒，使我又觉得他实在还很年轻。原来他刚刚四十出头，正当壮年。他是从北戴河返回到北京，即将再坐火车回到他那个离大海非常遥远的小镇。

我遇到他的那天，西北风正在北京久旱无雨的灰色天宇推磨般嗥叫，在这样严寒的冬日里，人们一般总是尽量往温暖湿润的南方跑，可是，作为一个自费旅游者，他却偏偏去了北戴河！

他为什么去那儿？这算是什么样的癖好？

他告诉我，二十年前，他们那个小镇还没通电，可是他在教学生时，课文里总是不断地提到电，举凡电灯呀、电线呀、电话呀、电视呀、电车呀……学生们常问他：老师，那究竟什么样儿？他很惭愧，身为人师，却眼界狭隘，连真的电灯都没见过！有一天，是放假前一天，当又有学生问到"究竟电灯什么样"时，他便下定了决心，第二天天还没亮，便揣上干粮，往一百多里外的县城走去。他足足走到那天深夜，才抵达县城，当他敲开县教育局的大门时，那值班的人一开始以为他是个坏人,后来他见到屋顶上闪亮的电灯,激动得笑着流下了眼泪,又以为他是个疯子⋯⋯第二天县教育局的局长亲自带他见识了电话、电唱机、电熨斗什么的,又请他到电影院看了一场电影,临送走他时,又送了他一只电灯泡,那只电灯泡后来成了他课堂上极珍贵的教具,一直细心地保留到若干年以后,他们那个僻远的小镇终于也通了电,于是他当着班上的同学,举行仪式一般,将那只灯泡旋在了教室的灯头上,当那盏电灯在孩子们热烈的掌声中放出电光,将那简陋的教室照耀得通亮时,他又一次笑着流下了眼泪⋯⋯

后来他得到了进县城进修的机会,并曾到省城出席过英模会议,他具有了正式的师范学校学历,还继续进修大学课程,他眼界大开,他那个学校也大变了样,现在他们那里经常有电影放映队去放映电影;虽然由于山区地势复杂,他们那个镇子如今还很难接收到电视转播讯号,因此除了几户人家为显示阔绰已然置上了大彩电,看电视仍是一种大家所祈盼的超级享受;当然,他本人有更多的机会在电影和电视上看到几乎全世界的万种风情,可是,这两年常有学生问他:"老师,大海究竟什么样啊?"他总是根据自己从电影、电视上得来的印象,耐心地向学生们形容⋯⋯可是学生们也从电影上看到过大海,他的经验并不能超过学生,而课文中关于大海的内容,却不知怎么搞的,似乎在与日俱增⋯⋯

于是他决心亲自来看大海。这回寒假一放,他便起程了。当他在县城教育局宣布这一壮举时,连局长也很羡慕,因为那已然年近花甲的局长,也从未见到过真的大海!

他为什么不是在暑假时而是在寒假时跑来看海?那原因很简

单:冬日看海是可以省很多钱也省很多事的!并且,他两眼闪着异样的光,对我自豪地宣布:"冬日的大海,别有一番雄奇的景象!"

他说他刚出现在北戴河时,一开始也曾被人猜测为或坏或疯,可是后来受到了异常热烈的欢迎;他说,那些设备非常好的休养所,一到冬天如果揽不到会议等项目,那就冷落到极点,值班的人员总是非常地寂寞,并且,那些设备如果总是闲置着,反而会更快地衰败……于是,他后来竟被好几家休养所请去做客,不仅免收他的住宿费,甚至也不要他交饭钱,说是"你入的不是所里的伙(所里根本也没客饭供应了),你是在我家吃饭嘛!"

他说这十来天里,他把冬日的海景看了个够,从各个角度看,在各种光线下看,从容地看,哼着歌看,甚至跳着舞看……他把我说得也羡慕起来,不仅是羡慕,甚至是嫉妒,因为我虽然有很多次夏日观海的经历,可是,我年过半百了,却还根本没有过冬日观海的体验!仅从这一点上说,我的人生便没有这位西北高原小镇的小学教师丰沛多彩!

冬日观海的人离开北京,坐硬座车回那遥远的地方去了。他没有在北京久留,他只游览了天安门,没去颐和园、长城什么的,他说一来他没剩多少钱了(为了看海他花光了五年来所有的积蓄一千多元),二来他圆了看大海的梦,心满意足了!

我只是偶然地见了他一回。他走后,我甚至已不大能形容出他的相貌了,唯有他闪亮的眸子,还有一身大海的气息,长久地萦回在我心头,使我憬悟:每一个最平凡的小人物,只要以敬业精神点燃执着追求的火把,都能使自己的人生闪烁出童话般的美丽灵光!

1996 年 3 月 12 日　绿叶居

榛子奶奶

儿子叫他杨哥,我也跟着那么叫。杨哥五十开外了,人高马大,是个服装批发商,热爱摄影,近几年生意都让妻子打理,自己三天两头开着越野面包车,往远处去拍风光照,来我家,没别的话题,就是给我看他拍的照片,讲述拍照中的见闻。有时,儿子休息,杨哥就会拉上他去一起拍照,儿子用数码相机,杨哥坚持用装胶片的相机,"数码无艺术",这是杨哥的口头禅,儿子也不跟他争论。

儿子告诉我,杨哥现在最大的愿望,不是生意上的发展,妻子埋怨他"哪天破了产,连相机也得拿去抵债",他只呵呵傻笑。杨哥告诉儿子,现在生意确实难做了,但是保持一定的收益,维护他家小康的生活,由着他性子在摄影上"发烧",这局面还是稳定的,"小康胜大富",这也是杨哥的口头禅。

但是,杨哥常有失落感,不仅当着我儿子,在我面前,也扼腕叹息多次。杨哥热心参加许多的摄影比赛活动,通过他,我才知道原来如今有那么多的摄影比赛,大多是某地某机构为开发本地区的旅游事业,或某企业为推广自己的品牌名声,举办的相关活动里,有摄影比赛这一项。杨哥渴望得奖。儿子说,每当送出参赛作品,等待公布得奖名单的那段时间里,杨哥的眼睛就会由红变绿。但是杨哥总不能得奖。有两回得了三等奖外的"鼓励奖",那能算得了奖吗?有回得了第二名,但那是赞助了三千元的结果,三千元不公开的赞助换回一千元奖金和一张奖状,杨哥自己也觉得可笑,"我都不好意思把那照片拿给您看!"杨哥不给我看,我也就没看,他扬言:"我要得一次真的大奖,我就复制出来,装好镜框,给您挂到墙上!"我就笑:"那何必!其实你们那次拍的榛子林就很棒,挑一张放大给我就行呀!"

那批照片确实很精彩。杨哥和我儿子轮流开车,去了北京版图最北端的一处山村,从带回印出的照片上看,真是世外桃源,植被竟然那么厚密斑斓,山下野花迷眼,山上高树茂密,古老的栗子树、榛子树那么粗壮雄奇,村居村路多用山石砌就,村民男壮女健,就连那些鸡埘猪圈,看上去也古朴悦目。当然,杨哥也不忘拍些具有时代特征的镜头,比如刚刚开业的"榛子林餐旅店",接收电视信号的"银锅",挎着双肩背书包的村童……杨哥挑出了三张最得意的,参加了一个严肃杂志举办的摄影大赛,那当然是不要参赛者交赞助费的,评委里有德高望重的摄影界老前辈和艺术界名流,儿子说"杨哥这次最少也是三等奖",但是,结果却是名落孙山。

那天我留杨哥晚饭,他有点喝闷酒的趋向,我就尽量开他的话匣,控制他的酒量。他说要把几张制作得大小不一的榛子奶奶的照片,给送过去,儿子就有些犹豫,说那地方手机没信号,而且气温降得早,把照片寄过去也就是了,何必再往那么个路况凶险的地方跑?杨哥就跟我儿子说,"你不去我去,寄去,收不到怎么办?"见我听不懂,儿子就解释,榛子奶奶是村里的老寿星,据说过百岁了,山上最粗的那株榛子树,就是她栽的。榛子奶奶直到二十几年前,才头一回离开山村,进了趟北京,在天安门前,照了张相,但是"背篓邮递员"送信翻山的时候,在山溪边滑倒,掉到溪水里转瞬跌崖的几个邮件里,有一个就是人家寄来的照片。我就跟儿子说,你应该陪杨哥把新的照片送到榛子奶奶手里。

他们送照片去,一进村就愣了。全村人正为榛子奶奶办丧事。唢呐吹出高昂的曲调,接着是鞭炮连串响。看到他们带去的照片,不仅榛子奶奶家的高兴,村民们传看完,最大的一张就挂在了"榛子林餐旅店"的堂屋里,住在那里的几个年轻游客也都赞拍出了百岁老人的独特神情。榛子奶奶的重孙子告诉他们,这是喜丧,他们就是天上掉下来的神仙!几个山村壮汉,胳膊交叉,组成了两乘轿子,让他们分别坐上去,随着送葬的队伍,往山顶上走。密密的树林,旋转的落叶,坠落的榛子、栗子、松子落到头上身上,让心窝好痒好甜……在山顶,那棵最古老的榛子树下,人们埋下了骨灰盒,竖起一块石碑。那天杨哥和我儿子成了山村的一员,每一户人家都跟他们称兄道弟,跟他们说常常回来,炕随便睡,馍随便吃,菜随便搛,酒随便喝……村民簇拥到村边,唢呐声声送别,杨哥和我儿子全笑着哭了。

他们回来给我提来一兜大榛子,给我看新拍的照片,我对杨哥说:"这次拍的一定得奖。"杨哥说:"还要什么别的奖?我已经得了大奖啦!"

2005 年

坐在门槛上的送煤工

那时候，我还住在小杂院的平房中，没能享用上煤气和暖气，做饭取暖都必须依靠蜂窝煤，预定好的蜂窝煤由附近煤厂的工人蹬着平板三轮车送来。记得那是初夏的一天，我一人在家，煤厂的师傅送煤来了。他把旧车轮剪成的皮条挎在肩上，侧身将装煤的竹筐用那皮条箍在腰侧，运到各家小厨房门外，便将煤饼技巧地倒在地上。倘若哪家是老弱病残，他便帮忙将煤饼码好；倘若自己有劳动力，他便走人。我自然是可以码煤的人，师傅将煤倒下，我便道谢，请他进屋喝茶。他摇头说不喝了。因为送到我家小厨房门外是最后一站，他便站在那里点燃一支烟，用脖子上搭的已是灰黑色的毛巾擦着额上的汗，暂且喘息。

我埋头码煤。我家小屋里的录音机里正放着一盘西洋抒情小曲，我经常听那盘带子，喜欢，却多少已有点麻木。忽然，我直腰抬头之间，瞥见了那送煤师傅，他被录音机传出的乐曲吸引住了，乃至于点燃的烟吸了一两口后再没有去吸，慢慢地站在我家屋外的洋槐树下，显现出一个出自内心的略带惊讶的愉悦表情。

我知道那三十来岁的运煤工小学毕业后再没有受过什么文化教育，生活不富裕，视野也绝不宽广，依我想来，他的欣赏趣味，也许只集中在比如说相声、评剧(那时还没有通俗流行歌曲出现)一类的品种上,因此,在一瞥之中,我也不免有点吃惊,他怎么会被西洋古典音乐所吸引呢?

我便主动招呼他:"进屋歇,进屋听吧!"

他问我:"这叫什么曲子?"

我告诉他:"是原先俄罗斯作曲家柴可夫斯基作的曲子,叫《船歌》。"

他一脸入迷的表情,"啊"了一声。

"进屋坐,我把这曲子重放一遍,是好听,我也一直喜欢它。"

他却并不进屋。我明白他的表情身姿表达的含意:他一身工作服上满是煤灰——岂止工作服上,他脸上也有煤灰,淌下的汗水又在那煤灰上划出了不能平直的道子——他怕进去坐会把我家沙发弄脏的;他淡淡一笑,脸朝外,坐在我家屋门的门槛上了。我便不再劝,赶紧调整录音带,重放那曲《船歌》。

在初夏的洋槐树下,树荫铺撒在我家屋门前,露出团团闪烁的光斑。洋槐花盛开着,漾出阵阵清香,《船歌》那柔曼的曲调越过坐在门槛上的送煤工那厚实的身板,送进他的耳中,传到院里……我永生难忘从他脸上所看到的那种由衷的审美愉悦感。

《船歌》放完了,他也便走了。烧完他那回送的蜂窝煤,我也便搬到很远的楼房里去了。我再没有见过他,但我脑海里永远刻下了坐在门槛上听《船歌》的送煤工形象。多少回我想把那形象画下来,却总不能成功。

坐在门槛上的送煤工,使我意识到,进入一种自发的、非功利的、全身心的审美愉悦,哪怕是偶然遭遇,为时短暂,那都是人生途程中最幸福的境界！

我年轻的朋友们啊，敢问你们，在你们的生活途程中，可有过这样的时刻？

或许，你整日被裹挟在熙攘的人流和事涡之中，简直没有静下来享受文学艺术和大自然的间隙，审美愉悦竟与你无缘！

或许，你总是被世俗的审美潮流牵着鼻子走，人家听什么你也听什么，人家看什么你也看什么，人家说好你即使并不以为好也跟着说好，潮来潮去，你在潮水中随涨随落，久而久之，你甚至面对着你跟随潮流所追逐的对象，已无多少真正的审美愉悦可言，你所获得的，也许仅是浅薄的"我总算不落伍"的心理满足！

或许，你确是不为潮流所驱动的，你能冷静，能抉择，但你是否又被一些功利性的前提所支配呢？比如，你总想自己也从事某种门类的文艺创作，你总在分析辨识、预估预测，这样的东西会"又叫好又卖座"吗？那样的东西舍俗就雅值得吗？太古典是否趣味太保守了？太新潮是否格调太粗野了？……结果，你尽管浏览了许许多多的文学艺术作品，却总不能使审美意识摆脱功利前提，因而，也总不能进入那坐在门槛上听《船歌》的送煤工的审美愉悦的佳境。

人生途程说长也短，说短也长；人生乐趣说多也少，说少也多。在毕竟有限的人生途程上，更多地享受人生乐趣吧——在诸种人生乐趣之中，那种凭借直感，摆脱世俗牵缚和功利前提，而全身心投入艺术世界和大自然魂魄的审美愉悦，是最宝贵的时刻、最瑰丽的境界！

1992年6月

刺青农民工

我常到马路对面一家咖啡馆约见熟人,那天聚完了已经天黑,独自回家。过马路的方式有两种,一是去跨越过街天桥,一是穿过马路下的桥洞。过天桥置身于万丈红尘,安全,但费时较多;过桥洞路径短,但那桥洞里没有路灯,摸黑穿过时总有些忐忑。自己曾多次夜里穿过那约五十米的桥洞,秋毫无犯,那天图省时也便奔桥洞而去。

真是不怕一万,只怕万一。正值夏末,天气溽热,偏那晚云遮月,雾霾浓,迈进桥洞没几米,竟是完全漆黑一片,那边洞口只有模糊的微光,望去更觉瘆人。走了不足八米,我后悔不迭,毅然转身返回,毕竟已是望七之年,腿脚哪有当年麻利,匆促转身时,不禁一个趔趄,惶恐间,忽然右手腕被强力拽住,紧接着更有一只坚硬的臂膊将我从左边搂定,同时闻见一股体味,心中闪过一个念头:此生休矣!正巧桥洞那边来了辆小轿车,前灯打得雪亮,顿时使漆黑变为刺眼,本能地低头,恰望见那攥住我的大手之上的臂根处,有刺青,是一个"忍"字!

"老大爷,没崴了脚吧?没闪了腰吧?"在强有力的手与臂的护送下,我被扶出了桥洞,又走了十来米,在路灯下,我看清了紧贴着我的人,是一个精壮的赤膊男子。他见我无大碍,松开手臂,站开,我才发现,他还有个同伴,比他矮,身体单薄些,也不赤膊,年龄应该略大些,与我目光相对时,微笑着问:"把我们当坏人了吧?"

误会当然马上消除,我连连道谢,又埋怨:"这桥洞真怪,一直不安灯。"年龄大些的就说:"大爷就住附近吧?既然常从这桥洞走,就该记着带个手电筒。"扶过我的壮汉则说:"他不安灯,你们就总忍着?为什么不投诉?不去告他们?"

这话让我马上想起他手臂上的刺青,不禁笑了:"咦,你那刺在身上的是什么字?怎么你要自己忍,不让我忍?"一来二去的,我们竟话语投机,双方都想多聊聊。

我告诉他们,其实可以不必马上回家,而且下次会从天桥上过去,也很安全,如果他们也不忙睡觉,无妨到那边小餐馆坐坐,一起喝点啤酒。没想到壮汉说,他已经五年不喝任何酒了。我灵机一动,就建议:"要不,到那边肯德基里坐坐,喝点软饮料,再聊一阵?"他们都朝肯德基那边望,脸上的表情很微妙。年龄大点的就说:"我们的人没进那里头的。"我说:"我也很少进。一起去坐坐有何不可?"我坚持,他们服从,于是一起坐进了肯德基。我去买来三杯可乐,看见壮汉已经套上了一件红色的T恤,小了起码一号,把他的胸肌箍得暴突,那恤衫上印着一家陶瓷贴面厂家的名称与地址电话,估计是作为福利分发的。他们分别拿出十元钱给我,我推开:"说好了我请,再啰嗦就是不尊重老人。"

他们是那边街上正建造的体积庞大的商用楼的河南农民工。壮汉姓邓,年龄大些的姓张,他们说算是工程队里辈分大的,其实一个才临近四十,一个才四十出头。说起打工的日子,"平平淡淡,就是睡觉、吃饭、干活……再吃饭、睡觉、干活……晚上到街上转一圈,就算文娱生活吧……年关前结算工资,带回家去。"那为什么往身上刺"忍"字?邓师傅把另一只胳膊显示给我,那上头刺着两个并排的字:"爱恨"。字是五年前他自己刺上去的,先用墨水写好,再用针尖密密地扎。那时候外出打工常领不足甚至领不到工资,他领头干过好多事,他轻描淡写,我想象丰富,总之,最激烈的一次,他酒后发威,没领到欠薪,却进了拘留所。"那几年可不平淡。现在的平淡,是努力争来的。"听来现在平淡得也不错:工资不拖,给上保险,伙食绝对管饱,每月最多可以预支出 150 元零花钱,年底回家或工程结束时,能有较为满意的收获,家里的旧房翻盖成了新房,儿子闺女都供得起他们上高中。邓师傅说现在想把两边胳臂上的刺青都去掉,张师傅就说:"那莫法了。也算文物吧。"我想细问他们究竟怎么争到自己权益的,但实在已经很晚,大家都该休息了。他们送我过了天桥,才回工区。我想起邓师傅问我为什么能忍耐那桥洞无灯的状态直到如今的几句话,不禁憬然。

2007 年

铁糖阿伯

一口气从网上订购了七本书,送书来的小伙子戴个眼镜,原来是个大学生,我请他坐,主动跟他聊天。他说勤工俭学的主要手段是家教,但插空也跑外卖,送过比萨饼和猫粮猫砂。我给他倒杯热茶,又递他一块包玻璃纸的精制米花糖,他道谢接过,发出一声感叹:"铁糖啊!"

我不免问他怎么把米花糖叫作铁糖?他说:铁糖就是他的故乡,就是他的亲人。

原来,他家乡在皖南。他们那里每到腊月,家庭主妇就会先用大木桶蒸出很多米饭,熟米饭放在大笸箩里,把板结的饭团细心捏散,冻几天后,放在太阳底下晒干,最后笸箩里就全是微微膨胀的有些透明的米粒,这些特殊的大米会被放在米袋里,等候铁糖阿伯的到来。

一般是在祭灶前十多天,村口传来摇拨浪鼓的声音,孩子们闻声就会往家门外跑,跳着颠连步,朝摇拨浪鼓的那几个大人奔去,大声喊:"先到我家!我家!"

来的一般是三个男人。一位背着一只大铁锅,一位背着筛子和模子,第三位背着一袋沙子和一捆工具。

他们是来制作铁糖的。

率先请到他们的那家的孩子,会非常得意,在门外向别的孩子炫耀:"我妈备的米细,我家的糖稀好香,还有大罐白糖,好多好多的花生米和芝麻仁!"

他们到了邀请的人家,就支上锅,先把那家备的米和沙子混在一起炒,那家多半备好了足够的干棉花秸,燃起的火很红很亮,棉花秸噼啪响,大锅铲响叮当,炒够火候,就把米粒和沙子倒在筛子上,筛子摇呀摇,那些变黑的热沙子,很快全都漏下,于是最激动人心的时刻来到了——糖稀入锅搅匀,炒米均匀撒入糖稀,还有白糖、花生和芝麻,一股热腾腾的香气,就会弥漫在这家屋里,氤氲到屋外,孩子们瞪圆了眼睛,看下一步——起锅了,黏稠的米花糖浆倾入了木模,不待完全冷却,已被师傅用刀划成了许许多多小方块——铁糖制成啦!几个孩子争着吃鲜,几个孩子急着呼唤:"该去我家啦!快呀!"

送书来的大学生告诉我,他的父亲,每到腊月,就会带着两个徒弟,背着家伙,走乡串户,去制作铁糖。那是他几十年的重要副业。制作铁糖的时间虽然就是腊月里二十多天,挣的钱却接近全年种稻子棉花总收入的一半。

他的父亲在家乡,是名声很大的铁糖阿伯。

因为所制作出的米花糖手感像铁块般硬,所以那里的孩子都管它叫铁糖。但铁糖放到嘴里却很酥脆。往往是,农家母亲会请铁糖阿伯制作出几十斤来,搁在米袋或瓦缸里,当作孩子的零食,足够那家的孩子吃上几个月乃至半年。大人也吃,农村汉子喝酒,有时会拿来下酒。

他父母在他之前,生下过两个女孩。两个姐姐长大后,相继嫁了出去,婆家都不富裕,两个姐夫都是憨厚的农民,一直留在乡里种田,到了腊月,就跟着岳父,一个背锅,一个背沙子和工具,摇着拨浪鼓,走乡串户,去制作铁糖。

父母,两个姐姐,加上姐夫,都把上大学的希望,寄托在他的身上。他上高中,上大学的费用,可以说,大部分是父亲制作铁糖挣钱供给的,两个姐夫还经常放弃自己应从岳父那里得的工资,比如说,在得知他必须购买自用电脑的时候。

他说,我递给他的米花糖,是食品厂生产的,米粒大概是先过了油,那味道,他吃不惯。他是吃家乡炒米铁糖长大的,他笑问我:他身上是否有土制米花糖的特殊气味?

我问他父亲身体还好?他说没有什么病,只是脊背弯了。他说这几年他们家乡经济发展很快,镇上有了超市,巧克力等新式糖果流行到了村里,每年邀请铁糖阿伯去家里制作铁糖的主妇都在减少,今年已经不再走家串户,只在中心村租一处地方,设固定点,让需要加工的主顾带着炒米、糖稀等物品来,制作完了带回,生意不旺,收入也就不多。

大学生告辞,我往外送,正好两人从楼窗望见下面,人行道上有伙刚来到城市的农民,扛着铺盖卷,他就说:"里头真像有我两个姐夫——铁糖阿哥。他们说了,也打算进城来挣钱呢。"

他走后,我许久都没翻他送来的书。他让我读到了意外的书页。

2007 年

我的村友三儿

好久没到郊区书房去了,那天一进村,就有面熟的小青年招呼,跑过来问我:"是您把三哥带进新浪的吧?"我一时回不过神来。他所说的三哥,叫张凤才,张姓是村里大姓,转着圈儿几乎全是亲戚,凤才行三,老辈的叫他三儿,叫时这"三儿"两个字要连续快速发音,实际上就是把"三"儿化,我和凤才熟悉后他叫我刘叔,我自然也管他唤三儿;同辈的,含混的叫法是张三,亲切的,则或三哥或三弟;晚辈里竟有叫他三太爷的,而那人的年龄其实跟他相仿,没办法,"种白薯论垄儿",谁让他"背儿(辈儿的谐音)高"哩。

原来是,那迎上我的小青年,前两天在电脑上查新浪视频,他原是想查张丰毅,没想到在一大堆张姓名人,如张艺谋、张国立、张信哲、张德培、张涵予……里面,忽然发现有张凤才,调出来一看,果然就是他们村的那位,只是与我同时出现在一档采访当中罢了。若非他提起,我也忘怀了。那应该是2005年的事情了。

2005年我因为应CCTV-10《百家讲坛》邀请去录制关于《红楼梦》的讲座节目,开播后反响强烈,因此又引出了传媒的新一轮兴趣,邀请做访谈的很多。新浪网也邀请,我觉得应该接触网络这种新传媒,应允了,但我向他们提出一个条件,就是希望能让助手跟我一起亮相接受采访,新浪方面很爽快地答应了。那次,我就让三儿陪着我去,事先也没跟他说一起进视频,但临到录制的时候,我和编导一起邀请他参与,他也就大大方方地跟我坐到了一起,编导问怎么跟网友介绍他,我说:"他是我的村友。""村友?"编导开始有些忍俊不禁,因为这样的身份符码实在新鲜,可是那编导毕竟是新锐传媒的新锐力量,他欣然接受了这个称谓,就跟看直播的网友们那样介绍了三儿。虽然那以后,2007年、2010年我都又去新浪做过网谈,新浪网视频里增添着我的资料,但2005年的那个视频他们始终没有删除,在按字母检索的嘉宾名单里,也一直把张凤才这个名字保留着,除了与上述男士名人为邻,也被张惠妹、张靓颖、张静初、张娜拉等美女包围。新浪的这种做法当然是对的。

回想起这件事的由头,是2004年初冬,有个地方电视台邀我录个专访,主题是"回家",我跟他们说,我虽然出生在四川,但是八岁就离开,后来一直定居在北京,因此,可否把"回家"的寓意展拓开来,就是我这么一个写作者,归根结底,是因为接了地气,所以才源源不断地获得素材,得以不断地写出新的文字来,而赐予我地气的,就包括三儿这样的村友,我应该常回的家,就是草根地带,我应该常亲近的人,就是芥豆之民。因此,我建议在我的访谈里,要展现我和三儿的交往;最初联系我的编导同意这个方案,又征得三儿的同意,我把摄制组带进三儿家的小院,又进入其内室,我和三儿随便聊天,他们录下作为素材。但在后来录制的过程里,我发现我的这期节目,他们似乎是外包给一个临时搭凑的班子了,种种细节,都显示出专业水准的缺失,这还是其次的,最令我不快的,是其中有人对三儿明显冷漠。他们录完了,我也就没再过问。过了一段时间,台里通知那期节目将在某日下午播出,偏那天一早我们那个村停了电,于是我就把三儿带到十几公里远的我姐姐家,去看那播出的节目。姐姐听说三儿会出现,也很高兴,把电视机调到那个台,到了点大家一起观看。那节目里有大量镜头是在城里什刹海一个茶室里录的,窗外远处可以看到钟鼓楼,这样取景当然是好的,但给我录下的特写镜头,我在那里不断答问,额头上的头发总是被削掉一块,何以如此构图?更令我悻悻的是,节目从开头到结尾,完全没有三儿出现,也没有我们那个村子一个镜头,我那接地气的"回家"立意,一点也没体现出来。节目播完我觉得对不起三儿。三儿全无所谓,我却至今耿耿于怀。那电视台节目组应该在播出前通告我,他们删去了所有关于三儿的内容,当然,那我可能就会阻止他们播出;电视台后来发公函让我签署同意这节目出光盘,我明确表示不同意,并告知他们也不得重播。我后来把三儿带到新浪,执意让他跟我一起出现在视频里,内心里,有种对那电视台几个录节目的人拨乱反正、出口闷气,以及对三儿给予补偿、对自己进行救赎的动机。

其实三儿是个极淳朴的村民,对利他还是看重的,对名真是视若粪土,那小青年在惊讶三哥竟上了新浪视频嘉宾名录同时,也顺便告诉他从百度搜索可以搜出叫一样名字的罪犯,三儿只是呵呵一乐。小青年说要帮忙把新浪那期视频下载到光盘里,送给他长期保留,三儿道:"我保留那玩意儿干吗?"他只对跟我一起喝酒聊天感兴趣。五十大寿过后,三儿答应再把他当大农机驾驶员那段的故事细说给我听,他们村半个世纪的变迁,许多鲜活的人生猛的事,不管今后是否出现在我的长篇小说里,但首先充实着我的心灵。

2001年

的哥青岭

那次打车去大卖场,为我的书房买落地灯,我跟的哥商量,能不能到了后陪我进去,选好灯后帮我拿出来?当然,为此我会给他报酬。的哥看了看我说:"你是老人,我可以帮忙,耽误我拉活,你该给点,我也不会跟你多要。"他跟我进场以后,我挑灯时,忽听他扬声抗议:"你才是儿子呢!"原来是有顾客认出,我是那个在电视里讲《红楼梦》的人,就先凑过去问他:"你是他儿子?"他没明白对方并无恶意,觉得不中听,因此生气,我忙过去解释,说:"他是我朋友。您有什么要求?"那中年人满腔热情化为乌有,尴尬地摇头离开。我挑好灯,又顺便买了些别的,的哥帮我推着购物车往收银台,半道上我又被几个人认出,其中一个年轻人还正巧包里有本我写的书,取出来让我签名,这下的哥才知道,我是个能惹某些人注意的老头。

的哥往我家拉我,我问他:"你在家不看电视?"他说:"我回家就泡在电视机前头。"我不免问:"你就没有偶然的,在电视上见过我?"他说:"是有点脸熟。您是练柔道的?现在当教练?"原来,他看电视基本上是锁定体育频道,他所熟悉的,是体育界的面孔,说起那不久前排球女将赵蕊蕊上了他的车,跟他聊了几句,到如今他还觉得非常荣幸。问他哪里人士？道通州西集的，我立马想起少年时代到西集参加农业劳动的往事，问起运河，问起村落，双方亲切多了；我注意到他那出车卡上的名字是张青岭，立刻猜出他是1967年左右出生的，因为那时候有部由话剧改编拍摄的电影《青松岭》家喻户晓，果然，他说他爹那时候在生产队赶大车，深受那部以赶大车的车把式为题材的电影影响，所以给他取名青岭。到我家楼下，青岭帮我把买的灯具等物品送上楼，我给了令他满意的报酬，互留电话。

后来我常打电话约青岭的车。知道他上中学的时候就被培养为三铁选手，曾勇夺过区里运动会的亚军，有过成为国家级运动员为国争光的憧憬，对体育的热爱一直延续到他成为出租车司机。他说那次帮我买灯回到家里，他说出听来的我的名字，家里人，特别是热爱文学的大哥，都笑他"怎么就知道武的不知道文的"。他承认自己好久都没读过书了，我送给他自己的随笔集，他读后感叹说："其实我也知道不少的生活故事，就是不能像你们作家这样从里头觉悟出点什么来。"我说："作家当然应该有悟性，可关键还是要有获取感受自己生活小圈子外头的人间万象的能力。如果你能把你想起来的有趣的人和事讲给我听，我们一起讨论，那你就成了我写作的泉眼之一。"就这样，每次见面，他几乎都要给我讲至少一个他们运河边的小故事，我也就陆续写出了《气破桑》《兜风》《抱草筐的孩子》等散文随笔。

青岭逐渐成了我人际交往里可信赖可托付的人。有个如今在美国当教授的薛涌，他在国内经常发表涉及中美的时评，并在近年一连出版了十几本书，其中有的还成了畅销书。薛涌1995年赴美前,把他的一只成年的三彩长毛波斯猫托付给了我家,此猫长寿,活到2009年年末,按猫龄超过一百岁了!有天我起床后不见了大三彩(这是我给猫取的名字),寻遍整个单元,最后发现它夹在了卫生间马桶后帮与墙面之间,已经奄奄一息,我明白,猫之将逝,不愿以死相示人,故选择这么个角落来隐藏,我趴到地上,想方设法累出一身汗,才终于将它从那夹缝里褪了出来,把它转移到储藏室,它已只能侧卧地上倒喘气。但一夜过去,我到储藏室去,见大三彩居然又蹲坐起来,给它喝水,它舔几下,喂它猫罐头,它闻也不闻。又一夜过去,我发现大三彩又钻进了卫生间马桶后面,但仍有气息。怎么办呢?儿子儿媳均是上班族,村友三儿那阵家里正张罗喜事,文化圈的朋友老的老忙的忙,谁能理解、情愿并有能力帮助我解决这样一个关乎生命的急难问题?于是想到了青岭。青岭从很远的地方赶过来,一见那情景就懂,这猫必得帮它找到一个能够由它从容藏匿的地方熄灭它的生命,并在它确实去世后妥善安葬。青岭将大三彩送往西集他岳父家的农家院,在大三彩去世后,连同带去的猫笼、水碗、食盆、剩余猫粮等一起掩埋在了运河边。

十月份薛涌庄炜伉俪回国探亲,带着女儿来看望我,我告诉他们那只大三彩波斯猫已寿终正寝,他们知道眼下中国宠物殡葬业还不发达,多有将宠物尸体裹起来当垃圾抛掉的,问我最后如何处理?我告诉他们多亏有的哥青岭帮忙,释怀后,他们也为我庆幸,能在民间凡人里,结交到这样的朋友,不但能有共同语言,还能够在关键时刻尽快出现,帮助解决这种繁琐、私密的事务,福气啊!

2001年

抱草筐的孩子

这个题目,我三十年前在稿纸上用钢笔书写过,因为有别的事打岔,没成文。1981年,我曾到运河边农村一友人家小住,其间目睹了一群割山草的孩子们之间的小纠纷。那群孩子里,有个孩子割草割得最多,其余的孩子免不了边割边玩,独他只顾割草,往回返的时候,有几个孩子就不乐意了,因为进村的时候,少不了有大人看见他们一行,表扬那孩子勤奋事小,家长知道了责备自己事大,其中个头最高的那个孩子就命令那草筐装得最满的孩子:"我们背回去,你抱回去!"其余的孩子全都哄然赞同,那孩子就果然抱起草筐,跟那些背着草筐的孩子一起回村。那段路相当远,抱草筐的孩子用力抱着那满筐的草,身子后倾,汗珠子掉地上碎八瓣,脸憋得通红,其余的孩子一会儿赶到他前头说风凉话,一会儿故意落后背着草筐乱吼乱唱。我那天正好在草坡上画完水彩写生,收拾好画夹等物品,随着观察了一路,进村时,那抱草筐的孩子引出村口大人们的称赞,他将草筐放到地下时,我见他一路上牙齿已经快把嘴唇咬破。其余的孩子则一哄而散,各自将不满或仅半筐的草背回家里。我当晚就跟留住的朋友说,我要写篇散文《抱草筐的孩子》,赞颂那孩子的韧性与耐力,而且预言,这孩子今后必定比其余那些孩子出息大,"嚼得菜根,百事可成",也无妨说成"抱得草筐,百事可成"了。

这篇散文那时未能写成,今天却在电脑上用键盘敲击起来。我三十年来写的小说多是都市生活,这个素材一直没有利用进去。其实三十年的岁月风云,早把我这一记忆消磨得几乎星渣全无。要不是前几天坐出租车,"的哥"主动唤出我的名字,跟我攀谈,也不会终于写出这么个题目的文章。"的哥"当然是从电视讲座节目里跟我先"重逢"的。他提起当年我在运河边画水彩画的情景,那时他们几个割草的孩子还凑到我身边围观,挡住了光线,我让他们散开别来打扰。他说那时他就听学校里的老师提到我的名字,一直记住没有忘,以后在晚报上见到署这个名字的文章,就觉得是"熟人",愿意"睩兮睩兮"(北京土话,看看之意)。他讲起那天一群孩子里只有一个是抱着草筐回村的。我就端详他,难道他就是那抱草筐的孩子?当年十来岁,如今四十郎当岁,不惑之年了啊!他看出我的眼神,笑了:"我不是抱筐的,我是背筐的,是我挑头逼他抱回去的!"我不由叹道:"你就是那个个头最高的坏小子啊!"他嘿嘿地笑:"正是洒家。"我不免问起那抱草筐的孩子,一定大有出息了吧?他叹口气说:"您绝对想不到,我们那一群里,独他混得最糟,前两年陷入传销陷阱,让人勾引到外地差点回不来家,这阵子又赌博成瘾……您想象得到吗?您说,他原来品质比我们都好,怎么长大成人以后,倒混不出个样儿呢?我们这些'坏小子',虽说没有当官的、发大财的,总还都有了份比较稳定的营生,过上了比他健康、安全的生活……您学问大,您给解释解释,可别拿'人都是会变的'那样的淡话来忽悠我啊!"他把我送到目的地,我也答不出来,只是发愣。他留下手机号码,希望我以后还坐他的车。

现在回想,就有三十年前不曾有过的思绪,当年那孩子面临那样的局面,他完全可以抗拒,就算其余孩子对他群殴,他奋力反抗,也无非弄个鼻青脸肿,且不说我可能会及时介入,回村后更会有明理的大人出来主持公道。再说他也可以坚持要求大家一起抱筐回家。他是太容易被人控制了。人在群体中难免要受控,但这控制的"游戏规则"应该是所有参与者共同来制定,而且应该"世法平等",各人自觉遵守契约,不能强势者例外。这样想来,他成年后为传销的邪魔控制,又在经济困窘中被赌局控制希图一夜暴富,也就并不奇怪了。亏得当年我没有写出那立意为表扬他忍耐力的文章来。我祈盼他的生活尽快归于正轨。我也为三十年过去,我能有对那小小一幕人生场景有新的思考而欣慰。人性深奥,文学应是对人性孜孜不倦的探究。就人性深处的弱点而言,自己有时候是不是也成为了一个"抱草筐的孩子"呢?

2011 年

冰　爷

冰爷去世了。在这条北京旧城保护区的长胡同里，冰爷是个人瑞，想想看，他是辛亥革命那年出生的，有人扼腕叹息，他要坚持到双十那天，该有多好！也有人议论，没必要把冰爷跟一百年来的政治绑在一起，尽管他这一百年里穿越了无数的政治风浪。冰爷是八旗里镶黄旗的后代，他父亲是最后一支八旗冰上部队冰鞋营的士兵，这支特殊部队究竟在实战中有过什么战绩无资料可查，但他们在中南海冰上为慈禧老佛爷和光绪皇帝表演过"冰上八嬉"一事，却是胡同里口碑相传的。

冰爷一辈子没离开过北京，他足迹最远处是门头沟。但你不能说冰爷眼皮子浅、生活单调。冰爷一生只从事过一桩职业，就是采冰。他从十几岁起就跟着父亲干这个。旧时北京人夏季的用冰，很少用人造冰，大都是天然冰。城西北的什刹海后海就是最大的天然冰出产地。每到隆冬，冰厂就雇佣工人到湖里去采冰，临时雇来的打下手，常年雇佣的如冰爷，实践上就是技术员兼熟练工。采冰先要在冰面上划出格子，采出的冰块要求两尺四长、一尺八宽，厚度么，一般自然是一尺二左右。采冰要用镩子，前头是钢制的，四楞带挠爪，有两爪的，有四爪的，钢制的镩头楔在木棍上，结合部有穿钉固定得很牢,木棍一米多长,顶部有两个楔入的木把手。冰爷每年总是以身示范,教会那些季节临时工如何使用冰镩,那冰镩到他手里竟如同魔术一样,旋来转去,划拉拨动,飞快将整齐的冰块切割下来,边角一点没有损坏。采出的冰块早年是用人力排子车拉往冰窖,后来渐渐改用牲口拉的大车和卡车。采冰的季节很短,大约也就两个月。那十个月里冰爷干什么？他看守冰窖,运冰给客户。

这条胡同里有个漂亮的四合院,斜对着冰爷住的杂院,以前住过谁不去捯饬了,反正这些年住着个级别挺高的干部。这干部挺亲民的,虽然平日很忙,车接车送的,偶尔也会在胡同里遛遛,站在冰爷院门外大槐树下看居民下象棋。这干部近三十年出国访问频仍,那回胡同棋摊旁有人问他又去哪儿了。他说去了冰岛。谁知胡同里的人并不羡慕,用下巴指指冰爷跟他说:"见识过冰岛算不得什么,见识过冰窖那才叫开眼!"冰爷就是见识过冰窖的人啊!这里说的冰窖不是如今那个人造冰的冰窖,是当年皇帝、王爷留下的存放天然冰的冰窖,那份稀罕、神秘,跟紫禁城里太和殿一个量级!实际上这条胡同离德胜门不远,德胜门外至今还有冰窖口的地名儿,那冰窖当年是怎样的规模？怎样的气派？冰爷门儿清!有次那干部听说冰爷能"饭蝈蝈"——这是北京土话,就是自己在家里孵化出大肚子蝈蝈来——经冰爷应允邀请,去冰爷家开眼,结果那"饭"出的蝈蝈并没让高干惊叹,令他瞠圆眼睛咧开嘴巴心中莫名感慨的,是他发现那蝈蝈就趴在冰爷保留至今的一个土冰箱上!那若不是清朝的东西,最晚也该是民国初年的。他曾在博物馆看到过清代御用的掐丝珐琅壳的冰箱和贵族家庭用的红木壳冰箱,冰爷保留的这个虽然只是柏木壳的,里头的铜胎、承盘等结构,跟那些无异,一样属于文物。问起里头的大冰块可是天然冰,冰爷叹口气道,是徒弟送来的天然冰。那高干回到他那四合院院里不禁喃喃自语:"'不可与夏虫语冰'这句成语,今后要慎用了!"并且憬悟:冰爷这样的最普通的市民,自有他们的乐趣,拿"饭蝈蝈"、用冰块消暑等拙朴的细节来说,就都是他们生命力的源泉!

冰爷退休的时候,什刹海冬日还在采冰。据说是从1979年起,采天然冰的行业终于消亡。如今他的两个徒弟都开着人造冰厂,若干行业,包括农贸市场卖海鲜的摊主,都需要源源不断地供应,从大块方冰到瓶形冰、冰粒的人造冰不同品种。冰爷所属的冰厂1956年实行了公私合营,后来转为国营,冰厂在结束采存供应天然冰后,并入一家公司,不过冰爷的退休金一直发放到最后,他的医疗待遇也一直保持。冰爷是一个认死理守规矩的人。儿孙都知道,他老伴多年前去世后,他的那个定期存折,每年一定要在存入的那个日子去银行办理转存手续,风雨病痛无阻。他临终前吩咐,留下的存款儿女孙辈不分男女平分,各有一份。有耳朵尖的人士跑来,想收购他留下的那个土冰箱,还有一个冰镩子,以及一个比他岁数还大的冰床(五尺长三尺宽下面固定着钢条还有骆驼毛编制的拉绳,一直在他的硬板床下面存放着),被他家属拒绝。斜对门的那位干部得知冰爷去世,说了这么句话:"我们对不住他,让他那样的胡同居民到如今还得到院门外的公共厕所蹲坑。"

2011年

安灯泡的人

夜里九点半,她走进厨房,打算给自己煮些馄饨当夜宵。从冰箱里取出馄饨,把盛好水的小锅坐到火眼上,忽然,厨房天花板上的电灯泡憋了。她取来一个新灯泡,搬来一把餐椅,为了稳妥,再把一只小凳放在餐椅旁边,但厨房显得非常晦暗,她先踩小凳,再登上餐椅,小心翼翼地足用了好几分钟;她使劲伸臂,指尖才勉强够到那只憋了的灯泡,于是明白,靠她自己,是无论如何也不可能卸、安灯泡,解决厨房照明问题的。

她到灯光明亮的厅里,去给物业打电话,值班的告诉她:电工都下班回家了,他记录下了她的要求,明天九点电工一上班,就会来帮助她,她说,其实很简单,只不过她个子矮,希望值班的能来一下,举手之劳嘛,但对方的回答却很复杂,一是这不在他值班的职责分内,二是干电工活需要持电工本,他没有本不能去干,三是他是值管大事的,倘若恰在他为这么件小事离开的时候有业主报告火情匪情……她没听完就挂断了电话。

她给同层隔壁的邻居小安和小香两口子打电话。他们对她十分友善。半年前老伴突发心梗歪倒在书桌上,她往老伴嘴里舌下塞硝酸甘油,怎么也塞不进去,而老伴似乎已经没了呼吸,急得她冲出家门,猛敲小安小香他们家的防盗门,大喊"救命",小安小香闻讯冲进她家,一个抓起电话打120,一个去把她老伴放平地下,按胸,口对口呼吸……直到老伴的后事料理完毕,小安小香看她平静下来,他们才又恢复到见面打招呼、隔墙各自过的状态。尽管她很久没有再麻烦过小安小香了,但这次打去电话求助来安厨房灯泡,觉得必无问题,谁知那边接电话很慢,拿起电话传过来小安一声显得很粗糙的"喂",而且更传来小香的叫骂声:"又是你的哪个心肝?你怕不接误了你们的好事儿对不对?……"她就本能地挂上电话,愣在那里。

人们各自生活。多数是在一个共同的屋顶底下,叫做"家"的地方。而"家"的核心呢,是两口子。她想到了鹅毛笔,这自然是个绰号,当年是个很优雅很浪漫的绰号,鹅毛笔堪称她大学时同舍的闺中密友,经历过那么多年的云烟世事,她们现在仍保持着相当密切的联系。老伴去世一个月后,鹅毛笔来她家,环顾一番后说:"你哭不出来,别人不理解,我能不懂吗?你们早就貌合神离,他这么干脆利落地去了,对你反而是个解脱。"其实她和老伴谁也没有外遇,也说不上有什么矛盾,六十岁以后,他们的生活里甚至连拌嘴的浪花也鲜有,在她来说,内心里是嫌老伴太无情趣,尤其是退休以后,生活的主要内容,就是坐在书案前,修订补充他那本四十几年前出版过的学术专著。二十年前到美国留学,后来在那边嫁人定居的女儿,半年前回国奔丧,把父亲那部一再修订补充却难以再版的书稿带去做纪念,三个月前来电话跟她坦率地说:"确实过时了,其意义只存在于私人纪念中。"夜深人静时,她也曾在失眠时苦苦思索:婚姻的意义究竟是什么?丈夫也者,对于妻子,意义何在?

胡思乱想了有多久,她也不知道,只是觉得饿,想吃热馄饨,想起厨房没有光明,堵心。她给鹅毛笔打去电话,鹅毛笔一听是她就笑,说必是想起我鹅毛笔的长处,想利用一下,对不?她也笑,说正是,我是墨水瓶的个子,够不着那灯泡,你鹅毛笔正好发挥特长,你浪漫一下,打个车过来,咱俩一起消夜……电话里鹅毛笔的笑声有搓麻将的声响伴奏,那边问看没看过《色·戒》?能辜负好不容易凑齐的"三缺一"吗?建议她打车过去,那边的消夜是从24小时营业的名馆子叫的外卖,比冷藏馄饨强太多了……

她失落地朝厨房移动,路过没开灯的书房,忽然,她恍惚觉得他还在里面伏案,许多细琐的往事倏地丛聚心头,啊,他,老伴,如果在,他就是那安灯泡的人啊……他会默默地修理马桶,为她从橱柜最高处取放物品,给她把似乎永不再启动的按摩器恢复功能……那次她大意地闻铃开门,门外是两个可疑的陌生男子,老伴适时地站到了她的身后,那两个人显然是因为这家有男人便舍难取易,第二天全社区都知道了那桩血案——作案者就是那两个人,时间就在离开她家约半小时后,地点在旁边那栋楼,受害者是一位孤身妇女……

婚姻的意义一定还很深奥,丈夫的价值一定还很繁多,但是,当她拐进黑魅魅的厨房时,她锥心镂骨地意识到,她生命中需要一个随时能帮她安灯泡的人……跌坐在那把餐椅上,她痛哭失声。

2008 年

惜别老罗

老罗从家乡来北京几年了,换过几种工作,从前年起在火车站附近一家餐馆打工,凡是营业时间,都站在卫生间外的洗手池旁,按照老板要求,给上完卫生间的男女客人递揩手纸,并至少要每一小时,趁里面没人的时候,轮流进男女卫生间去打扫卫生。他跟我说,女客大都不接他递过去的纸,也很少使用电动烘干机,而是用自己带的擦手纸或手绢解决问题;女用卫生间打扫起来也比较容易;男客们则即使烘干了手,也都愿意接他递过去的纸,不过经常是用来擤鼻涕;男用卫生间打扫起来可就麻烦透顶了,因为喝醉了酒,在里头呕吐的实在太多,老罗形容起那情景,使我极其反胃。我跟老罗说,像他这样的服务,是应该给小费的,他可以在洗手池旁,放一只小碟,每到营业时间,自己先把准备好的两元、一元和五角的"引子"搁在里面。老罗说老板开会时说了,谁也不许收小费,如果有客人给了小费,必须上交。一大早,以及午、晚两次营业之间,老板还安排老罗打扫餐馆外面的停车场,人们都说北京秋天最好,老罗却最怕秋天,因为停车场两边的大杨树总要掉一季的叶子,每回他清扫起来都非常吃力,有时这边还没清扫干净,营业时间已经到了,老板巡视时发现卫生间门外洗手池边没有他,便会扯开嗓门喊他，搞得他跑动起来脚底下打绊儿。那餐馆给打工者吃的，分成三等，厨师、配菜的，可以自己做来吃，只是别太过分就行；收银员、采购员、领班，允许分吃从餐厅、包房里撤出的剩菜；餐厅服务小姐、洗碗的，以及老罗，则只能吃大锅熬菜，里面很少有肉。有一回，厨房里一只龟死了，厨师不敢做给客人吃，报告老板，让老罗去扔掉，老罗舍不得扔，餐馆打烊后，封火前跟厨师打了招呼，自己炖来吃了，吃的时候也没觉得味美，也没感到恶心，但第二天身上好几个部位就都爆出了肿块，奇痒难熬。在那餐馆打工是不给休息日的，每月工资先是300元，后来涨到350元，老罗把挣到手的钱全折叠在一起，用两根橡皮筋箍得紧紧的，搁在裤腰上的一个皮制烟袋盒里，晚上睡觉，把裤子连同那烟袋压在枕头底下；那摞钱也不是越来越厚，因为每隔一个时期，他就请假去趟邮局，给他老婆寄回一笔钱去。去邮局的假，至多两个钟头，老板当然批准。因为吃死龟身上肿出怪东西，老罗不得不上医院看病，老板大发善心，准了他一整天的假。老罗去了医院，花了挂号费，可是他舍不得花钱买医生开的药，跑到我家找我，说是看看我家有没有现成的药，我一听、一看，马上把他领回那医院，给他买下那些药，再把他带回家，口服的，立即让他开始吞服，外敷的，就给他用药棉棍敷上，他憨憨地跟我道谢，说："可怎么报答你？"我说："你又来了，我们既然交了朋友，说这些岂不见外了？"后来我们下楼到一家小饭馆吃饭，怕他喝了含酒精的东西不利治疗，就没像以往那样要四两"二锅头"，菜也不敢点辣的，主菜是糖醋里脊，吃完了我才想到醋恐怕也是不利于内毒发散的，后悔没点红烧排骨。因为有一整天的假，老罗越来越觉得是因祸得福——我们两个同龄人吃完饭后又在护城河边遛弯儿,边遛边聊,十分尽兴。我特别喜欢他讲农村里的种种人和事,二十年前的故事大体都跟饿肚有关,近十年的则大体都是吃饱了生出的怪事情,那生动的内容是我从印刷品和互联网上获取不到的。他呢,则喜欢我讲些科学技术方面的事情,其实我也是一知半解,比如为什么电视能映出那么多节目,电话,特别是手机为什么能让老远的人听见声音,等等。我很怕我讲得并不对,他回家后再讲给晚辈听,以讹传讹,他说:"那不怕。我是只读到小学第五册就去揉泥巴了。现而今我要让孙儿一直读着走,他哪儿会听我的?说不定他以后来北京,把学得的说给你听,你还难懂呢!"我们俩就都呵呵大笑。

老罗身上起的肿块没多久就完全消失了。但那家餐馆换了老板,新老板认为根本不需要派一个人专门负责看管、清扫卫生间,把老罗辞了。老罗找到我,不甘心就此回家,他说给独孙的教育费还没有攒够,还想在城里挣钱。我想起来以前的一个邻居,相处得不错的,也在开餐馆,而且生意很红火,前些天来过电话,邀我去他新辟的分店同喜尝新,我那天虽然没去,想来我的面子还是会给的,于是当着老罗给那位姓李的老板打了电话,让他尽量收留老罗,他果然立刻应承了,让老罗第二天去报到,我对老罗说:"你可真是吉人自有天相啊!"

没有想到的是,半个多月后,老罗来找我,说是对不起我,他实在不想干了。这家餐馆的李老板安排老罗洗碗兼打扫院落卫生,活路不能说比以前累,而且一个月还给三天休假,但是,每月工资只有270元,还说定每月工资要暂扣50元不发,为的是防止雇员领工资以后忽然不辞而别——这种情况以前出现过,弄得老板措手不及——到合同期满一整年后,再把那逐月扣下的一共600元钱还给雇员。李老板还规定,作为洗碗工,老罗必须花50元买下他给的白大褂当工作服——尽管老罗自己有一件还能穿的半旧大褂。那厨房里总是非常热,洗碗却只能用冷水,而洗涤剂严格规定用量——每天三餐至多只许用一瓶,这样,生意越红火,老罗洗碗就不仅越吃力,最后没了洗涤剂也就很难把油腻洗净。李老板给雇员吃的饭菜倒不分等,都一样,油水稍大,但规定一律要在厨房里站着吃,即使餐厅打烊了也不能到客堂里坐着吃。厨房里不设座椅板凳,唯一的一只高脚凳是给厨师长工作用的,也只有他闲下来时可以坐在上面休息。李老板没给老罗安排宿舍,晚上老罗和另两个雇员就在餐厅里各用六张餐椅拼起来当床睡,那西洋风味的坐椅上挖有凹槽,坐时屁股舒服,当床睡腰身可就难受极了。最让老罗难以接受的,是李老板要求他自费一次性办理一年的暂住证、上岗证、卫生合格证,合起来约300元;老罗提出来先办半年的行不行? 老板说:"要签合同就签一年,半年你就走人,我那时到哪儿找人顶你?"……我提出来支援老罗300元办齐那一年的三证,劝他尽量还是留下来,还说我打电话给李老板,在某些问题上给他求求情,看能否改进一下工作与居住条件,老罗却摆手说:"算了。替他细想,若不是这样行事,他那生意怎么能发达,开了一家又添一家?"又说,"真的,我这几天觉得自己老了,做不动了,我还是回家去吧。"

老罗真的要回家了。他来告别那天,递我一张浸着他汗味的纸条,上头写着他家的地址,好长啊,先是省,然后是市,再后是区,区后是镇,镇后是乡,乡后是村,村后呢,写的是"二社",我说怎么会叫"社"呢？应该是"二组"吧？他说要么写"二队"，反正到了那最后一个字，怎么写都无所谓，肯定收得到了。他要我多给他写信，别怕他多花钱。我明白，他们那个"社"或者"队"或者"组"或者不管叫什么的管事的人，让邮递员把所有人的邮件都先放在那里，收件人去取时，一般信函要交他两毛钱，汇款单则要交五毛。老罗说："你写来吧，我一个月花一块钱也愿意。别怕我认不全，我孙儿念到第九册了，他能读给我听。"

我没有去送老罗，但我记得他搭乘的那趟车开车的时间。老罗买的硬座，要三十多个小时才能到达省城。我坐在书房电脑前，电脑上显示的时间告诉我老罗坐的那趟车开出北京了。我觉得心里出现了一大块空白。我从电脑桌抽屉里取出一张照片，那是我和老罗在护城河边的合影，儿子给我们拍照那天，河边玩耍的人很多，照片上除了我和老罗，身后左右还有些别人的身影。记得老罗拿到照片后说："啊呀，怎么净是些野人啊！"他们那地方把陌生人称作野人，并无谩骂的意味，但相对来说，我于他而言，不是野人而是亲朋了。越来越远去的老罗啊，我们什么时候才能再聚？人生苦短，真情难觅，而我们确实也都老了，磨砺得粗糙硬冷的灵魂，如何维系住那一缕超越功利荣辱的心线？

2003 年

徐胜马利芳

和大学舍友餐聚，见面后纷纷问他："怎么，家里还是原来的？"他不以为怪，他刚坐下，也问身边的："二婚了吗？"餐聚间说说笑笑，还维系原配的，居然只有他和另一哥儿们，其余三位，两位二婚，一位刚刚离异，没来的那位发大财的，据说原配倒还没怎么样，二奶和小三已经掐得不可开交。

席间那位刚刚离异的舍友，说自己是净身出户，如今在运河边一处楼盘租住，忽然问他："你还记得初中时候同学，叫徐胜利的吗？"他说："对呀，有那么个同学，你怎么认识？"舍友就说，徐胜利和他媳妇，都在他住的那个楼盘物业公司工作，他跟徐胜利聊过天，有次不知怎么就聊出了这层关系。舍友说："没想到你原来是在运河边上的中学。听徐胜利说，你们那中学，升学率特低，你毕业后居然考上名牌大学，全校轰动。如今他也上网，查你的词条，见你成绩那么大，高兴得不行！"他就问："徐胜利如今过得怎么样？娶了个什么媳妇？"舍友说："看样子，他对自己的生活挺满意的。他那媳妇，叫马芳。"他听了不由得"哇塞"一声。

说实在的，他早已把徐胜利马芳两位中学同窗忘怀。他一度十分笃信"知识改变命运"一说。受了高等教育，他确实过上了比较高等的生活。进入大公司,坐飞机就跟搭乘公共汽车一般,长假里,全家境外游也成家常便饭。现在舍友忽然提及徐胜利和马芳,感叹道:"你那两位同窗,聊起来,不仅没坐过飞机,没出过境,他们的旅游足迹,最远也就是北戴河。我有时会看见,他们一起下班,各骑一辆自行车,男的在前头,女的在后头,各自的自行车车座上,夹着一个不锈钢饭盒,那应该是装他们每天中午的饭食吧。他们的生存状态,跟我们,特别是跟你相比,是不是也太那个了?""是呀,太原生态了啊!"

确实,太原生态了。高二的时候,徐胜利和马芳就相好。一个并非帅哥,一个绝非校花,但是放学的时候,总是徐在前面走,马紧跟在后,同学们后来多次发现,两位在运河边手拉着手,于是,有回他和班上另一男生,逮着个机会,就冲到二位身旁去起哄,又在不少同学在运河边嬉戏时,用削铅笔的戳刀,在白杨树干上刻下了"徐胜马利芳"字样,是故意把两人的名字掺合在一起,结果徐某人倒没怎样,马芳气哭了……肯定是马芳到班主任那里告了状,班主任,一位那时候也还没有嫁人的女老师,把他叫到办公室去批评了一顿:"一是刻树皮影响树木生长,二是随着那杨树生长,字会越来越大,你让人家越来越难为情!更主要的是,你脑壳里是些个不健康的思想,发展下去,非常危险!"但那危险因他后来考上名牌大学而烟消云散。

徐和马都没有考上大学,他们就在原住地继续他们的人生。他们结婚了。他们打一份普通的工,挣不算多的钱,养育他们的孩子,赡养他们的老人,估计听不到他们离异和二婚的消息,他们多半就会么样地默默无闻一生。

有一天,他办完事,驱车路过运河,他停车努力寻找那株被他刻字的杨树。许多老树早被伐掉补种新树了,但他固执地寻觅,终于,在一株高大的杨树上,需要仰起头,才能依稀看到刻字,那最后一个字,笔画开裂得好厉害,但下半部分明显是个"方"字,于是,少年时期的无数往事,飞鸟般撞击到心头,他倚在树上,感悟到,有一种原生态的幸福,存在于这世间……

2014 年

机　嫂

虽说鸡年应当闻鸡生喜,但乍听人说邱二媳妇是个机嫂,却觉得刺耳。说话的人觉察出我表情不对,就一再地跟我申明机嫂的机是飞机的机,我更糊涂了,在飞机上当班,那该称空嫂嘛,我就多次在航班上享受过空嫂的服务,尤其是美国、法国航空公司的航班,似乎妙龄的空姐并不多,端的是空嫂当家的局面,近年来更时兴空哥服务,想来是更有利于预防恐怖袭击吧。

我跟邱二经常打交道。我在温榆斋这乡村书房里敲电脑敲到饭点,往往是出去散步兼采购,多半会在村旁集市的一个饼摊买饼,以为晚餐的主食。那饼摊的摊主就是邱二。隔着摊位,邱二望去是个雄壮的汉子,但他若一走出摊位,你就会为他一叹,他一条腿有小儿麻痹症的后遗症。记得我头一回发现他那缺陷时,他一定是感觉到我眉尖有些个不自然的耸动,就呵呵地大声对我说:"跟麻脸壳一样,少见了吧?如今我们这样的病绝迹了啊,任谁家的娃娃,生出来就给定期打针吞糖丸儿,世道进步了啊!是不是?"但我在很长时间里,始终还没见着过邱二媳妇。

猴年三十晚上,应邀到村友三儿家看放烟花,我们这个村在北京五环路以外,不属于禁放区,因此家家都大放烟花爆竹。还没走到三儿家,路过一家,门口正是邱二和他媳妇,还有他闺女,我跟邱二打招呼,邱二就把媳妇、闺女介绍给我。邱二媳妇随邱二唤我刘叔,我见她穿得严严实实,头上连脖子裹着大毛线围巾,推着自行车,不像是刚回来,倒像是要出门的模样,忍不住就问:"大年三十的,怎么不在家吃团圆饺子呀?"邱二代她回答,说是还要去上班,闺女就一再地跟妈说:"完了事就回来啊,等你回来咱们家再放花!"

在三儿家一起放过第一轮烟花,坐下就着三儿媳妇烹制的疙瘩(把用绿豆面摊成的薄饼裹上菜馅再切成小段,过油炸出)喝二锅头酒,跟三儿闲聊,不知怎么就聊到了《红楼梦》里金鸳鸯三宣牙牌令的情节。三儿没读过《红楼梦》,对据之改编的电视连续剧也没有多大兴趣,但是三儿家有牙牌,当然已经并不是象牙或骨头制作的,而是比较粗糙的塑料制品,我不是跟他讨论《红楼梦》,而是跟他请教那牌的玩法,以利我对"红学"的研究。三儿听我说了半天,告诉我他只会两副或四副一起出的玩法,《红楼梦》里写的是三张牌凑成一副的打法,他可没那么玩过,三儿媳妇端炖好的葱花肘子过来,一耳朵听见了,就笑说邱二媳妇会玩三张一副的打法,我不由得想起她大年三十还要上班的情形,再打听,才知道她是个机嫂。

原来我温榆斋所在的这个村子,离天竺机场不远,俗话说靠山吃山、靠水吃水,这一带的村落在一定程度上也可以说是靠机场吃机场,机场为各村提供了很多的就业岗位。我虽然经常利用飞机旅行,但以前心目中只有机组人员,很少想到还有很多的粗工在机场为旅客服务,比如把行李从行李舱里搬到运输车上,再从运输车上将行李搬上传送带,还有飞机上那些厕所,都要有人将其更新。当然更需要为数不少的清洁工,在旅客完全离开机舱后马上进去清扫、归整,这项工作大都由附近村里的中年妇女承担,之所以不称她们为空嫂是因为她们从来就没有随飞机升入过空中,但她们对机舱内部各个细节的熟悉程度,又大大高于把飞机当作公共汽车来坐的常客,称她们为机嫂,那是再恰当不过了。

破五那天,三儿媳妇把我带到邱二家,跟邱二媳妇算是正式见了面。想到《红楼梦》里周瑞家的、旺儿家的等等叫法,都是不尊重妇女的表现,就请教她的大名,原来她叫樊翠兰,我说今后就叫你小樊,她笑着认可。问她工作上的事,她很高兴地诉说。敢情她进入过的机舱多了,什么品牌型号的,哪国哪地区哪家航空公司的,全都门儿清,小故事也真不少,例如曾在椅背后的夹袋里发现过白金戒指,为把一块口香糖顽渣清理干净而又不损害地毡怎么出了一身大汗……那天我就便请教了她牙牌三张一副的打法,她拿出牌来耐心地讲给我听。

初八那天我就构思好了一篇以小樊为模特儿的小说,写一位机嫂整整八年几乎天天进机舱打扫卫生,却始终没有坐飞机升过空。于是,在鸡年她发下宏愿,一定要买张来回机票,落实隐藏心底许久的向往……

初九邱二饼摊重张,我去买饼,他生意清淡,就得意地跟他说起自己的小说构思,他听明白了,哑然失笑。

昨天应邀再去邱二小樊家,他们已不把我当作外人,遂向我讲起他们哀乐中年的种种情境。他们家虽然三年前就翻盖了住房,但至今还欠着亲友家约两万元的债务;闺女考上了重点高中虽然是值得高兴的事,每年的费用怎么也得五六千块钱。小樊把我带到院里,指着他们家那盖起三年颇为气派,却还没有装饰利落的正房说:"我现在一点坐飞机的想头也没有,我向往的是什么?就是尽快把欠债还清,然后花一笔钱,把我家这房的廊脸儿,也像张三哥家那样,请高手来给彩绘,画得鲜鲜艳艳的……"

我小说没写,写了这么篇文章。我希望读者不要再嫌机嫂这俩字扎眼。

2005 年

住女生宿舍的男士

烫过脚正要上床休息,忽然倪君来电话,语气令我觉得怪异,要我马上到附近咖啡馆跟他见面。

其实三小时前我刚跟他见过面。我们共同的一位境外朋友,来京住在酒店,约了我和他,还有另两位北京人士,一起在酒店吃自助餐,畅叙别后情况及国内种种变化,当时他神采奕奕,谈笑风生,我和其他几位都贺他事业有成、家庭幸福。怎么才过三个小时,他竟仿佛精神濒于崩溃似的?

我匆匆穿好衣服,赶往他指定的那家营业到深夜两点才会打烊的咖啡馆。街上行人车辆稀少,隔着咖啡馆的大玻璃窗,我一眼就看到了许多空座位包围着他的身影,竟是脊背佝偻的一副颓唐相。

我进入咖啡馆坐到他对面,问他:"你怎么啦?"他抬起头,长叹一声说:"住女生宿舍啊!"我一时摸不着头脑。

倪君五十五岁,我们认识有十多年了。他以前也曾把自己的苦恼向我倾诉,比如在评职称过程中所遭受到的排挤,还有他两年前,房价还没疯涨的时候,贷款买下了一套面积不算大但格局很适合他家居住的二手房以后,我刚说出恭贺乔迁之喜,他就直率地告诉我:"每天早晨一睁眼,立马想起今天欠银行一百块钱,什么滋味啊!"但是,现在他高级职称拿到了,收入增多房贷压力减缓,怎么还如此状态?

他喝一杯卡布奇诺,我只要免费开水。我意识到我的任务既不是问什么更不是劝什么,就默默地啜着热水,倪君也不看着我,而是对着他眼前用小勺搅出旋涡的咖啡,倾诉起来。

他说他现在是住在女生宿舍里。第一位女生就是他的夫人。颇长时间了,他夫人不仅绝不对他亲热更反感他的主动亲热,一小时前厉声呵斥他:"你别碰我!离我远点!"他说,当然,他懂,是他夫人进入更年期了,据说更年期综合征有的反应轻有的反应重,他夫人属于奇重,令他苦闷难堪。如果只有这一位女生倒还罢了,还另有两位女生呢。一位是他的岳母。本是相当慈祥的一位妇人,没想到这两年变得脾气乖戾,如果是患上老年痴呆症倒也罢了,却是痴而不呆,叫作痴疑,最离奇的是总怀疑来打扫卫生的小时工要偷她的钱财,把她自己的一个存折,用一方旧头巾卷起,再系到自己腰上,如今睡觉的时候也不解掉,前些天他夫人给他岳母洗澡,他只不过是把那暂时解下的存折拍平而已,事后岳母却长时间用疑惑的目光望着他,令他十分难过。最难对付的则是第三位女生,名副其实的女学生,他的女儿,如今上到高二。去年暑假女儿和几个同学去北戴河游玩,他和夫人趁机把女儿那间屋彻底清扫一番;不敢改变女儿屋里的格局,比如床边墙上如同门扇那么大的某歌星像,还有印着格瓦拉头像剪影挂在电脑桌上方作为装饰的恤衫,都只是掸去灰尘,并没有加以改变,没想到女儿回家以后大怒,也没跟他们多吵,过几天女儿天不亮就去学校,他们两口子起床时,一眼看见他们卧室门上粘着一条大标语:"与你们的后殖民主义抗争到底!"后来就发现女儿给自己的屋门加了一道他们没有钥匙的锁……是呀,一个进入更年期,一个进入老年痴疑期,一个进入青春反叛期,三个女生三窝蒺藜,难怪倪君场面上光鲜欢畅,回到女生宿舍却难以支绌,郁闷至极。本来今天晚上与老朋友欢聚,他是真高兴特舒坦,没想到回到家没进门就听见屋里吵闹声喧,原来是他夫人发现女儿不是在好好复习功课而是在电脑上浏览什么流浪汉"犀利哥"的信息,气得骂女儿"早晚是个宅女剩女啃老女",女儿就反唇相讥:"谁让你们没能耐让我进一流中学?考上大学又怎么着?考不上又怎么着?你们一群小市民!你们懂得什么叫现代花木兰吗?"而单在一屋的岳母法制节目看得多了,就哆哆嗦嗦地拄着拐棍走到客厅,气喘吁吁地说:"嚷吧嚷吧,把打劫的嚷进来了,可怎么了啊?"……

我正想略回应几句,他手机响了,他用扬声器模式接听,是他夫人平静的声音:"我刚热好银耳百合莲子羹,回来喝吧。"他问"她们呢?"回答是:"都睡了。一个轻轻打鼾,一个小声说梦话。"他站起来跟我说:"谢谢你来。"

我望着倪君钻进出租车。这个住女生宿舍的男士,他所承受的哀乐不仅属于他个人。我扭身往自己家走,深呼吸着静夜的润气。

2010 年

照镜子的保安

在小区中心花园溜达,他跟几个脸熟的业主聊天,说起保安,都叹气说真是一茬不如一茬,一蟹不如一蟹。记得刚入住那年的头批保安,多数都形体面貌顺眼,有次某号楼电梯突然故障停运,保安们就帮住高层的往上提购来的物品,有的还背着老太太爬上十多层,令业主们感动不已。可是到如今,保安似乎只剩下一种功能,就是看守小区内车位。楼盘初开时,开发商和入住者都颇自豪,这小区的地下停车场和地面车位,是按五户三车的比例配置的,没想到现在已经逼近一户一车,故而任何未包车位没有车证的车子进入,保安都要登记车牌、发放卡片、叮嘱绝不可占有车位、需尽快离去,这样的车子放入后,进口处的保安立即用对讲机告知车子将去的那栋楼的保安,那里的保安就会迎上去警告不能长久停在楼门前,而出口处的保安,就会被通知到又有外来车辆车号是什么,提醒他们注意离去时收回卡片……小区里的车位纠纷层出不穷,保安为此疲于奔命。

他平时鳏居小区某栋一层某单元,节假日女儿女婿会带着外孙子来探望,晚辈来时自驾一辆小车,就停在他那单元卧室窗外,那里没划车位,勉强可挤停在丁香树下,按说也不至于妨碍内部车道的畅通,多次如此也没生发出问题,谁知一个周六老少三辈正在享受天伦之乐,门铃大响,开门看是保安,说是他们那车不能停在那里。他女婿不高兴了,女儿也趋前抗议,他气不打一处来,责问:"我交的物业费,就是为了养你们这样的白眼狼吗?"当然后来弄明白,是有辆运家具的厢式大货车,要通过他窗外的那条通道,而女儿女婿的那辆小车的屁股,确实碍了事。事情化解后,他还耿耿于怀,因此在中心花园听一位徐娘说:"如今呀,千万别把保姆当闺密、把保安当保镖!千万别让送快递的进门槛,别接陌生号码打来的电话!"深以为然,颔首不止。

他本来从未正眼看过那些保安。那天他从超市购物回来,忽见进口处的保安竟然在那里照镜子!原来,小区进口处安装的是一种很堂皇的伸缩栅栏门,那栅栏门起始部分仿佛一个不锈钢的柱形柜子,两边的最上面,不知道为什么都镶着一面正方形的镜子。伸缩栅栏门早缩在一边停用了,继之是用一个遥控的起落臂,最近那起落臂坏了,就用一个用绳子拉动的带轱辘的铁皮箱,裹上黑黄条纹的外皮,替代那起落臂的拦车、放行功能。当时正好无车过来,那保安就站到那栅栏上的小镜子前,自我欣赏起来,甚至脱下大盖帽,用手来回胡噜头发,似乎在追求某种造型效果。待那保安照完镜子转身,一瞥中,认出正是那天来按门铃让挪车的"白眼狼",不免分外鄙夷。

那晚在中心花园又跟一些业主聊天,他就把保安照镜子的情形拿来揶揄一番。个头不足一米六五,小眼睛尖猴腮,居然也臭美!一位老哥就说,楼盘刚入住那年,到这里当保安还是个不错的职业,是签约的,所以来应聘的不乏部队复原的帅哥。如今都是由保安公司提供保安,全是试用,基本上不给转正,工资低于餐馆的洗碗工,还总是拖欠工资,所以只能招来一米六五以下的,要么半老头儿,要么才十七八岁,全是穷乡僻壤来的……一位徐娘就感叹:这些小伙子也够苦的,两个人轮班,一班十二个小时,每天伙食费才八块钱!真该给他们合同保障啊!那位老哥就说,雇人的不讲信用,被雇的就懂守信吗?这不,拖来拖去,总算节前发了工资,钱一到手,当天就有七个不辞而别,也不管这里的人手接不接得上,按说过节更应该加强保安,如今啊,咱们"老头拉胡琴——吱咕吱(自顾自)"吧!他就说,那照镜子的保安,三十郎当岁了吧,倒没跑,想来是凭他那条件,跑别处也未准被录用。那徐娘就说,昨天见他下了班不抓紧休息,往东边网吧跑,如今这样的青年人,全爱到虚拟世界里头去逍遥。那老哥则揭露,据他们那楼看门的保安说,那小子是想到网上找个姑娘,假装他的对象,带回老家去让父母开心,为了这么个目的,那小子愿意把攒下的三千块钱全给那假对象呢!他就想,照什么镜子啊,外貌跟心灵都够猥琐的!

那夜,他被一种声音从睡梦中惊醒。耸耳细听,是窗外有人用哭音说话。他下床披上衣服,走拢窗户朝外望,丁香树枝叶筛下的路灯光里,依稀辨认出是那照镜子的保安在打手机。那小伙子错误地以为他那窗外的死角是个可以避开别人偷听的地方。只听那小伙子断续地哭着对接听者说:"我不孝!……我全是撒谎……我传不了后!……我不孝!……我没法子孝!……"他的原本冷硬的心仿佛被无形的手掌一捏,迅即柔软下来,他退回床边坐下,深深地自责:凭什么自己对另一个生命照镜子那么鄙夷?……

2012 年

雄鸡哥

盘盘在1992年出生。如今就要大学毕业了。

盘盘去年暑假有天看电影回到家里，身上有爆米花的气味。妈妈也没问她看的什么，她也懒得跟妈妈说那电影的事情。妈妈正在厨房炸虾片，盘盘进去，拈起一片炸好的嚼着，随口报告："真讨厌！又在楼门口遇上傻子了！"他们那个楼里，有个弱智男子，都三十多岁了，生活倒基本上能自理，但是无法就业，父母倒还富有，就白养着他。盘盘说："咱们家真不该买这楼的房子，成天指不定什么时候就撞见傻子，真败兴！"妈妈就说："傻子也是一个生命。世界上不会也不能都是聪明人，你可别蔑视他。"

爸爸出差了，那天晚上吃完晚饭，母女坐在沙发上闲聊。妈妈说，如今的电影院真气派，可是如今的电影，我跟你爸大都不爱看。可我们小时候，那是特别爱看电影的。那时候，村里头都有场院，就是收拾庄稼的地方，脱粒、扬场、晾晒、装袋……活儿告一段落，就会在场院里演电影。总觉得那时候的电影都那么好看，比如说柬埔寨那个西哈努克亲王来访问的纪录片，看着也过瘾。不过，对于我们小孩子来说，其实放映电影之前的那段时光，比看电影更欢畅。傍晚，流动放映队就来了，挂起银幕，架起机器，接上喇叭，我们男女小孩,就都忙着拿来家里的大小板凳、椅子什么的,占座儿。大人们倒不慌不忙。妇女们会来得早些,带上没纳完的鞋底。大老爷们则等标语口号的幻灯片都放上了,才抽着烟陆续来看。

我们村里,有个雄鸡哥。为什么管他叫雄鸡哥?这就跟演电影有关系。说起来,这个雄鸡哥,命真苦。他还没成年,爹妈先后得病去世了,就跟着哥哥嫂子过,没想到,哥哥嫂子在一次拖拉机车祸中又双亡了,他就跟侄子侄媳妇一起过。那对夫妇待他不能说好,也不能说很差。他倒是还有父母留下的老房子,跟哥哥嫂子的院子挨着,打通了,侄儿媳妇不欢迎他来一起吃饭,但是能做好了端给他一份,当然那时候吃的都很简单,无非窝头咸菜棒𥻗粥,偶尔也会有点炒菜,有点肉,吃顿饺子什么的。生产队编制的时候,他每天也都下地干活,挣工分。他平时闷声不语,村里场院演电影了,他也活跃起来。他平时没钱买香烟抽,演电影之前呢,也不知是怎么形成的游戏规则,你给他一支烟,他就给你唱歌。他翻来覆去唱的就是一首歌。那首歌你们这代人恐怕都不知道了,我们那时候人人会唱,就是秧歌剧《兄妹开荒》里的那首歌:

雄鸡雄鸡高呀么高声叫

叫得太阳红又红

身强力壮的小伙子

怎么能躺在热炕上做呀懒虫……

盘盘就说,我知道这首歌,如今有重金属摇滚版演绎的,可潮了!

妈妈说,因为那个年纪不小却跟我们平辈的人总唱这首歌,而且,往往是拿根烟逗他的,刚听他用肉喇叭唱出头两句,就摆手:"成啦成啦,别吼啦!"他就只好停下,所以,他那头一句的高亢声调,成为我们童年时代最大的乐子,我们就一窝蜂地学他吼,雄鸡哥也就成了他永远的绰号。

那时候村里人都淳朴。雄鸡哥问人要烟,虽说人们拿他打趣,还都会给他香烟。经常是,他抽着一支,两边耳朵各夹着一支,胸前衣服口袋里还能装着几支。有一回,不知哪家的亲戚,来串门的,也来看电影,见他是个可以逗闷子的,就也说要给他烟,让他唱,而且要他把歌唱完,他就非常认真,脖子筋绷着,高声地唱到"那哈依呀咳咳哎咳那哈依呀咳",才大口喘气。那人就把一支烟插进了他嘴里,还说要给他用打火机点上,但是雄鸡哥马上把那支所谓的名牌香烟啐出去了,因为那其实是根粪草棍儿,那人就拍巴掌狂笑,周围的人有的没弄清情况,也都笑,弄明白的,有的就摇头。后来电影开始放映,我就坐在雄鸡哥身边,我偶然一瞥,发现他两眼里流出两行泪水,那刚开演的电影哪有什么感动人的地方?我那时候还小,但是雄鸡哥的那两行眼泪,却仿佛流到了我心上,粘住,一辈子再甩不掉了。

听到这里,盘盘明白了,妈妈为什么跟她说这些。

盘盘问:这个雄鸡哥,是个什么形象?

妈妈说:其貌不扬,也不丑,非常平庸。说实在的,他那两行眼泪我记得真,他的相貌,现在已经非常模糊了。

盘盘问:他后来怎么样了?

妈妈说:实行承包了,他种承包的地。村办企业办起来了,他到皮革厂干活。村办企业又纷纷倒闭了,村里劳动力就"八仙过海、各显其能"了。他能力差。村里各家纷纷盖新房了,他侄子家也起了两层楼,他还住着旧房,两个院也隔开了,他自己起伙,吃得怎样,没人知道。他始终没娶上媳妇。就在你出生那年,听说他得病死了。

盘盘一时无语。她的心土里,拱出叫作慈悲的嫩芽儿。

2014 年

再给妈咪看那件衫

暑期为一本书签约事短期赴港,住在弥敦道新乐酒店,出酒店往南不远就是九龙公园,公园门外有著名的佰丽购物走廊,一字排开着若干中档服装精品店,因为去香港次数多了,加以对购物了无兴致,所以那天经过时脚步匆匆,目不斜视。就在我刚要把那段路走完时,迎面遇上了三个游人,看模样是两位中年夫妇和他们的儿子,那儿子透着营养充足,该是高中生吧,虽说人高马大,满脸却溢出稚气。本来我们可以擦身而过,那父亲却突然站住,问儿子:"还去那家店做什么?"儿子以一个强烈的肢体语言带出一句话来:"再给妈咪看看那件衫啊!"于是母亲脸上放出光来。这短暂的场景被我无意中撞见。我暂停数秒后,绕过他们往前走,没有回头,却久久回味着这熙攘人世中最平凡的一幕。

那家游客来自内地南方何省?反正,是所谓的小资产阶级家庭吧。大概是,他们兴致勃勃地逛过了许多商店以后,货比三家,最后,那儿子觉得还是该促进母亲返回佰丽廊的某家专卖店,把那件非常中意却当时嫌贵的华衫买下。这种小资产阶级的思维、做派、情调,是否太庸俗、琐屑、渺小?本来,他们自己一家人之间,有这些微渺的情愫表露,是很自然的,但被我这么个冷眼人从旁看到听见,仿佛不仅窥视了别家的钥匙孔,还要把那锁孔里的情景显微放映,即使他们自己不难为情,我也为他们难为情。

记得以前读过叶圣陶的一篇小说《潘先生在难中》,具体情节忘光了,其深刻的思想内涵也不能复述,只是留下个印象,那潘先生的小资产阶级做派,非常地卑微,令读者为他难为情。现在不是"潘先生在难中",而是"潘先生在福中",他和妻子儿子,一起利用暑假游香港。香港的零售业是否有些萎缩?其"购物天堂"的地位是否仍旧稳固?如何使香港持续繁荣?……还有一些更其严肃宏大的话题,但"潘先生"一家却没进入那些话题,他们只是享受着当下,逛街,观光,购物,下饭馆……以至于那位"小潘"当街摇晃着已经发育得很足的身子,顿脚撒娇说:"再给妈咪看看那件衫啊!"

从上世纪五十年代开始,我就一直受到严格的批判小资产阶级情调的教育。记得上中学的时候,每逢暑假,我所在的那个班级的班干部总是要发动全班同学搞活动,不是集中在教室学政治,就是到工地义务劳动,要么就搞军事游戏。这些活动当然很有意义,我也尽量积极参加,但是,暑假毕竟是暑假呀,我姐姐在哈尔滨上大学,暑假回北京,我总想跟姐姐一起单独地玩玩,就是姐姐在家里用缝纫机给她自己轧布拉吉(苏式连衣裙),我守在一旁说笑,也觉得特别惬意。有几回我就没参加那说是"自愿参加"的集体活动,留在家里跟姐姐玩,结果就被某班干部猛批:"典型的小资产阶级情调!你是要姐姐还是要革命?"我心想姐姐和革命我都要,不行么?

革命不是要让人死,而是要让人活;不是要让人活得难受,而是要让人活得舒服;革命不是要轻视生产蔑视消费,而是要发展生产促进消费。如今革命的代名词是改革开放,在其途程中,巨富应当受到抑制,贫困应当逐步解脱,而小资产阶级的"潘先生",亦即有一份稳定的工作、有牢靠的医疗与养老保险、有不可随意侵犯的休假期,比如说暑期就举家到香港旅游购物,而其没有过饥饿记忆的儿子会对母亲买一件价值不菲的衣衫大表孝心,那样的社会族群,应该得到扩展,他们的思维与情感应该得到充分尊重、理解,包括他们那看似卑微的哀乐,那溶解在日常存在之中的琐屑的人生乐趣。

说到底,究竟谁应该感到难为情?究竟应该为什么感到难为情?从香港回到北京,我有时还在回味佰丽购物廊前的一幕,还在往深里思索。

2001年

一　赢

春节前,物业公司雇了些农民工给我们这座26层的公寓楼擦玻璃。我一个大午觉醒来,发现卧房外大阳台的玻璃分外明亮,心情大畅。起来活动完身躯,坐到电脑前浏览信息,再起来活动,已是夕阳西下。踱至客厅,忽然发现,那最大的一块窗玻璃,竟然只喷了清洗液,而并未擦拭。赶紧给物业打电话,回答是:擦玻璃的农民工已经撤离,正在结算工钱。我赶到物业,办公室门外,盘放着粗韧的缆绳,还有简陋的吊凳。几个高矮不等的农民工,抽烟等候着什么。我进到办公室,正听见物业管理员跟小包工头说:"至少有两户投诉你们漏擦,现在天开始转黑,也没法子补擦了,你们又是明天返乡的车票,我只能是扣你们的工钱……"那小包工头很高的个头,很瘦的身躯,尽管下巴上滋着胡须,面容看上去还年轻,说什么也不愿意被扣工资,宣称:"我立个字据,过完春节回来,我一定来给补擦!"我本是去兴师问罪的,见那情形,意识到即使是十块二十块,对于他们农民工来说也非常宝贵,就插进去说:"其实不是什么大事,我们自己想办法从侧面窗户够出去,用特制的窗刷子去刷那面大玻璃的外面,也能解决问题。"那小包工头摇头:"别别别,那么高,你们太危险! 我回来一定给补擦!"他果真立下个字据。他走了，物业管理员笑着把那字据递给我看："其实没什么用。他们原是那边新楼盘的建筑工，现在开盘不见人气，二期工程恐怕上不了马，他们节后回来估计工地没活儿。这字据上虽然有他身份证号码、手机号码、租住房地址，到时候他不来补擦，我们也拿他没办法。"我拿眼一溜，只觉得那最后签署的名字很古怪，姓氏这里隐去，只说那名字：一赢。

春节期间虽有亲友来访，无人注意到客厅那面最大的窗玻璃没擦，吃完元宵，我把这事也忘了。前天，我正在客厅沙发上翻书，忽然发现窗外先是有粗缆绳晃动，然后从上方移下一个吊凳，吊凳上正是一赢，他认真地擦拭着那块节前漏擦的窗玻璃，我走近窗前，他发现了我，咧嘴笑……

他干完活，把他请进家来，费了老大的劲。给他倒热茶，他说习惯只喝白水，也不一定要热的。终于引得他跟我聊起来。他说他不是什么包工头，真正的包工头有的已经在北京买下楼房住了。只是因为他们一起干活的乡亲，在没有大活干的情况下，由他牵头，联系一些类似这种擦玻璃的小活路罢了。我说现在北京光环路上就有多少大写字楼啊，哪座楼不需要定期擦玻璃啊，他没等我说完就摇头，告诉我人家一般都会跟专门的保洁公司联系，而他们也试着去那种公司求职，人家说早满员了。他问我能不能帮他找个比较固定的工作，一月一千就满足。我说没那个能力。他现出失望的表情，但也还能跟我继续往下聊。他说他1974年出生的，家乡在南北方交界的山区，他家属于乡里最困难的，他生下来好多年都没有正式取名儿，家里大人就叫他娃来，他四岁就能背几十斤的山草，直到八岁还没去上学。他们那个小村归一个大村管，那八里以外的大村才有一所小学。他没上学,可是非常羡慕能上学的同辈。有回赶集,卖掉一大筐菜,在集上拣回一张报纸,回到家他就自己来读,他先猜出了"一",后来又猜出了"二""三",可是找不到四根杠的他想象的"四"……终于,有一天大村的小学校长找到他家,跟他家大人说他必须接受义务教育,那校长其实也就是老师,那学校一共才五个老师,他们什么课都教。校长姓田,他去学校第一天,把那张旧报纸也带去了,得意地指点着跟田老师说,他认识"一""二""三"……田老师很高兴,跟他说:我要教给你笔划更多的字!当时就找出了"赢"字。就这样,他认识的第四个字并不是"四"而是"赢"。田校长知道他还没有正式的名字,就给他取名为"一赢"。但是他上完小学没有再上初中,初中要到二十里以外的镇子去上。他家的情况,还有村里的整个风气,使得他十几岁就外出打工,最近七年他都在北京,参加过奥运场馆的建设。他在离我们楼盘不远的仍遗留在三环与四环之间的村子里,租一间石棉瓦的砖垒房,月租三百元。媳妇在清洁队扫马路。孩子带到北京,在住地附近的小学借读。我感谢一赢把他的故事讲给我听,他笑:"我这算什么故事?"

我从明亮的阔窗往楼下望,一赢正蹬着放妥缆绳吊凳的平板三轮车离去。他与我的生活轨迹难以再次交叉,但我们却同在一个时代的故事中。

2009 年

八渣儿

我本来不想同他攀谈。

我对修鞋师傅没有很多新鲜感。我至少在三篇作品里已经写到过修鞋师傅。

然而那修鞋师傅却一边修着我的鞋,一边主动同我攀谈起来:"我看这位同志,你身体像是不太好呢。你哪儿不舒服?去医院瞧过大夫没?抓什么药吃着呢?"

我有一搭没一搭地回答着他的问题,眼睛只望着街上来往的车辆。

一个老头儿打我眼前晃过,停步在鞋摊前,我不由得转过脸去,只见他拿着一双运动鞋,礼数周全地招呼修鞋师傅。

那是双杂牌运动鞋。修鞋师傅接过一看,告诉他这种"一槽烂"的鞋干脆别修了,买一双新的穿,不过二三十块钱。但那老头显然是精于算计的,他还是求修鞋师傅给"妙手回春",只要修理费在6块钱之内。修鞋师傅轮流端详着那两只鞋的鞋底,告诉他一只需要镶补,另一只需要粘贴,最后,两只还得打齐厚薄,要求他给7块钱;可老头忽然皱起眉头,那表情仿佛被什么东西蜇了一下,我顺着老头的目光望过去,也不觉打了个激灵,原来,这才看清,修鞋师傅的右手的中指和无名指是残缺的,具体地说,中指只剩指根,而无名指缺掉半截。

正当这时,附近卖冰棍的一位白衣白帽的老大娘举着个"雪人"过来,送给修鞋师傅吃,见老人迟疑着,仿佛看出了他的心思,便甩着大嗓门说:"您别看瘪了我们八渣儿师傅,他那双手巧着哩!补出来的鞋比新的还好哩!越是杂牌鞋,经他手出来就越好!"

这样那老头就以 7 块钱的工价把那双杂牌鞋留在摊上了。

我这才把目光集注到修鞋师傅的双手的动作上。他修理我那双皮鞋时动作灵巧麻利而且颇有节奏感。

我开始愿意同他攀谈了。

鞋摊离我们住的那栋楼自然不远,下楼散步时我就绕到他那鞋摊去,顾客不多时,我就坐在小马扎上同他聊天。他和左右卖冰棍、卖水果的妇人汉子,以及摊后食品店五金店的售货员们,都十分相熟,他的修鞋工具和折叠的箱、凳,晚上就都存在那家五金店里。

他陆陆续续告诉了我他的种种情况。他叫石本先,算来他比我大一岁。他家在延庆县。早年自然是在家种地,有好几年是在水库工地上修水库。后来他在村里开拖拉机,再后来开汽车,并且同小学时的一位女同学结婚,生了两个闺女一个小子,日子挺美满。可是十几年前一天,他媳妇在院子里洗衣服时,突然栽在洗衣盆里死掉了,这件事很古怪,来得又突然,对他的打击实在太大了,后来县医院鉴定说是突发性脑溢血造成的,可他无论如何想不通。那以后,有一段时间他说不清自己的情况。总之,他被送到了特殊的医院里，有一天他趁人不备，把手往电门上捂，人家及时救下了他，可最后他就坏掉了两根手指头。但是一年以后他渐渐清醒过来。不能开汽车了，他就磨豆腐、卖豆腐脑，后来又宰过猪，卖过肉，再后来就经人介绍进了北京，租了东直门外一处农民房办了一纸执照，在这儿摆摊修鞋。这附近的熟人都叫他"八指"，这绰号加以儿化，表示亲热，结果就成了"八渣儿"。"八渣儿"就"八渣儿"，他不在乎，虽说充当的是"修破鞋的角儿"，但挣下的每一分钱都干干净净。他早上在东直门小摊上吃早点，中午在摊上啃个馒头，喝瓶啤酒，就点熟食，凑合一顿，晚上自己慰劳自己"小炒"，喝不多不少一两半"二锅头"，夜里睡个没干亏心事不做恶梦的好觉，第二天一大早起床，骑上自行车来摊位"上班"。他每天多的时候能挣到 50 元钱，少的时候也总有 20 元钱左右。自然攒了一笔钱。为谁？没想过"续弦"的事，为三个儿女啊。当年差点急死还不是为了他们。那时候都还小呢，现在可好了，大闺女在延庆县城关一家国营食堂当服务员，二闺女进城在京棉三厂大食堂当炊事员，都挺孝顺，他几个月去看她们一次，她们都懂得给他叫上几个菜，打上二两酒，坐在一边瞧着他慢慢吃，慢慢喝，什么都乐意听他说，尤其是当司机时候的那些事儿，就是不大乐意他讲修鞋的事儿，他自然也不主动提，偶尔说走了嘴赶紧自觉地收住；儿子却还在村里，天天走 5 里路在镇子里上中学，眼下初中快毕业了，爷爷没了只有奶奶在身边，他天天在这边操着心，只盼那小子初中毕业以后能考上县里师范学校，当老师挺不错，再说上师范吃饭不收钱是不是？等闺女出阁和儿子娶媳妇的时候，他就一人给他们一笔修鞋修出来的钱。那时候找不找老伴？再说，反正这么多年一个人也过惯了。

"八渣儿"把他的这些隐私全都讲给了我。可对我,他只问到我的身体,看样子他对我的病容确实非常上心。他甚至建议说:"你别光迷信这城里的医院大夫,我们县里关厢可有好中医哩!要不我回去给儿子张罗考师范的时候,你跟我去延庆,我陪你去找那中医大夫,你就住在我家,我家有炕也有床,我有一张大木床,自己打的,你能睡得惯哩!药吊子也是现成的,你先在我家吃几剂试试,见效就再抓几付带回来,要不光带方子回城里也行。"

我很感动。其实我的医疗条件很好,也请中医教授给开着方子。我就对他说:"谢谢你啦。跟你去行呀,不过我现在就找中医开方子抓药吃着呢——"我一边说一边拿起他摊上的一块圆柱形磁铁,那上头吸满了鞋钉,像只刺猬,我以前写到的修鞋师傅也有这么个东西,但我现在深切地体会到,修鞋师傅与修鞋师傅并不像两滴水般相似;我顺口对"八渣儿"说:"只是我老把药方子弄丢。对了,要是我有那种吸铁石就好了——人家国外的那种薄薄小小的吸铁石,外表上看着就跟小玩意儿似的,像个米老鼠,要么像个唐老鸭,再么像个铃铛像朵花儿,往冰箱上一贴,就吸住了,用来压便条、账单、药方子什么的,特好!""八渣儿"就细细地再问我几遍,要把那种吸铁石弄个明白,他笑着一偏头,再脖颈一甩把头正过来说:"我这人还就喜欢听新鲜事儿!"笑着这样偏头甩头是他的一种习惯性动作,我很喜欢他来这种动作,我觉得挺美,挺帅。

奇怪的是,他和我相交很久了,却一直没问我姓什么叫什么。我们相见,总以一个笑脸算是又叫了名儿又问了好。

一天我在街上闲溜达,忽然"八渣儿"从我身后快步拐到我面前,大声地招呼我说:"嘿,我说同志,可找着你了!你倒是去不去啊?"我见他一脑门子的汗珠,有点摸不着头脑。那地方离他鞋摊有好几十米,而且我们走的方向是远离他那鞋摊的。难道他是从鞋摊那儿撂下摊子专来追我的吗?

可不。他几天来都等着我去鞋摊哩。他儿子眼看就要毕业考学了,他得回延庆去张罗,打算下星期走,他要领着我去延庆关厢找那当地有名望的中医给我治病,要我去他家住,睡不惯炕就睡他亲手打制的那张木床,并且他家有现成的药吊子,可以让我在那儿静养,并且每天煎药给我吃……

我面前的这条汉子一脸的认真,我却根本没有认真考虑过他的建议,况且——我忍不住问他:"石本先啊,你还不知道我姓什么叫什么呢!你怎么就邀我去你家啊?"

他的脸一下子红了,红得怕人,仿佛全身的血都涌到了他脸上,他愣愣地瞪着我,嘴角哆嗦了半天,才勉强说出两句:"你、你这人!我交的是,是你这人,不是你、你的名儿啊!"说完,一个转身,绕到我身后,脚步噔噔噔响,走人了。

我意识到自己深深地伤害了他,本想赶忙追上去,追到他摊上,向他道歉,但我知道,硬汉子的脾气不能马上扭回来,因此,我决定第二天再去鞋摊上找他。

第二天我感冒了。过了三天我才上街。我立即去鞋摊找石本先。鞋摊不见了,也不见了卖冰棍的、卖水果的。跑进五金店里打听,说我们附近这条街道要整顿清理成一条没有摊档的漂亮街道,原有的摊档都让他们并到钟楼湾的综合农贸市场去了。我赶紧到钟楼湾去。在那个热闹的市场上我找到了那位同"八渣儿"相熟的老太婆,她现在主要卖冰糖葫芦。她说:"八渣儿"没来这里摆摊,但她告诉了我"八渣儿"在东直门外的住处。

那天晚上我到东直门外去找"八渣儿"即石本先。多么遥远的地方我都去过,但这一次的跋涉却使我觉得异常的辛苦艰难。老太婆告诉我的那个地址非常古怪,问来问去老问不准。绕来绕去,一直绕到个既不像城市也不像农村的地方,天都麻黑了,才找到一条狭窄的小巷,问错五六个门,才终于找到一处农民盖的新院落,总算有个矮胖子年轻农民兄弟迎出来,承认他们这儿有一位"八渣儿",可他告诉我:"'八渣儿'回延庆去了。"我问:"他什么时候回你这儿来?"他说:"他把行李全驮走了。他说他把照也退了,不再到城里修鞋了,他说回延庆以后再找别的事情干。"我听了心不由得往下一沉。该不是我把他气走的吧?我问:"他在城里不是干得好好的吗?"那矮胖子的年轻农民淡淡地说:"我也不清楚。好像是让他挪地方,挪到什么钟楼湾,他去瞅了瞅,那儿挤着好几个鞋摊,他说去那地方饿了人家行,自个儿也挣不上多少。"听了这话我心里才一松。我又问:"他延庆的地址,您知道吗?"他边把我往外送边说:"说不准。只记得他说过,离关厢20里地。"

我都退出院子了,忽然院里一个女人追出来,看来像是那矮胖子的媳妇。她追到我身前说:"'八渣儿'临走时留下了这个,说万一有个知识分子模样的城里人来找他,就把这玩意儿给那人。"她说话时脸转向她男人,还有一句是专说给他的:"他留下这个时候你还没家来,我还没来得及跟你先说。"说着那媳妇便把一样东西交到我手里。我手心先是一凉——那是一块两面平滑的小铁块,制作成大肚子弥勒佛的形状,一面什么也没粘贴,一面粘贴着不干胶的弥勒佛贴画。看清了,我的心猛地一热,啊,那是一块可以在冰箱外壁上夹药方的吸铁石!

事情过去有半年了。不知在我的人生旅途上,还能不能同"八渣儿"再相逢。

1991 年早春

枫叶馒头

一踏上濑户内海宫岛的码头,便看到很大的广告牌,推销馒头。日文里"馒头"这两个字与汉文一模一样,但经验告诉我,不能望文生义,比如日文里的"手纸",就万不能误解为卫生间里的厕纸,而是书信的意思;再说即使同为中国人,上海人嘴中笔下的"生煎馒头",就并非"山东馒头"那样的纯面粉蒸食,而是有馅的小包子。

果然,到宫岛上一逛,发现到处有馒头卖,而那馒头也是有馅的,并且多为枫叶形状;有的店家,还特意把其制作过程,在大玻璃隔间里展现出来。原来号称"日本三景"之一的宫岛,除了景色秀丽、古迹密集,还有两大特产著名,一种是勺子,最大的用整株树剜成,陈列在街巷中,夸示着该地勺子的威名,这当然是不卖的,然而出售的,最大的也足有戳地式电风扇那么高,然后有逐步缩小的勺子,其中大多数属于祈福避邪的吉祥物,上头有日本神社的橘红色图案,并用黑墨书写着"开运""必胜""家内安全""商卖繁盛"等字样,人们买去后供奉家中;当然也有很不少无字的实用勺,大的可用来盛饭,小的一直微至耳挖勺,都是用岛上的竹子与杉木制成的。馒头则是岛上的另一特产。秋季既盛行枫叶形状,想必春季该是樱花的造型。我在一家馒头铺的大玻璃窗外仔细观察,看到是用自动化机械在批量生产,管机器的师傅只需从一头输入原料,便能从另一头取出热烘烘的成排馒头,显然已非传统的制作方式;而馒头的馅儿,除传统的豆沙馅以外,又时兴起巧克力馅儿,这让我想起了中国的中秋月饼,不是也有了什么可可馅、芒果馅么?传统传统,其实是传而难统,随着时代的演进,任何民族的传统总是要发生变异的。

人们在名胜地,总要买些传统工艺品留作纪念,也总要品尝一下当地的传统食品,我不能也不想免俗,在宫岛买了把写有"家内安全"字样的勺子,也买了枫叶馒头就着碧绿的日本煎茶细细咀嚼。我买的枫叶馒头是豆沙馅的,柔软淡甜,不过实非美味,小巧而已;品尝名胜地的特产,其快感全在储存一份记忆,并不一定体现在味蕾之上。除了自己吃,买下一些回去馈赠亲友,也是一大乐事。我因在日本还要访问若干地方,枫叶馒头难以长久保存,所以现买现吃后没有再提走一些。但是日本本国的游客们,几乎人人离开宫岛时,都提着鼓鼓的一包,甚或两包枫叶馒头,兴冲冲地归去。

暮色将至,畅游后赶到码头,等候下一班渡船,好回广岛市的旅店。这时正有一大群日本中学生,在几位老师的带领下,也等渡船。我一路都遇到秋游的日本师生。这一大群秋游待归的中学生,个个丰衣足食的模样,有的甚至显得营养过剩,胖得憨憨的。他们的手里一无例外,都提着装枫叶馒头的纸兜,显然他们的家长,都嘱咐过他们,既到宫岛一游,一定要给家里人带回有名的枫叶馒头,他们当然也乐得提回满兜的名特产,给家人带去一屋的欢声笑语。

我坐在长椅上等船,那些中学生在老师的指挥下整队,这样,他们手里提着的馒头兜,便在我眼前晃来晃去。他们几乎都买的是岛上最有名的那家"鸟之屋"的枫叶馒头,该商家的纸兜质地厚实,外面印制着淡雅而温馨的图案徽识,那种跟书包一样大的纸兜,起码能装进五扁盒枫叶馒头,而枫叶馒头售价不菲,"鸟之屋"的馒头作为名店名品,价格更其昂贵,但这些中学生的购买力竟都很高,个个似乎都是"只求快乐,遑论价格"的气派。

可是,忽然有一个与众不同的装馒头袋子,映入了我的眼中。原来学生们排好队后,恰有一个男孩子,侧立在我身前,那袋子便是他手中所提。那不是"鸟之屋"的大纸兜,是个小塑料袋,袋子里只有一盒枫叶馒头。我注意观察,提这小塑料袋的男孩前后的同学,有的似在跟他开玩笑,有的更用自身那堂皇的大纸兜,去碰撞他那寒酸的小塑料袋,确实,他是买得太少了,而且,还很可能是限于购买力,买的只是非名店的产品。

眼前的这个细节,使我意识到日本社会仍存在着贫富差异,这个男孩的家境,想必还相当地艰难,他的家长只能给他这样一份钱,来买回这一小盒枫叶馒头。我再仔细端详,这男孩个头不算太矮,却相当地瘦,当然并不是羸弱,他挺直腰板,显得倒还精壮;对于同窗们的揶揄,他似乎毫无回应,然而他的下巴微撅着,嘴唇抿成一条缝,而离我眼睛最近的那提塑料袋的手,筋脉凸起,仿佛所负重的并不是一盒馒头,而是一份尊严,一种暗誓……

我心中忽然奔涌出一种感动。这情愫超出了宫岛和它的馒头,也超出了日本和它的风情,我品到了普世人生中的一些复杂况味,悟出了普遍人性中的一些底蕴,也增添了为人在世的一份自尊自爱,以及自强自立的原动力……

宫岛之旅,枫叶馒头的忆念,最后竟胶着在了一个只买了一盒馒头提回家的男孩剪影上,这真是意外的缘分。

枫叶馒头的味道会慢慢忘却的吧,而从那男孩勾连出的思绪,却可能历久弥深。

1997年10月8日　绿叶居

绿海孤舟

一位摄影师从飞机上拍摄了日本北海道农田的照片,照片上显示出一派葱绿,仿佛碧翠的海洋上漾着微微的波纹;然而绿海中嵌有一小块褐色,形状令人联想起泛海的孤舟,这"舟船"上似乎还点缀着些奶白赤红的斑点——那是农田中的农户。后来这位摄影师居然在地面上找到了这家农户,农户见了照片非常喜欢,因为他们此前不曾这样地鸟瞰过自己的家园,因此欣然买下了这张照片,将其悬挂在家里起居室中。

人是地行仙,有缘千里可相会。在中日邦交恢复正常化二十五年之际,我和爱人得到日本国际交流基金会的盛情邀请,到日本作为时半月的短期访问。我们提出日程中能否安排访问北海道的农村,到农民家里做客,基金会满足了我们的要求,抵达东京后第四天,我们便在伊藤经子小姐的陪同下,飞往了北海道的札幌。当汽车载着我们驶往札幌附近的千岁,银灰色的公路将我们引入开阔的田原时,我们才明白,严格来说,此处是有农无村,也就是说,几乎没有两家农户聚居一处,整个格局,是每隔相当远的距离,在田原中才会出现一户农家,这农家周围的农田,大体上便是其所经营的农场或牧场。我们没有从飞机上鸟瞰,只是在公路上从车窗眺望,也感觉每个农家都很像是绿海中的孤舟。

我们的车子停靠在了一处"孤舟"中,首先映入眼帘的,是一所白墙红顶,造型相当欧化的别墅式住宅,主体两层,外带尖顶阁楼和平台,这便是我们要造访的农户——早川信雄的家。主人把我们迎进了宅子,起居室里既有"和式"的部分,也有西化的部分,我们起初在"和式"部分席地而坐,后来主人看出我们无论盘腿还是跪坐都很别扭,便让我们挪坐到西化部分的沙发上。起居室朝外的一面,整堵墙面都做成落地玻璃拉门,门外是他家的花园,精心营造的花园中秋花烂漫,尤其是大丛粉嫩的波斯菊与娇黄的西番莲,格外爽人眼目;花园不设篱墙,与后面的田原自然衔接,休耕的田原上野草闲花随风微摆,再后,则是一片冷杉林,郁郁葱葱,恍若天然屏风。

早川先生把挂在壁上的那张从摄影师手里买来的大照片指给我看,我说倘若是我,从飞机上望下来时,万不会想到,您的这艘"孤舟"竟是如此美丽。其实岂止是美丽,主人带我们参观了连接着起居室的厨房与餐厅,极其现代化,可谓"武装到了牙齿";又看了卫生间,当然不止一处,给客人用的一处也很讲究;还有书房、储藏室等等;这样的住宅,不要说中国一般的城镇居民难得住上,就是日本大城市的一般中产阶级,恐怕也望尘莫及。早川先生也承认,他们比札幌、千岁的一般市民住得更宽敞舒适,用电方便,屋顶上安了"锅"(卫星天线),彩电、录像机、音响、电脑等一应俱全,热线电话、手提电话、传真机也都早就使用上了;自来水更不消说,敞开用,做饭主要用液化气,有时也使用微波炉;冬日取暖,则依靠房外的一个烧油的制暖器,至于空调机,因为当地基本上没有太炎热的时候，所以用不着。我们还注意到起居室一侧的钢琴。这样的农家，标志着日本已无所谓城乡差别了吧？

然而围坐一起，边吃着主妇端上来的自产甜瓜边聊天，才知道"无差别"一说未必准确。就住房面积，及拥有自享花园而言，城里一般居民与他们有差距；而在工作的艰辛度上，他们不仅比城里的白领们沉重，与蓝领们也有相当差距，比如说，城里人每周必有两天休息，此外还有一些法定假期，可是他们经营农场或牧场的人，一年四季几乎是天天连轴转，田里的庄稼，畜棚里的奶牛，它们可容不得你每周五日工作，每天"到点下班"；虽说现在他们农户都使用着先进的农业机械，养牛挤奶配种育犊也都按科学办事，可是大田作业、大棚养畜，还有暖房种菜、养花，毕竟还是比一般城里人的劳作繁琐粗夯……当早川先生叙述着这些时，我望着他饱经日晒风摧的颜面，那特有的黝黑，明显的粗糙，都仿佛是区别于城里人的徽号，尽管他身上穿的恤衫也是名牌，还是一望而知：此公不是城里人。

我们随早川先生出屋，漫步在他的"孤舟"中，这片嵌在田原中的"早川农园"，住宅仅是其一小部分，离住宅不远有很大的停放农业机械的大棚，也有些拖拉机和卡车就停放在露天；还有高如城堡的粮仓，早川先生打开阔大的卷帘门，让我们进去看，里面堆放着小山般高的巨型帆布袋，内中满盛着刚收获不久的土豆，他告诉我们这土豆不是用来吃的，而是贩往本州等地农场的土豆种；我和爱人看了以后不禁小声议论说：就算是用机械收获与收藏，对付这么老鼻子多的土豆种，恐怕到头来还是要耗费大量体力的，当他这么个农场主，也真不易啊！

早川先生说,他现在经营着约二十公顷土地,平日,就靠他自己,还有妻子,两个人来操持,收获季节大忙的时候,才请临时工帮忙。这让我听来很是吃惊。平时就俩人操持?

　　早川先生叹口气说,不仅他家,附近的农户,大体如此,主要的问题是,如今很少有人愿意务农。他为何务农?因为祖上务农,他接了班。附近的农户都是"接班户",没有任何一户是从城里搬来的。但是,从他往下的一代,就连班也不怎么想接了,比如他家,一个大闺女嫁到城里去了,另一个闺女现在在城里读书,今后也要嫁人,他的儿子,原是指望着来接他的班的,高中毕业后没考上大学,却还是进城去了,谋了个差事,娶了媳妇,在那边过起了小日子,虽然经常回来看望父母,不能说不孝顺,可是你跟他提起接手这农场的事,却只是哼哼哈哈,实际上,恐怕是不会回来务农的了!这样的例子,附近很多。反倒是如果哪家的儿子留在了农场,接了班,这一带的农户便家家称道,有口皆碑,像他们这样的夫妇听了,尤其羡慕不已。北海道1974年有农户二十五万,到现在已减至八万余户,并且还在继续减少。农业人口不断地老龄化,而人均耕种面积与养牧头数却又在不断增多。整个日本都呈这种趋势。他说倘若自己干不动了,儿子又硬是不来接班,也只好把土地农机房屋统统卖掉,搬进城里去住,用那份"卖祖业"的钱度其残年。说到此处,面色语音不禁凄然。

　　年轻一代为何厌农迷城?其实在我和爱人眼中,类似早川农园这样的居住环境不啻桃源仙境,既有汽车,又靠近公路,用不了一小时,便可驶进千岁市区,一个半小时,札幌也到了,从那里的超级市场上一次可买齐一个月的日用品,回到这繁花拥簇的小楼里,远离尘嚣,吮吸清露,而又一开电视便可立刻知晓天下新闻,岂不是人间快事,天伦乐园?我说冬日坐在他们这起居室中,沏一杯浓绿如浆的抹茶,手捧一册川端康成的《雪国》,不时抬眼凝视落地玻璃门墙外的雪原,还有那纷飞如蝶的雪花,该是怎样的福境!早川先生苦笑着说,您光想到这温暖的屋子和美丽的雪景,您哪想得到,落雪时我们要忙于修检农机,自己解决不了问题还要花钱请人,或是开车拖往修理站,真是难得坐在这儿赏雪品茶呢!充当翻译的伊藤经子小姐则坦言,她虽然觉得偶来这田原农舍,十分提神有趣,但是如选定居处,那还是要在城里,城里虽然住得挤,人比树多,纠纷多烦恼也多,可是毕竟让人感觉到有一种对生命力的刺激,令人销魂难舍。

  散步到早川先生在自家"孤舟"设置的"早川农园"匾牌前,大家合影留念毕,早川先生从情感化状态转为了理性化状态,他对我们说,其实日本农业的主要危机,是进口的农产品太多,而且价格相当便宜,因为许多工业还不太发达的国家,进口了日本的工业品,只能是向日本出口农产品,以求得贸易平衡,欧美发达国家,也拼命用他们的农产品来挤占日本市场,这对日本的一般消费者来说未尝不是好事,可是对他们务农的,可就大大地不利了,他们的生产成本高,产出的东西不能卖得太贱,可你比进口的卖得贵,谁乐意买呢?而且因为技术精良,机械化程度高,连年丰收,以至比如说现在稻米的仓储量已然显得过大,留那么多的陈稻谷干什么呢?政府现在开始限制种植,而对农户的补偿,他们以为很不够,所以他们农户的组织——这样的组织在北海道大约有六个——为了捍卫农户自身的利益,也经常联合发起请愿示威活动。

回到早川先生的居舍,他妻子拿出私人照相簿给我们看,在为时不多的农闲时光,她们一些个农户的主妇,共同凑钱请来城里的老师,学跳传统的日本舞蹈,然后在过年时到农业协同组合的礼堂里登台表演,有一张照片既照下了台上穿华丽和服舞动的她,也照下了台下观看的早川先生,他满脸的皱褶都在抖出喜悦,仿佛一年的艰辛,都在那一瞬间化为了烟云。这张照片,和那张摄影师拍下的鸟瞰照片,在我离开早川农园后,久久地叠印在我脑海里;阔地微人,哀乐平生……我心中弥散出丝丝缕缕莫可名状的意绪。

1997年10月9日　绿叶居

大束百合

看芭蕾舞剧《天鹅湖》，用望远镜细观台上，不是紧盯着王子和白天鹅，而是逐个地扫描那些配舞的天鹅，除了"三大天鹅""四小天鹅"外，还有若干毫不能令观众特别瞩目的"众天鹅"，而在她们当中，当舞姿"凝固"时，也还有排在前列与隐在后面的区别，于是从望远镜中注意到，在最后面，一位天鹅双腿优雅地分立，头颈微偏，双手兰花般交错于翘起的裙裾上，身影与其他天鹅同样地美丽，在耐心地作为暗景中的"绿叶"，以衬托主角王子与白天鹅在追光中的"红花"怒绽。随着舞曲的流动，众天鹅也开始缓缓变换姿势，于是我从望远镜中，清晰地看到了那只排列在最后的天鹅的细部，她的眉目，精心化装后依然掩饰不了徐娘真龄，转动时，显露出锐瘦的锁骨，以及背后同样"锋利"的肩胛；可是，她虽隐于最后，却也满脸凄恻，浑身是戏……乐音陡变，众天鹅如风中白莲般翕合旋舞，转瞬我已不能再找到那位资深的舞娘……

我的思绪，飘出了《天鹅湖》所设定的故事，只把那乐音，权当作我内心喟叹的回响。我一时所关怀的，不是什么王子与白天鹅的悲欢离合；我在猜想，那位资深舞娘，她有着怎样的个人命运？当年她献身芭蕾这一"残酷的艺术"，不惜脚趾流血、苦练虚脱，一定怀着充当舞台追光下的白天鹅的美梦,她曾圆过这个梦吗?也许,若干年前,她确曾是众星所捧的那个月,可是,时光无情,后生可畏,她渐渐地,先是让出白天鹅这一主角,再让出"三大天鹅"之一的位置,又让出了第三幕中的西班牙舞等短暂"抢眼"的位置。在演出的说明书上,从"挂头牌",到名字列于后面,到隐入于"本院演员"的模糊概念中……也许,更残酷的是,她竟从未跳过主角,终其一生,也只是充当"绿叶",并且总在"亮相"时,隐于最后一列,身姿不让主角地把兰花手交错于翘起的裙裾上……每当那个时刻,她都能化入剧情之中,而不"走神"于自身命运的吟唱么?

给整台演出所献的花篮,固然可以算是也含有她的一份,但那整把的鲜花,是只献给主角的……我心中有个冲动,演出结束后,单给她,这资深的舞娘,献上一大束丰满的百合花……我把望远镜递给旁座的朋友,请他注意那位宛转于舞台暗区的资深舞娘,他先是莫名惊诧:"看她作甚?"及至看清了,咂舌道:"天哪,这老天鹅,还舍不得退出舞台,跳个什么劲儿吆!"我接过他递回的望远镜,觉得透心地凉……不是朋友错了,不能怪他刻薄,甚至于,他那真实的直觉与非功利的直率,恰恰道破了人生、人性、人际的某些底蕴……可是我想哭,不独为那资深舞娘,也为了天下许许多多诸如此类的人生,当然,也包括我自己……

出了剧场,花亭还在营业,我买下一大束昂贵的百合花,紧紧地拥在自己胸前……

2010 年

王府喉掸

我一度跟王爷过从甚密,不过,可不能说我们"相见恨晚",他原来哪有认识我的想法,我更没有结识他的欲望,但外在的某种社会原因,使我们两个人竟时不时地凑到了一起,面对面地对酌闲聊一番。

那时我们同住一条胡同,各在一所杂院里,住着一间狭窄的东房。王爷告诉我,这些相联属的杂院,几十年前,都是他们王府的组成部分,当然,又都不是主要的部分,是些"下房",还有马圈什么的。我说的这位王爷,是真王爷,虽说1911年清王朝就倒台了,但他们那个王府,一直苟存到二十年代末,才终于破产瓦解;他生于1905年,他父亲,老王爷死于1925年,那时他已经二十岁,因是长子,名正言顺地袭了王爵。据说他父亲死前,还想办法从住在天津张园的溥仪那里,为他取来过有关的御旨诏书。

我比王爷晚生了三十七年,我们俩相聚时,我二十八岁,他六十五岁,算是忘年交吧。我们的共同语言,是侃《红楼梦》。侃"红"的重点,则是其中的饮食描写。我们都看不起高鹗,原因是,高续第八十七回,写林黛玉吃饭,开列出的食品,竟是火肉白菜汤、虾米、青笋、紫菜、江米粥、五香大头菜——可见高鹗根本不懂得当年贵族之家在吃上的讲究。至于前八十回曹雪芹的饮食描写,王爷也并不觉得多么地见多识广,比如对茄鲞的描述,我觉得真是匪夷所思,工序竟如此复杂!王爷冷笑着说,那还远不是什么费工的菜肴,他告诉我,当年他们王府有一道荷花莲蓬鸡,是按宫里的做法,需要三十九道工序!

我和王爷大侃食经之时,那是连猪肉、食用油也要凭票供应的,加上我们的收入都很低——他比我更低,靠每天打扫胡同,每月拿二十几块钱的"清洁费"过活——都不可能上饭馆去打牙祭,于是,凑到一处,就着几瓣大蒜,喝我带去的最便宜的烧酒,听他在怀旧中,极其生动地描述当年所享用过的美味佳肴,也算是画饼充饥、聊胜于无了。

有一回,我又逃避社会上如火如荼的"运动",悄悄跑到他那小屋去"逍遥",他高兴地跟我说,搞到了些个榛子,制成了一点酱,豁出去用足了油,还有肉末什么的,炒了一碗榛子酱,让我跟他一起,用那炒榛子酱下饭吃。我开头纳闷,这样的酱,拌面条、抹馒头窝头,岂不是更般配么?为什么偏要拌饭?他给我解释说,他少年时代,"还没学坏时",在王府里吃家常饭,最喜欢这种吃法。我一试,炒榛子酱拌糙米热饭,就一杯最便宜的茶叶末沏的粗茶,那滋味真是妙不可言,竟一连吃了他两碗!

又一回,我问他:你"还没学坏时",最爱吃炒榛子酱拌饭,那你"学坏"时,又爱吃些什么呢?他连连叹息说,那真是造孽——时不时地,或在大饭庄子里,或爽性把厨师们请到王府里,搞满汉全席!他说,满汉全席共有一百三十四道热菜,四十八道各色冷荤、点心、水果,要用三天时间,分六次,才能吃完!我听了目瞪口呆,说:呀,那怎么消化得了啊！恐怕每天吃了头一顿，就再吃不下第二顿了！他说：那是，不过，当时有办法。我问他有什么办法？他良久不言语，后来，他跟我说，知道我不会去揭发他"怀恋腐朽的剥削阶级生活"，他可以给我看一样东西——那是他当王爷时所遗留下的唯一的东西，"红卫兵"抄家时也没抄走，因为如果他不说明，谁也不会注意那东西……他从铺板下，一个装衣物的大纸匣子里，掏出一样东西递给我，开头我以为是个踢着玩的鸡毛毽，后来在他解释下仔细一看，是个可以伸进喉咙里的小鸡毛掸子，那鸡毛已然乌糟霉变……啊，原来，那时他们一班王公贵族，吃满汉全席时，为了吃了还能再吃，不停地吃，常常地，用这喉掸，伸进喉咙里去催呕，以便腾空胃袋……

我心中作十日呕，忙把那王府喉掸掷还给王爷，没想到这时他叹了口气，说了句掷地有声的话："光冲这玩意儿，也不能不革命啊！"

1999 年

墨黑的山谷

朋友许君曾是搞地质探勘的。他说,有许多次处在那样的一种状态:野外帐篷里的煤油灯捻灭了,同伴们都酣然入睡了,他一个人披衣走出帐篷,举目四眺,竟是墨黑一片。在那荒芜得只剩砾石的山谷里,绝对没有人烟,当然不可能有半星哪怕是朦胧的灯光。没有月光,没有星光,没有野狼或别的动物闪烁的眼光。渐渐地,随着瞳孔的奋力放大,也许会把那墨黑一片,多少分析出些层次来。这时的心境,却是格外地幸福、安谧,仿佛有无形的、巨大的双臂,温暖地环抱着自己的身心。

许君现在退休了。他居住在京都。他说,有许多次处在那样的一种状态:登上过街天桥,扶栏环望都会夜晚的万丈红尘,霓虹灯的滚动扫描岂止是姹紫嫣红,远近街灯窗灯岂止是繁星闪烁,可是,他心头却不禁会旋出丝丝缕缕的、越来越稠酽的寂寞,往往还会随之派生出一种迷路孩童的感觉。每当这时,他就觉得,不如回到昔日那墨黑的山谷里去。我对许君说,一定是你老了,特别是,离开了工作,不能适应赋闲的日子,所以才会对墨黑的山谷生出怀旧之情。他微笑着摇头。

许君的孙子是个运动员,在国际大赛上获得过金牌。那天我去老许家,恰好金牌得主回去看望二老,说起墨黑山谷的事,那小伙子拍了下手,说:"呀!我懂爷爷那时的心境!"原来,在决定他是否能破记录夺金牌的那一段时刻里,他把整个赛场里所有的光影声息都置之于了感官之外,真是"六亲不认一瞬间",暂时不去想爸爸妈妈、爷爷奶奶、姥爷姥姥、教练领队、母校同窗……眼里只剩下与比赛有关的最简单的点、线、面、体,脑子里只剩下一个"我必须成功"的念头,等到赛完,成绩出来,外部世界才又倏地恢复了色彩声音。但是,伴随着金牌,接踵而至的是闪光灯的强射、马拉松式的采访、走马灯似的庆功活动、亲情友情的瀑布般浇浸……"这种情况下,我就有迷路的感觉,心慌,想找个地缝钻进去……夜里,终于可以一个人睡在黑暗里的时候,我就特别特别怀念比赛瞬间的那个墨黑墨黑的山谷!"

在许君与孙子对视的眼波里,我顿悟,"墨黑的山谷"就是正当而单纯的精神境界,许君那时心里只揣着一个"为祖国找出矿苗"的单纯至极的念头,他孙子比赛时只揣着一个"我必须发挥出水平"的也是单纯至极的念头,在那个单纯的念头里,他们进入了人生最瑰丽的福境。我们各自"墨黑的山谷"在哪里?从没有过的,快快去找!

2001 年

框住幸福

春节时接到惠姨电话,问我什么时候得闲,她要给我送些镜框来。惠姨来,当然欢迎。但她不说来拜年,说是送镜框,想必揽了哪个公司的活儿——推销镜框。约好的那天,惠姨来了。落座沙发上,呷了几口妻子送上的香茶,惠姨就兴致勃勃地打开提包,掏出若干镜框,让我们挑选,她说:"你们喜欢哪个留哪个!"那些镜框都保持原木颜色,正是我和妻子都喜欢的雅致格调;我和妻子交换了个眼色,连连赞好,有意多挑了一些。看我们真的喜欢,她爽朗地仰脖笑了:"好!好!我没白来!"妻子搬出更多的零食招待她,我把为她准备好的营养品提到她跟前,对她说:"惠姨,这只是一点小小的心意……至于这些镜框,您也别优惠,该多少是多少……"惠姨的笑容忽然定了格,几秒钟后,她先是敛了笑容,轮流看我和妻子的眼睛,然后,她忽然大笑起来,高喊:"你们呀!想到哪儿去啦!……"

误会很快消除。原来这些镜框全是惠姨自己制作的,起初,她只是为了怀念老伴,老伴生前业余喜欢做细木工活,留下了一匣子工具,还有许多的木料;后来,她觉得制作镜框既健脑也强体;再后来,她从中获得了极大乐趣,沉浸在美的境界里。近来,她心里头更翻腾着一种激情,就是要把自己的幸福感和快乐情绪,尽快地与亲朋们分享……

坐在我们眼前的惠姨,原来是一个幸福而快乐的生命。我原来总觉得,在眼下这样的一个时空里,持久的幸福感与快乐情绪是可望而不可得的。温饱无虞,却总觉得自己所得还不够多,向往成功形成焦虑,有所成功却又这山望着那山高,焦虑度反倒更深了;凡付出劳动的总想谋求最高的付酬,凡不能上市的事物就都不愿投入;自己的幸福快乐总怕享受不了多久,不但没有与人分享的冲动,而且对别人获得的幸福快乐按捺不住妒火中烧……

惠姨告别我们,又给别的亲友送镜框去了。妻子立即挑选照片往那些镜框里镶嵌,不住地举起选出的照片问我好不好。我却还坐在沙发上咀嚼品味惠姨来访所馈赠我的心灵营养品。幸福的向往不该是无边的。一位大富豪前些时为什么跳楼自杀?其实即使他的财产大缩水乃至破产,如能甘心回归到一般人的温饱生活,仍可心灵欢畅,但他的欲望只能往无边沿的深邃处膨胀,而完全不能由朴素的健康心智将其框定在适当的弹性范畴里。是的,我们要学会框住幸福,它应该由健康、自足、乐观、与人为善框住。

2001 年

长袖·短袖

三伏天妻子出差,去的是全国温度最高的城市,他下班回家的路上接到妻子电话,敦促他把家里那棵枯萎无救的小叶榕处理掉,他一边开车一边烦躁地说:"这也值得现在来电话!前头路口有警察,没要紧事,晚上再说!"关掉手机,他打个哈欠。

他们是一对都会白领,这个族群的生存状态,有人概括为"一套房子一辆车,一个孩子一条狗,睡昨天的觉,花明天的钱",他们的生活却缺了第二句的内容,对于双方父母盼抱孙辈的期望,持"那是我们自己的事,请勿干涉"的态度,四位老人眼下最怕听到别人提及"丁克家庭"这新概念。

回到家里,起居室窗边的那高及天花板的枯树,确实触目惊心地大破相。头年从花卉市场选中,是人家用卡车送来,一直搬运到指定位置放妥的,曾构成他家一大亮点。两口子总轮流地出差,要么忘了浇水,要么浇水过猛,等到某一天他们同时注视那小叶榕时,不由得一起"哇塞"大叫。

晚上临睡前两口子又通电话,妻子大发牢骚,说要不是舍不得这份工资待遇,她早就会微笑着跟总经理说句"您是个超级混蛋,真的,超级!"炒了他鱿鱼便优雅地转身回家,"沙发上一靠,榕树旁,灯光下,听盘莫扎特,读几行阿赫玛托娃"。他就说:"榕树枯啦,我一个人可搬不到垃圾桶那儿。"妻子就说:"那你可以找那第二垃圾桶呀!"

"第二垃圾桶"是他们小两口的私密称谓,也都知道这样说实在不厚道,更严重地说是不人道。那指的是他们那个楼盘院内收废品的点。楼盘物业管理颇为严格,不准许小贩及收废品的随便进入楼区,但那个点却是被物业批准的,据说条件是每年给物业四千元的管理费。那个设点收废品的是个男人,楼盘里的多数业主欢迎此人的存在,因为处理家中废品方便许多,或自己拿去卖给他,或把他找去让他收走。

第二天是星期六,那白领睡够懒觉,去"第二垃圾桶"那里,跟那收废品的说,要他帮忙把那盆枯树处理掉,那人就跟他去了。进门前问他要不要换鞋,他想了想说不用换啦,就指挥那人搬树,那人弯腰持盆,把那树横向前,没碰着任何东西,迤迤逦逦把树搬到了楼外垃圾桶边,他问:"给你几块钱合适?"那人笑:"帮这点忙,算得了什么?你还有什么要我出力气的,尽管说,帮人搬东西我不要钱!"他这才头一回正视了那收废品的,看上去是个同辈人,很可能同龄,艳阳下,穿着件长袖白衬衫。"怎么,你没短袖的吗?"他不经意地问。那人脸上的笑容更灿烂:"尽有业主这么问,有好几位好心的都说要送短袖衣服给我,我心领,可我一夏只穿长袖的,穿惯了,我这人一热就出汗……"他纳闷:"爱出汗,那就更该穿短袖呀!"那人用长袖子揩揩脸上的汗,告诉他:"长袖子擦汗,省去了买毛巾啊!"他听了发愣。

妻子出差回来,他把处理枯树的经过说了,从此他们口中再没有"第二垃圾桶"的"戏语",一个星期天他们还把家里所有该处理掉的瓶罐纸盒之类的给那人送去了一大堆,他们不收钱,那人却笑说:"是呀,你们不在乎这点钱,可我不想白要东西,为的是高高兴兴过日子!"那以后他们路过那收废品点,总禁不住要瞥一眼,对那人"长袖成癖"已经见怪不怪,但"他为什么总那么快活?"曾成为他们餐后讨论的题目之一。

那晚妻子开车从飞机场接他回家。天已黑,一轮明月高挂天际。两个人都很疲惫。"咱们都该找心理医生。""是的,我看都患了职业厌烦症。"他们有房有车有高工资有带薪休假已经游过了新马泰正酝酿欧洲游,但他们仍然不快活。他们路过楼盘外的村子,对面来了辆三轮车,车上捆扎着高高的一堆废品,是那长袖男人,忽然那三轮车停住了,村边岔道上飞跑出一对小姑娘来,汽车也就停住了,汽车里的两口子清楚地看到,明朗的月光下,两个小姑娘大声地叫着"爸爸",那长袖爸爸背对汽车,也听不见他的声音,但他的肢体语言却万分明显地书写着快乐幸福的字样……

"看见了吗?那一对姑娘的短袖裙衫?"不用妻子提醒,他脑子里已经在想:那高耸的短袖样式,跟菲律宾总统阿罗约的礼服一模一样啊……

这个圆月之夜以后,也许,这对白领双方的父母,有可能不再怕听到"丁克"二字。

2004 年

大盆菜

从我家西窗,原来能悠然见西山。如此好景,近年来被逐渐破坏。先是有座半透明的写字楼,刺破青天锷未残,把我视野里的西山,斩成两半。当我刚刚习惯于避过那写字楼,先左后右地观览山景时,有一天从外地回来,开窗一望,呀,两座高级公寓,采取最先进的施工方式,就是从高往低地那么组装,已经初见规模。这下,西山与我,就再不能"相望两不厌"了。

那天,气闷中,我下楼朝那切断我与西山眼缘的工地走去。当然不会太远,过了马路,没走多久,就接近了它。原来那座剑形的写字楼,只是人家的第一期工程,而两边的盾形公寓楼,是它的第二期工程。虽然公寓楼尚未完工,售楼广告已经赫然排列在横街两边,是那种挺高级的柔性灯箱广告,十米左右就竖起一个,以"好话重复千遍必是好事"的手段,给予路过的人们强烈的心理冲击。原来那高级公寓是为"都市豪杰"盖的,广告词是"我爱奢华——80平米主卧,枕上痛赏西山落霞",刚看清楚时,只觉得心脏被谁的手猛抓了一把,但是走过十几个那样的广告牌,也就逐渐麻木。我能怎么样呢?我们那满楼的一般市民住户又能怎么样呢?人家多半是一切手续都齐全,请国内甚至国外名建筑师设计,而且楼未封顶,已经"销售过半,欲购从早,以免向隅"。西山的落霞,只能任那些"都市豪杰"去痛赏,谁让我虽"都市"却不"豪杰"呢。不过又想到,山外青山天外天,楼外自然更有楼,说不定再过一时,在这座豪华楼盘西边,会有为更杰出的都市英豪,建起的更奢华的公寓,我都为它拟好广告词了:"八十平米开间算什么——八百米通间任您逍遥!"到那时,嘿,就轮到八十平米主卧里的人士,望窗兴叹啦!

我走到工地跟前了。大中午,歇工了。只见一个个奶黄的安全帽,在我眼前晃来晃去,盖楼的工人,纷纷朝一个地方走去。我好奇地随他们而去,于是就看见了他们的工棚,是一溜拆卸安装过多次的,显得很陈旧的活动屋。但是那些戴奶黄安全帽的人,却没几个进工棚去,几乎全在工棚外,或者站着,或者蹲着,手里呢,不知什么时候,已经都拿着自己吃饭的家伙,有的敲得咣啷咣啷响,有的互相大声开玩笑。我走近几位,客气地打听,他们也就很爽快地回答。原来,他们都来自一个地方,跟包工头是老乡。他们的工资,一般是按每天40元计算,管住管吃。但是,工资要到工程结束,才能到手。现在如果想预支,每月不能超过100元。我问,吃得怎么样啊?有的就笑,有的就指向我身后,我扭头一看,原来是送饭的车来了。就用平时运料的卡车,给他们送来了午饭。从车上搬下了两大笸箩馒头,还冒着热气。然后是一大盆菜。那个大塑料盆直径有一米开外。什么菜?我去看,是一大盆熬白菜,虽然冒着很旺的热气,却没有什么油荤的气息。他们开始取馒头、舀菜,吃饭。多数是就在露天蹲着,狼吞虎咽;也有少数端进工棚里去吃,我就走到一个工棚门边,跟里头说:"能进去吗?"里头的似乎也没听清我说的什么,抬眼对我笑,我就进去了。坐在床铺上吃饭的,是几个年龄比较大,以及看上去还没发育完全的少年。我就跟他们闲聊。其中一位年纪大的问我吃过了没有?那淳朴的表情里,有如果我饿,他就马上分些给我吃的意思,我很感动。我问他们菜里有没有肉?说没有,但语气上听不出抱怨,有个少年还跟我说:"有油渣。"还用筷子拈起一粒给我看。问他们能不能吃饱,都说那当然,馒头总是管够的,人人能吃饱。

我从工棚里出来,看见那个蓝颜色的大菜盆已经基本上全空了,只有盆底还剩一些汤水。那一天,民工们吃的大盆菜,给我留下的印象非常深刻,以至于有一天,我在家里,也烹了一盆白菜,当然,用的是不锈钢盆,直径只有 20 公分,而且,我忍不住还是往里头搁了些肉片和粉丝。

那以后,我常到那个楼盘工地去,跟民工们聊天。有一天,我从工棚出来,迎面遇上了一辆好漂亮的宝马车,正躲闪,车停了,出来个人,热情地招呼我,原来是三十几年前的邻居玉雄,我就问他:"买这儿豪宅啦?"他摇头,我就说:"啊,是你开发的!"他笑声好响,都不是,他是来看看,想把底层一个大空间,租下来,开个大酒楼。我就跟他开玩笑:"好呀!你以后,就专卖大盆菜吧!"他问我什么是大盆菜,我说完,他捶一下我肩膀说:"真是个好创意!如今有的大款,他吃腻了精菜,就想来点粗放的。他妈的,以后你来酒楼,签名就算埋单!"

如今那豪华公寓楼完全建成,气派确实不凡。那些民工都不知道又去哪个工地了。我时时纳闷,那么一群其貌不扬,用玉雄的话说,叫作奇形怪状一大群,一年才能挣到 13600 元——还买不下这公寓一平米——他们怎么就造出了这么华美的楼宇来?

玉雄的酒楼,果然在那公寓楼底层开业了,"大盆菜酒楼"五个字是镀金的,门口总停着奥迪和其他牌子的好车。我没进去吃过,但是从门外的精美大菜牌上,看到过主打菜的报价:大盆饱翅——8888元;大盆佛跳墙——6666元;大盆海马鼋鱼:1688元;大盆虾——866元;大盆乌鸡——188元……

2005年

美瓷不碎

朋友许君热爱陶艺,他在经营一家业务兴旺的企业之余,在京郊开办了一所完全不以赢利为目的的乐陶园,常常约些同好在那里弄埴烧陶,烧出来的陶瓷作品时有神来之笔,他就得意地举办内部展览,实际上也就是高雅的私人派对,他和来宾们在那场合交流陶艺心得,也兼山南海北地神侃,每每尽欢而散时,已月成金钩,蛙声一片。

许君和他朋友们烧制陶瓷作品追求的是自得其乐,出炉后如果觉得不满意,一定马上捣碎,而如果凸现个性、灵气四射,则先自己浮一大白,再招呼他人一起转着圈儿欣赏点评;虽说是不以赢利为目的,但在派对中展示时,也时有来宾提出实在喜欢,要付款买下,有的作品也就那样被请走;付款的原则据说是随意,但我目睹了几次那样的"随意",买方是企业家,或演艺界大腕,那付出的数目,像我这样的人,是无论如何也"随意"不起的。

那天许君又来电话约我去他那乐陶园,我说实在是有事,去不了,他说什么事那么要紧?还是希望我去,因为他们几个陶艺发烧友新创作了一批作品,其中有的实在不必谦虚,可以用"美轮美奂"来形容,我若不去先睹为快,会是很大的"审美损失"。我就告诉他,是我捐助的一个穷乡僻壤的小学生,来我家了,现在家里就我跟他,难道我带他去?他可是一点陶艺的概念也没有啊。许君说没概念那更好,他来,对我们来说,多一双特别的眼睛,对他来说,则眼睛里会多装一些东西,岂不两下里都有趣?就这样,我带那叫泼娃的小学生到医院检查完身体,就直奔远郊许君的乐陶园而去。

到了乐陶园,许君和一群熟朋友都对我和泼娃表示欢迎,许君拍着泼娃肩膀笑说:"你怎么一点也不泼辣?还是等一会儿才暴露你的真面目?"我就帮着解释:"他先天不足,当地风俗,怕是养不活的孩子,就故意给他取个活不活无所谓的名字,舍娃、丢娃、泼娃,一个村里总有几个。"许君就给他一块巧克力,让他别客气,可乐、雪碧随便喝,可以到处走动观看,但嘱咐他千万不能动手摩挲任何东西。

我细细观览完许君他们的杰作,就跟他们一起到院子里大杨树下,坐到休闲椅上喝咖啡,神侃起来。正当我们言谈甚欢时,忽听那边屋子里咣啷啷一阵刺耳的声响,我立刻跳起来,气急败坏地冲进屋里,果不其然,是泼娃把展示桌上一件作品弄倒地下摔得粉碎!许君和别的朋友也都进了屋,一瞬间,我看见泼娃的脸红得像团火,而许君的脸白得像块冰。我不知该用什么话重责泼娃,泼娃却两眼噙着厚泪,跟我说:"那……实在太奇了,就像我们村里老得动弹不得,求人别杀它的黄牛的眼睛……我心里不落忍,就伸手摸它,让它别怕,有人疼它……"我们一群大人全都愣住了,那件作品的外在形态并非黄牛,我们刚才哄然叫妙,这个说有米开朗琪罗般的悲剧情调,那个说大有令人遍体清凉的禅意……但谁也没能像泼娃那样进入到审美的最高层次！许君一把将泼娃揽进了怀里，我和别的朋友不由得鼓起了掌来。

  那件美瓷没有碎，它永存于泼娃心中，而且连同泼娃那出自淳朴胸臆的审美评语，将永远鲜活地珍藏在我、许君及其在场的朋友们心里。

1996 年

寸　移

那个老人是从哪一年开始，定时出现在楼下人行道上的？当然不止一年了，但是，究竟几年了，说不清。开始，是坐在轮椅上，别人推着他；不，或者根本没有过轮椅；记忆里比较可靠的画面，是他驾着双拐，有个小保姆一旁扶着他，很慢很慢地，耐心得可怕的，往前面挪动。往往是，我到很远的一个什么名利场去，活动了很久，回来时，夕阳如红葡萄酒般，把人行道一边篱墙上的常春藤都浸醉了，他和那保姆还在那里，大约统共只挪动了一两米，他额头上满是黏汗，嘴唇哆嗦着，嘴角还泄出些口涎，也未必是小保姆偷懒，不及时给他揩抹干净，显然，侍候他这样一个病人，实在也太淘神了！又不知过了几时，小保姆消失了，他一个人，架着双拐，依然很慢很慢地，在那段人行道上，艰难地挪动着……

这当然是了无新意的事情：一个双腿差不多全然瘫痪了的人，他想通过每日不间断的锻炼，恢复行走的功能。不能说是风雨无阻，雨雪天，他不出来，可是，记得有一天，西北风刮得很劲，他背对西北，仍出来挪动，虽然穿得很厚，戴着能遮耳的厚帽子，并且脖子上围着质量很好的羊毛围巾，可是风把他那紧围着的围巾吹滑落了，带穗子的两端下吊在胸前。他一点办法也没有，冷风无情地灌进了他的脖子,他木然地立在那里,大概是在考虑,还要不要继续往前挪动;显然,最后他还是决心继续他的锻炼,他的双臂又极坚定却又格外艰难地把力量施加到双拐上。那一刻我恰巧从楼里出来,一瞥中看清了这一幕。我走过去,默默地给他把滑落的围巾重新围紧,他的嘴唇蠕动着,大概是在道谢,我却头也不回地走了。各人有各人的生活,特别是,有自己的事业。我奔自己的事业去了。这是一个凡从事一种事业,都万万不能不竭力提高速度的时代。

我知道有很多人在为克服自身的困境而奋斗,尤其是,许多的病人,重病人,甚至是患了所谓不治之症的人,他们以顽强的毅力,来求得生命的延续。楼下那个老人,不过是这并不令人格外惊奇的奋斗大军中的一员。

好几年了,这个老人,总在我眼前出现,想避开也避开不了。多少次,看见他那简直可以说是狼狈地,极其极其缓慢地往前,蜗牛般的挪动的形象,我总有一种冲动,就是过去告诉他,这对他来说,其实未必有多大的意义。看他那年纪,该有七十多岁了,他完全可以依赖轮椅来来去去,把这种近于无望的,恢复独立行走的锻炼时间,用来读书写作、练字绘画,那样或许还能创造出新的人生价值。当然我一直并没有这样去做。我没必要楔入他人的生活,正如我不希望他人随意来干预我的生活一样。

记得有一天,我外出回来,心气不顺,忽然他又落入了我的眼帘,不知怎么,那一刻我觉得他特别地碍眼。他似乎始终并没有什么进步,几个小时里,还是仅仅挪动了一两米。我嫌厌地瞪了他一眼,以一个富有特别意味的C形轨迹,绕过他那秋叶般颤动着的身躯,嘴角噙上冷笑,到那常春藤篱墙后面的小花园,找了个最僻静的角落坐定,恶意地揣测起他来。他是个离休干部?老知识分子?曾有保姆服侍他,可见经济条件不会差,可是却似乎从未见到过有老伴或儿女模样的人在他身边;是个鳏夫?无儿无女?说实在的,他活着有何意趣?他这样汲汲挚挚地,几乎是一天不停地,带着分明是虚妄的希望,哆哆嗦嗦地往前磨蹭,究竟能创造出什么生命价值?

但也就在那一天,失眠后,清夜扪心,我为傍晚时,在小花园里所暗中宣泄的那些个针对他的念头,而惭愧,而忏悔。我悟到,我们现在所置身的这个尘世中,浮躁的情绪极具传染性,无论是走当官的路,走发财的路,想成名,想成家,想得奖,想有车子房子……总而言之,本来利欲熏心已属可鄙,却还恨不得一蹴而就。我们崇尚的是直奔价值,是快步如飞,是无需踏破铁鞋,却能得来全不费工夫。我们津津乐道地传播"昨怜破袄寒,今嫌紫蟒长""一个点子挣百万""成功人士,尽情拥有"一类的当代童话,我们也总是尽量把自己和世界上最前沿、最新锐、最时髦的东西联系在一起,我们惧怕平凡,躲避常态,尤其鄙夷芸芸众生和攘攘人世;我们有时标榜"大隐隐于市",其实却在名利场上锱铢必较,座次必争……我在这种以"我们"引领,而将自身无形中淡化了的思路中,居然渐渐平静下来,结果后半夜睡得很踏实。

但那天以后我还是不大看得惯那老人冥顽不化的身影。我得承认,他终于有了进步,不知是哪一天,我忽然发现他不是使用双拐,而是只挂着一根拐杖了。但他挪动的速度仍极缓慢,充其量只能说是在寸移。确实,他颤颤悠悠,双腿有些弯曲,穿着运动鞋的脚板挪动时只能摩擦着地面,艰苦地往前略蹭进一寸,甚或还不足一寸;一只脚磨蹭完,另一只脚再狠命地跟进。去年夏天,某一个下午,我一出楼又看到他,戴着一顶长檐的、挺时髦的运动帽,身上咣荡着一件色彩鲜丽的T恤,照例不管我们这些快步如飞的人们又有些什么斩获什么损失,又经历了些什么升腾什么失落,管自沉浸在他个人的那个世界里,双腿有些个弯曲地,在那段有常春藤篱墙的人行道上寸移着,我注意到,他一向几乎没有表情的脸上——大概不是他不想有表情,而是他很难运动颜面上的表情肌——浮出了一个难得的,虽然是浅而又浅的,却又分分明明不会令人误会的,微笑。我在一瞥之中并且发现,他手中虽然还有拐杖,可是他却把拐杖握在右手中,使其悬了空;他是在不再凭借外力支撑的情况下,寸移着。我愣了一瞬,仅仅一瞬,便快步从他身边走过。我想感动,我的心却感动不起来。这回我不能再用"我们"说事了,我痛苦地自问:我为什么失却了在平凡的、常态的、含义单纯的事物面前心弦颤动的反应力?我的价值观和情感系统究竟出了什么问题?

去年深秋,有一回我注意到,他的寸移,仍需无时不刻地用拐杖支撑。虽说有"水滴石穿、绳锯木断"的格言,但他历经数年,却并不能创造出某种医学上的奇迹。我自己正处在哀乐中年,不可能总去注意他这样一个存在,有颇长一段时间,我对他又置若罔闻起来。

是昨天,一直处在暖冬状况的北京,终于大风降温,天色擦黑,我从外面回来,因为我们楼下的人行道上没有了别的行人,所以他的身影又很突出地落入了我的眼帘。我发现,他又架上了双拐,原来他不仅没有进步,反而大大地退步了。再一细看,他脖子上的围巾,原来想必是围得好好的,此刻又让西北风给刮得两端徒然地垂落在他身前,而他居然还企图挣扎着寸移!我走过去,帮他把围巾重新围牢,他的嘴唇没有蠕动,显然,他已无法以蠕动来表达谢意。我这许多年来头一回开口跟他讲话。我说:"您是不是住那边那个楼?我送您回去!您不要再这样了……"我试图搀扶着他,引他转过身子,这时,发生了我未曾预料到的事,他那残烛般的身躯,忽然迸发出一股强力,用他的右胳臂肘,将我往旁边一推,我退步,愣在那里,而他,不改其初衷,拼命地,全身颤动着,要恢复他那寸移的能力……

一股热波涌过我的心尖。我意识到,我灵魂中某种退化的因素,起码是往前寸移了……

1999年1月9日　绿叶居

颠 簸

G君来电话,说刚从美国飞回来。近二十年来他满世界飞来飞去,美国也不知去过多少回了,为何非来电话,仿佛报告一桩大事?又说想马上来我家,送我一样东西,我跟他说,老相识了,何必客套。况且从美国买回来的礼品,多半是 Made In China,很难令人惊喜。但他非要来,说见面细谈,于是就跟他约了时间。

G君算得是我的"发小"。我们同龄,在一条胡同里长大,读过同样的书,唱过同样的歌,喊过同样的口号,见识过同样的大场面,也有着近似的小悲欢。其实我们已经很多年只是春节前互相恭贺新禧,然后一年里相忘于江湖。我已经完全退休,他还当着一个并非虚设的顾问,这次又跑美国一趟,望七之人了,还作地行仙,实在佩服。

迎来G君,煮茗款待。他并没马上亮出给我的东西,我也懒得问那究竟是什么,且听他细说此次行程中的故事。

简而言之,G君搭乘美国西北航空公司的航班,从洛杉矶经东京回国,飞经太平洋上空时,遭遇了强烈紊乱的气流,飞机颠簸得非常厉害。他不知坐过多少次飞机,也曾遇到过种种不如意的状况,颠簸本是不稀奇的事,但这回的颠簸,一是严重程度超常,一是持续时间竟长达一个多小时!

　　G君坐在沙发上娓娓而谈。事已过去,有惊无险。他面部光润,发丝井然,衣履光鲜。显然,他知道我搞写作,最感兴趣的是细节,就把那飞机持续大颠簸期间的种种细节讲给我听。行李架嘎嘎作响,仿佛随时会解体。绝大多数旅客还算镇静,但个别旅客忍不住的惊叫,以及拼命压抑仍不免传出的绝望啜泣,使大体静默的机舱里的气氛更趋恐怖。空姐、空哥时时出动,来照料呕吐和痉挛的旅客,他注意到一位空姐的眼睛里也终于藏不住噩运压顶引出的凄惶。他旁边的旅客不住地翕动嘴唇祈祷。他自己呢,则双手紧握座椅扶手,一阵阵地紧闭上眼睛……

　　当然,我理解,那是一次生死交界线上的飞行。想必每个乘客都想到了那无法回避的字眼。我希望G君跟我讲讲他那一小时里的心路历程。他想到了夫人子女家事家产自不待言,但令他现在还感到惊异的是,在那些似碎片似旋涡并且时明时暗的思绪里,却始终贯穿着一个比较完整的意识,即使在飞机又猛地跌落、机舱里传来尖叫,意识猛地中断,一旦恢复了思绪,那前面的完整线索,就仿佛有游丝牵系,又生动地往下演绎……

　　他让我猜,当然猜不出。他说,他就总觉得,是跟我一起,在往北京王府井大街北侧的那条东西向的大街上走。那条街叫东华门外大街,相对而言,至今变化不算大,那条街上,当年有个集邮公司门市部,里面陈列着许多邮票样品,也出售各种邮票。他说又似梦境又极真实。似梦境,是浮现在他眼前的,分明是五十年前的街景和集邮公司内景,而跟年逾花甲的他并肩前往的,却分明是少年时代的我……

这让我听来确实怪异。不过回想起来，我们少年时代一起去集邮公司掏腾心爱的邮票，回到胡同里，我们互相去家里拜访，交换欣赏各自的集邮簿，以及为交换邮票而生出的兴奋与懊悔……那是怎样的天真时光！

他说，在飞机大颠簸中，他就想起，我们曾一起购得了一套当年匈牙利出的三角形体育邮票，一套是六张，而我那一套，因为不小心，失落了一张，心疼得流泪，也曾提出拿几套别的邮票换来他有的那张，他却不断提升条件，苛刻得我几乎把下唇咬破，终于还是没有成交……

他说，飞机大颠簸中，他立下誓言，只要活着，他就一定要把那张我当年缺失的邮票，给我送来。现在他就是送那张邮票来了。

往事已逾半个世纪。匈牙利早变了颜色，我早已不再集邮。可是，我望着那在生死门边颠簸出来的老邮票，忽然胸膛里有热涛澎湃……

2006 年

掐辫子

一对白领情侣长假携游,去到一处近年开发出的山野景点,见到瀑布深潭,她高兴得跳起来欢呼,山风掠过,将她草帽吹落潭中,她还没回过神来,他已经跃入潭中,捞起草帽,游回潭边,跃到岸上。她还没做出反应,周边的游客已经响起掌声。

他们躲到僻静处,他把上衣脱下,晾到灌木上。她说:"吓死我了。知道你要表达,可也犯不着这么冒险。"他说:"除了对你表达,其实,还有另外的内心秘密。"她狐疑了:"什么另外的秘密?"他告诉她,掉在潭里的,是草帽。草帽是用什么做的?麦秸。把麦秸用水泡过,然后用双手编成辫子,他们老家妇女几乎一年四季都会在做完别的活计后,来顺手干这个,叫作掐辫子,一挂辫子大约弯成五圈,近年来的收购价,是一挂一元钱,一个能干的妇女,一天掐辫子能出五六挂……她听到这儿放心了,明白他内心里,有区别于她这样的城里生城里长的人的眼光和心思。草帽对她来说,不过是一种便宜的遮阳物品,可是对他来说,是他到城里来上大学以前,奶奶、妈妈、姐姐们日常掐辫子变化成的产品。她引他聊得更多,他细细叙说。他告诉她,他们那个家乡,离交通枢纽远,历史上属于兵家必弃之地,如今则属于商家缓争之处,无山无水,开发不成旅游区,总之,那是一处平凡、平淡、平庸的所在。但是平实之地也有平安之福,城市化的浸润,离得还远,村庄虽然盖起了新房,却仍有古朴风貌,有人问城市膨胀耕地减少,为什么粮食还有得吃?他说,那就是因为还有他家乡那样的存在,每年还种大片的小麦,小麦收过种大片的玉米。而大田劳作之余,妇女们就维系着久远的传统,掐辫子。她在秋阳下听他讲家乡,心里仿佛陆续注入一缕一缕的光亮。他没想到她爱听这些。他进一步告诉她,他大学四年的费用,学费是爸爸供,生活费呢,全是奶奶、妈妈和姐姐掐辫子掐出来的。她把玩着那渐渐变干的草帽,忽然觉得,那是有生命的东西,她把草帽像宠物般拥在胸怀。

他们原来的计划,是顺那山谷跋涉到最深处,据说那谷端有更高更奇更美的瀑布,那里有开发出的农家院接待游客。但是,她提议改变行程,转而去他的老家,她说她想看掐辫子,甚至想学着掐辫子。他很高兴。他们交往并不久,这是他原来幻想过却不敢贸然提出的。是的,这个假期很长,他们完全来得及转换目的地。

她随他前往他的家乡。绝对距离并不远,却要先坐火车,慢车站票,熬过一夜,再换长途汽车,再换三轮摩托,车载的终点是一处大集,从那大集镇再徒步一小时,才到他家那个村子。确实无特点可言,就是不多的树,模样雷同的房舍。他把她引到自己家时,已经夕阳西下。一进院,不用他指点,她就看到好几个盆,有塑料盆、铝盆,还有一只陶盆,里面浸泡着大体等长的麦秸,散发出一种香臭之间的暧昧气息。他妈妈迎面出了屋,手臂上有几挂刚掐好的辫子,不是知道他们来了表示欢迎,她是地道的不速之客。他叫完"妈"就介绍说"这是我女朋友",她赶忙称呼"大妈"。进屋以后又见到他奶奶。姐姐已经出嫁，但就在邻村，他说明天或许就会回来见面。奶奶坐在那里掐辫子，弄明白她的身份后咧开只剩几颗残牙的嘴无声地笑了好久。她随即听见院子里鸡在拍翅狂叫，她到门边往外看，是大娘在抓鸡。那只母鸡显然一贯得宠，万没想到今天风云突变，因此拼力挣扎。他知道她的心思，怕她跑出去拦阻，就站到她身边轻轻搂住她的腰，但是她懂得，大妈听见儿子把她介绍出来时，并没有什么强烈的表情，但是此刻她那满院抓鸡的肢体语言，把她面对意外之喜的满腔热情表达得淋漓尽致，一个人对另一个人如此看重，并且以如此淳朴的形态表达出来，是她职场生活中不曾经历的。

晚饭后和大妈聊天，才知道如今四季都有人进村来收妇女们掐好的辫子，去做草帽。她发现东厢柴草间堆了不少废弃的辫子，大妈悄悄告诉她，那都是奶奶掐的，老人手劲不够，掐不出合格的了，可是，掐了一辈子，喜呀悲呀什么心思都掐进去了，所以不告诉人家不收，还由着老人掐……她意识到这里的妇女掐辫子其实更具有超出换钱的生命意蕴，眼睛潮湿了。

他的爸爸是兽医，那天到远村去服务，第二天一早才回来。她和他一起站在院门外，远远看到那乡村兽医骑着自行车从白杨树下过来，她忽然想大声召唤："爸爸！"

2010 年

胶　鞋

我妻吕晓歌2009年4月22日晚仙去。

我不能承认这个事实。我不能适应没有晓歌的世界。

一些亲友在劝我节哀的时候，也嘱我写出悼念晓歌的文字。最近一个时期，我写了不少祭奠性文章，忆丁玲，悼雷加，怀念孙轶青，颂扬林斤澜……敲击电脑键盘，文字自动下泄，丝丝缕缕感触，很快结茧，而胸臆中的升华，也很容易地就破茧而出，仿佛飞蛾展翅……但是，提笔想写写晓歌，却无论如何也无法理清心中乱麻，只觉得有无数往事纷至沓来、丛聚重叠，欲冲出心口，却形不成片言只语。

晓歌一生不曾有过任何功名。对于我和我的儿子儿媳，她是一个伟大的存在，但对于社会来说，她实在过于平凡。人们对悼念文字的兴趣，多半与被悼念者的公众性程度所牵引。晓歌的公众性几等于零。这也是她的福分。

王蒙从济南书市回到北京，从电子邮件中获得消息，立刻赶到我家，我扑到他肩上恸哭，他给予我兄长般的紧紧拥抱。维熙和紫兰伉俪来了，维熙兄递我一份手书慰问信，字字真切，句句浸心。燕祥兄来电话慈音暖魂。李黎从美国斯坦福发来诗一般的电子邮件。再复兄从美国科罗拉多来电赐予形而上的哲思。湛秋从悉尼送来长叹。我五本著作的法译本译者,也是挚友的戴鹤白君,说他们全家会去巴黎教堂为晓歌祈祷……他们都是公众人物,他们都接触过平凡的晓歌,他们都告诉我对晓歌的印象是纯洁、善良、正直、文雅。老友小孔小为及其儿子明明更撰来挽联:"荣辱不惊,风雨不悔,红尘修得三生幸;音容长在,世谊长存,青鸟衔来廿载情。"但是唯有我知道得太多太多,可我该如何诉说?

忘年交们,颐武、华栋、祝勇、小波和小何、李辉和应红……我让他们过些时再来,他们都以电子邮件表示会随叫随到。我知道我们大家都处在一个世态越见诡谲、歧见越发丛滋、人际难以始终的历史篇页中,但我坚信仍有某些最古朴最本真的因素把我们心灵中最柔软的部分粘合在一起。这个世界每天有多少人在死亡,但他们仍真诚地为一个平凡到极点的师母晓歌的仙去而吃惊,为夕阳西下的我的生理心理状态担忧,这该是我对这世界仍应感到不舍的牵系吧?

温榆斋那边的村友三儿从老远的村子赶到城里的绿叶居,一贯不善于以肢体语言交流的他,这次见到我就拉过我的双手,用他那粗大的手掌握了拍,拍了揉,揉了再握,憨憨地连连说:"这是怎么说的?"

和三儿对坐下来以后,我跟他说:"三儿,我想写写你婶,可就是没法下笔。"没想到他说:"就别写呗。"三儿告诉我:"我爹我妈特好,就跟你跟婶那么好。特好,就不用说什么话。"三儿爹妈相继去世十来年了。他说他还记得有一天的事情。那一年他大概十来岁,他妈给他爹刚做的一双新鞋,鞋底是用麻线在厚厚的布壳帛上纳成的,鞋面又黑又亮。那天晌午暴热,他爹光着膀子,穿条勉裆裤,系条青布腰带,穿着那双新鞋出门去了。忽然变了天,下起瓢泼大雨。他妈就叹气,那新鞋真没福气!过了一阵,他爹回家来了,浑身淋得落汤鸡一般。他爹光着脚,满脚趾渍着烂泥。新鞋呢?三儿妈和三儿都望着三儿爹。三儿爹身姿很奇怪。他两只胳膊紧紧压着胳肢窝,胳膊上的肌肉和胸脯子肉都鼓起老高绷得发硬。他也没说什么,三儿看出名堂来了,就过去,从爹胳肢窝里先一边再一边,取出了紧紧夹在那里面没有打湿的新布鞋来。三儿妈从三儿手里接过那双鞋,往炕底下一放,就跑过去捶了三儿爹脊背一下,接着就找毛巾给他擦满身雨水……

是呀,三儿爹和三儿妈,包括三儿,在那个场面里,甚至并没有一句语言,但是,那是多么真切的家庭之爱!

我听到此,强忍许久的泪水忽然泉涌。晓歌仙去后,我多次背诵唐朝元稹悼亡妻的《遣悲怀》,"昔日戏言身后意,今朝都到眼前来。""诚知此恨人人有,贫贱夫妻百事哀。""独坐悲君亦自悲,百年多是几多时!""唯将终夜长开眼,报答平生未展眉。"……越过千年,穿过三儿爹妈暴雨时的场景,直达我失去晓歌的心底深处,始信有些情愫确属永恒。

我要将关于我和晓歌共同生活岁月里的那些宝贵的东西,像三儿爹把三儿妈新鞋紧夹在腋下不使暴雨侵蚀一样珍藏。"就别写呗",我心如矿。

2009 年 5 月 11 日

寄 存

吃晚饭的时候,我最怕门铃和电话铃响,那回先是门铃响,我正攥了一个肉丸子放入口中,门铃忽然急促地响起,差点让我噎住。好在老伴去儿子儿媳妇家了,要是她在,会心软,尽管十二万分不乐意,总也会去到门边,隔门大声问"哪位",而且只要那声音听来和善,即使陌生人,她也会先开出一条缝儿。我的心比老伴至少要硬两倍,任凭那门铃声叮咚连响,且吃我的饭,反正我又没跟谁预约,是他干扰了我,我绝无接待义务,对不对?

门铃倒终于不响了,电话铃却又响了起来。我家的电话铃声设定为一种优雅舒缓的旋律,但不去接听,它竟来回来去地响个不停,听来虽然不扎耳锥心,也够让人腻烦的。我忽然想到,会不会是老伴在儿子家有什么急事,就搁下筷子,过去抓起话筒,里面立即出现了邻居小詹的声音,难道是他有什么紧急的事情要求助于我?我这么一问,他连说了一串"对对对对……",我就问他在哪儿给我挂电话呢?他说就在我家门外,我恍然大悟,刚才按门铃的就是他,按不开,所以再用手机呼唤我。

我们这几幢楼,原是行业内部的宿舍楼,十年前按优惠标准分别卖给了住户们,近年来可以上市交易,有的单元成了出租屋,有的已然卖出过户给跟我们这个行业了无关系的人士,因此邻居间越来越生疏。我原来就是个不善交际的人,楼里生面孔越来越多以后,点头打招呼的频率大减,乐得"老头拉胡琴——吱咕吱(自顾自)"。不过这小詹却是见面不仅要点头打招呼,还多少要添几句不咸不淡的话,那是因为,小詹的父母跟我在一个单位共事几十年,虽说始终没成为知心朋友,却也从未产生过什么过节儿。小詹是我眼看着长大的,他父母不幸在前些年相继亡故,他继承了父母那套挺宽敞的住房,前数年娶了个漂亮媳妇,又生出了个洋娃娃般的小公主,这两三年觉得他是名利双收,开着辆我也叫不出名儿的血红的小轿车,似乎比同楼的那些私车都显得档次高些。记得去年春节长假结束前一天,在楼下遇见他们一家三口从车里出来,说是刚从新马泰旅游回来,大包小包地提拎着,让我好羡慕,心里也暗暗为他那亡故的双亲欣慰。

小詹跟我住一幢楼,但不在一个单元门里,楼层也不一样。他从未来过我家,我当然更没去过他家。他怎么知道我家电话的?一定是从传达室那里问来的。我开门迎入了他,他灵巧地闪入,绕过餐桌,走到门厅深处,我请他坐到沙发上,他也不坐,只是叫我伯伯,说他要把一样东西寄存在我这里,过些天再来取,我这才注意到,他手里提着一个密码箱。

老伴回家来后,我把小詹寄存密码箱的事告诉给她,原以为她会把我严厉责备一番,没想到她比我更开通,说:"既然他解释了,已经买了新房子,正装修,这边的房子要卖掉,常会来看房子的人,所以把这么一箱子细软什么的暂存咱们家,我看也就别往歪处想他啦。他最近常到电视里当嘉宾,难道他这样的人会往咱们家藏匿毒品吗？他肯定是老早听他爹妈说过，遇上什么事，最可托付的就是你，这也算两代人的信任了。再说，咱们在这三楼里住了快三十年了，一次溜门撬锁没遇上过，咱们这样的有传统传达室的院子，比新近那些个有什么物业公司、穿制服的保安的商品楼盘严紧多了。怎么老同事儿子来寄存这么点东西，你就蝎蝎螫螫的，哪儿还像条男子汉！"

两个多月过去，总没遇见过小詹那辆血红的小轿车，也没遇见过他们家的人，他也没来过电话，那只密码箱在我家隐蔽处秋毫无犯，但电视节目里又见到他当嘉宾，侃侃而谈，我当然也就绝不为寄存一事蝎蝎螫螫。

万没想到的是，前两天老伴又去儿子家了，我吃完晚饭，刚收拾完，门铃响了，我想了想，就去开门。门外是个女士，刚开始没看清楚，后来发现不是别人，就是小詹的媳妇，忙把她请进来，让座，倒茶。她刚坐定，就开门见山地问，詹某人是否在我这里寄存了东西？我望着她那双纹过的眉毛和拉过双眼皮的眼睛，觉得心里发堵。她似乎看出了我的疑惑和反感，莞尔一笑，开诚布公地宣布："我正跟他进行离婚前的财产分割，他很不老实，隐瞒了他工资以外的收入，他跟我结婚时，并没有就财产问题签下任何协议，因此婚后双方财产共享，哼，他以为他那些稿费、版税、劳务费什么的可以瞒天过海藏匿起来，我现在把绝大部分付款底子都找到复印了，他必须把这些款项分一半给我！"

我反胃、恶心，就说："您闹离婚，闹到我家来了！我跟你们的事有什么关系？"

那女士脸上漾出一个得意的笑容，告诉我："他在您家寄存了一只密码箱。那可是我们必须分割的财产,您要是单只交给他,而被他再次转移藏匿,那我可要在诉讼里把您作为第二被告的!您要一直保留到法院派人来取才能交出。"

我大声抗议:"岂有此理!我根本就没见过什么密码箱!"

她站起来告辞,笑吟吟地说:"老伯伯,您怎么连这个也不知道:现在是有私家侦探的啊,我雇的那个,水平就是高!"

她怎么消失的,我也弄不清,只记得老伴回来往我嘴里塞药片时,我惊惊咋咋地问她:"你进咱们楼……甩没甩掉……尾巴?"

2005 年

手捻陀螺

别墅女主人为了某种考虑,要把女儿的钢琴从一楼挪到三楼去。女主人早就知道,有"要想平安换琴房,必得请来钢琴梁"一说,钢琴梁是个搬运工,起先受雇于一家搬家公司,他五短身材,膀大腰圆,络腮胡子,超厚嘴唇,堪称大力士,遇到钢琴,总是以他为主,带着另外三四位师傅一起搬运,从未有过闪失,有了口碑后,就脱离那家搬运公司,自己注册了一家专门挪移钢琴的小公司。

那富家太太打通了钢琴梁电话,约第二天来,钢琴梁提出,他儿子这几天放假,媳妇在超市上班,怕他也走了,孩子在租借房那边乱跑,因此,他带三个师傅来的同时,还想捎上他的儿子梁勇,希望能给他儿子提供一个做作业的地方。富家太太问他儿子多大,原来,跟她宝贝女儿一边大,都上小学五年级,就爽快地同意了。

那天钢琴梁带着三位师傅来了,富家太太忘了那孩子的名字,就笑称他钢琴小梁,又唤过女儿薇薇,安排在一楼大客厅落地窗旁的麻将桌那里写作业。

那边富太太给钢琴梁提要求,钢琴梁拿出卷尺,量楼梯的尺寸,拐弯的地方,量了好几次,精确到微米,量完直嘬牙花子,甚至提出:"您干嘛非挪楼上去呢?"富太太也不解释,只表示她会多给劳务费。

这边钢琴小梁和薇薇坐在麻将桌边,各自摊开自己的课本作业本,钢琴小梁认真地做算术题,薇薇却尖着耳朵听那边的动静,生怕她妈妈改主意,冲那边大声嚷:"就搬楼上!就要搬嘛!"她想的是,这一搬,还得请调琴师再调音,也还要再调整从音乐学院特聘的钢琴老师来家教的时间,她可以松快好几天了,啊呀,夜里做梦该不再有那些钢琴谱上的"蝌蚪"乱蹦乱跳变成癞蛤蟆的怕人情景了!

薇薇问钢琴小梁上的哪个学校,小梁道出那借读学校的名字,薇薇撇嘴:"连区重点都不是呢!"就告诉小梁自己上的是什么名牌学校,每天有雇的司机接送,那车可是宾利啊,听说过吗?小梁不懂什么是宾利,但是也很自豪,他指指窗外:"我爸新买的!"那是一辆国产小面包,薇薇笑了:"那也算是车?"做完三道题,小梁说:"我要玩玩了。"薇薇说:"好呀!我们地下室有游泳池,你想游吗?"小梁说:"爸爸定的规矩,我做完三道题,可以轻松三分钟。"就从衣兜里掏出个木头削的手捻陀螺,在那麻将桌上玩了起来,薇薇也玩,总不能让陀螺久转,就愤愤地问:"你会弹钢琴吗?"小梁摇头,薇薇用手指划脸皮:"还钢琴小梁呢!叫你琴盲小梁还差不离!"这时候就听楼梯那边有钢琴梁号令另外三位师傅的声音,小梁就说:"你家这台琴是奥地利生产的贝森朵夫吧?比德国产的施坦威还贵还重。"薇薇双手一拍:"哇噻,你懂钢琴啊!"

那天那时候,薇薇的爷爷先坐在客厅沙发上打瞌睡,后来醒了,招呼薇薇:"宝贝儿,我的报纸呢?"薇薇很不耐烦:"不就在茶几上吗?"小梁就过去,从茶几上拿起报纸,双手递过去:"爷爷,您看报。"薇薇爷爷接过去,惊讶地望着他,问:"你是哪家的孩子?"薇薇就大声说:"他是钢琴小梁!"薇薇又告诉他:"爷爷平时不住在这儿,他自己也有大单元。他要过生日了,多少岁呀?你猜。"小梁问:"爷爷过生日,你送他什么礼物呀?"薇薇说:"我画张画儿送他,他准特别高兴。"小梁说:"我爸下月过生日,我要买个钥匙链送他。现在保密呢。"薇薇说:"买什么呀!我有好多钥匙链,外国的,我去拿一堆来,你随便挑。"小梁说:"我拣饮料瓶卖废品,攒十来块了。我要买个他最喜欢的。"后来他们又写作业,又玩陀螺。

  钢琴挪窝成功了。那辆小面包车开走了,富太太发现薇薇手里捏着个东西,忙问:"那是什么脏东西?扔了洗手去!"那是钢琴小梁送给她的,钢琴梁亲手雕出来的陀螺。薇薇把紧握陀螺的手藏到身后,宣布:"我要跟钢琴小梁做朋友。我会邀请他再来跟我一起做作业!"富太太两条眉毛快飞出脑门,张开嘴巴半天合不拢。

2014 年

藤萝花饼

街口新开了家小食品商店，最显眼的标志是门口的大冷柜，柜面上彩绘着厂家的图徽字号。店主是下岗的小汪，我们在他下岗前就有来往。他爱人桂珍还在公共汽车上当售票员，倒休时跟他一起照应生意。我傍晚散步有时拐到他们店里，如果正遇到中小学生放学，买冷食的多，我就给他们搭搭手，他们收钱，我出货。如果生意清淡，我就跟他们聊聊天。我去了，他们总要请我吃冷食，我总是坚拒。我说："你们小本生意，挣点钱不容易，朋友熟人来了，你们这个请一份冰激凌，那个请一瓶冰茶，还有什么赚头？"可是，任我不吃，每回见我去了，仿佛条件反射，小汪头一句总是："刘叔，来份什么？"倘若桂珍也在，她会更加热情，有一回就拿出一种江米红枣粽的冰糕，打开包装，直伸到我鼻子前，说："这个你一定喜欢！"我退后半步，依然没接，她就自己吃了，边吃边跟我透露，他们卖这些冷食，利还是颇丰的，每月除去交税、电费及合理损耗，他们这小店的收益，足以使他们过一种自得其乐的生活。难怪他们见朋友熟人来了，总愿那么慷慨招待，而一些朋友熟人，也就很自然地接过他们递上的冷食。

前两天我又散步到他们小店，那天奇热，傍晚时还觉得鼻息如蒸。我去了，他们小两口都在。生意热闹了一阵，天光敛去后也就清静下来。我们说说笑笑一阵,相处得跟往常一样融洽。但当我告辞,走在回家的路上时,心里却滋生出一种失落感,那感觉还挺迅速地在我胸臆里膨胀。我失落了什么?这一回,他们两个见了我,谁都没有了请我吃冷食的话。我在小店待了至少有四十分钟,而且这回我口干喉燥,很想用冷食润一润。我身边就是装满冷食的冰柜,里面有那么多可供选择的品种,但我与那些美味之间却隔着一道无形而坚韧的屏障,那屏障是以我的一贯坚拒他们的好意,以及我从不在他们那里买东西(因为如果我说要买他们一定不会收我的钱),也就是我自以为是的想法,而形成的;看来他们也终于接受了那道屏障。

当我接近自己家门的时候,我才深刻地意识到,每回小汪与桂珍那真心请我品尝冷食的举动,我的心灵在默默地领受中习惯了,麻木了,甚至转而轻视乃至鄙夷了。现在他们"知趣",自动中止了那一份虽然极为世俗却也极为真挚的友情表达,我却一下子承受不住了!

我常常沉浸在自我肯定的情绪中,总觉得在这个有着那么触目惊心的腐败现象的世道里,我即使不能自诩高尚,也总算得是个雅人吧。我还有些超功利的人际交往,不是吗?那天,我给很久没有联络的、退休的朋友,去了个电话,说想找他"臭聊"一通,他热情地欢迎我去,我去了,我们聊得欢天喜地,他留饭,我也不客气,吃了他老伴做的极可口的打卤面以后,他老伴又搬来一个"黑森林"蛋糕,我不禁脱口问道:"咦,今天谁的生日?"我那问话竟如雷击一般,使他和他老伴悚然相视,随即好几分钟默然。告辞离去后,我在街头迎风闷走。朋友以为我记得他的生日,才在那天去他那里叙旧,而我,不过是为了给忙中偷闲的自己,临时寻觅一个温馨静

285

谧的港湾,小作休憩。

昨天傍晚忽然门铃响,从猫眼望出去,依稀辨认出是很久没见过的,原来住杂院时的一个街坊,他来做什么?把门打开,那中年人对我说:"母亲让我一定要给您送两个来……"递过一个"便当盒",我把他请进屋,让他坐下,喝茶细道端详。他母亲,我唤作高大娘的,九十三岁了,现在住进医院,恐怕是难以回家了。高大娘家门前,有一架紫藤,每到夏初,紫藤盛开时,她就会捋下一些紫藤花,精心制作出一批藤萝花饼,分送院内邻居。当年我是最馋那饼的,高大娘在小厨房里烘制时,我会久久地守在一旁,头一锅饼出来,她便会立即取出一个,放在碟子里给我,笑眯眯地说:"先吹吹,别烫了嘴!"现在高大娘在人生最后一段途程里,提出想吃藤萝花饼,晚辈已经不会她那手艺了,现在的做法,不过是把藤萝花裹上面粉,用油炸一下罢了,但给她送去以后,她非常高兴,回光返照中,脸颊像玫瑰般艳丽,尝了几口以后,她便想起了我,立刻嘱咐她老二把一些藤萝花饼——其实已经不是饼,而要称为"藤萝傀儡"——给我送来。说实在的,我已经多年没有过问高大娘的死活,然而,她却还记得我,在她生命的最后时刻,仍要与我分享那藤萝花制品的美味……

我没有对来客说更多的感谢话,我看出那老二只是急着完成母亲布置的这项任务,心里并不怎么太理解高大娘的情愫。送走了高家老二,我独自坐在餐桌边,望着那些"藤萝傀儡",心中旋动着难以名状的感动。生在这个世界,活在这样世道,有一种更高更美,属于永恒的境界,需要我不懈地去修理、提升自己的灵魂!

2000 年

早场电影

我上初中时，每逢星期天，学校总组织大家看早场电影，新片要交一毛五分钱，复映片只需交一毛。我是每回必看的。看完电影，第二天中午在教室吃带去的盒饭时，我还特别爱复述电影里的故事，如果看的是打仗的片子，则会边讲边用手比成机关枪，一阵抖动，嘴里嗒嗒嗒发出密集的"枪声"，有时还会模仿片子里坏蛋中弹歪倒的神情……可是大多数同学也都看过那电影，对我的复述模仿不以为然，只有大牛听得津津有味，我也就更多地讲给他听。

我比同班大多数同学小两岁，大牛比同班大多数同学大两岁，所以他跟我站到一块，实在不像是同班同学。我这人发育上滞后，上初中时还是小头小脑的，用四川话说是还没有"长登"，大牛却已是人高马大，同学们有时叫他"牛大块"，我刚从四川到北京时不懂"大块"是什么意思，后来才明白是形容人胸肌发达。大牛的块头似乎并不是体育锻炼铸就的，他家境贫窘，每到寒暑假，他都到建筑工地上当小工，挣来的钱，用来交学杂费和买课本、文具。有同学星期天看见过，他拉着一个自制的小轱辘车，到城根去捡别人丢弃的白菜帮子，弄回家煮菜下饭，星期天的早场电影，他自然从来不看。他既没看，爱听我讲，我也乐得给他细细道来，这样，我们俩的关系，也便密切起来。

我在家里，跟妈妈说起学校里的事，有时便会提及大牛，讥笑他居然连早场电影也看不起，还给家里捡白菜帮吃，妈妈起初只是正告我：不能讥笑家境比自己贫困的同学！后来有一回，我自己的课本弄丢了，把大牛的课本借回家来用，被妈妈看见，她吃了一惊，因为大牛为珍惜那得来不易的课本，用捡来的硬纸壳，将那课本精心地改制为了精装，翻开里面，绝无乱涂乱划的痕迹，妈妈便对我说，应当向大牛这种精神学习！并说我和大牛在一起，她是放心的。

一次班上文娱委员又收敛早场电影费，我竟破例没交，被大牛发现，放学后他便问我为什么这回不看，我向他坦白：我把向妈妈要来的电影票钱，用去吃了一碗炒肝。那家卖炒肝的小铺子刚在我们学校胡同外开张，我实在经不住那香味的诱惑。我妈妈是最恨我花钱乱吃零食的，所以，我不能跟她说实话，当然更不能再问她要买电影票的钱。大牛听了，闷闷不乐。

可是临到星期六放学时，大牛告诉我，他这回要看早场电影，并且还给我也买了一张票。这可把我高兴坏了！我们俩约好，星期天一早，我去他家找他，再一起去电影院看电影。大牛家在我家与电影院之间，而且从我家到他家那段路相对还要长些，总得走个二十多分钟。星期天一大早，我匆匆出了家门，刚拐出胡同，忽见蒙蒙的冬雾里，凸现出大牛的身影，原来他迎我来了！我俩高兴地会合，有说有笑地踏着人行道上的残雪，朝电影院而去。一路上车少人稀，到了电影院，人家还没开大门呢……

那天看完早场电影，我还想约大牛去什刹海的冰上跑跑，可是他不能去，他这才告诉我，买电影票的三毛钱，他是预支的，他马上得去城根的一处工地铲沙子，人家答应他，干足六个小时算三毛钱的工钱。

　　这事过去有四十多年了。初中毕业后我继续在城里上高中，大牛去石景山钢铁厂当了学徒工，那时没有地铁，石景山对城里人来说是个很远的地方，我们竟从此失去了联系。前天我路过那座原来常去看早场电影的建筑，它现在已经变成了一个名字古怪的家具城，忽然一阵甜蜜和惆怅的情绪交融在我的心臆。在岁月嬗递中我失去了什么？积淀下了什么？……难忘的早场电影呓！

1997年

第八棵馒头柳

丈夫是搞地质的,出差是家常便饭,总是背袋一背就走了,她从来不送。丈夫下楼出门也从不回头张望。

这回丈夫又走了。门在丈夫背后撞上时,她正站在饭桌边收拾碗盘,一副若无其事的表情。但门撞上以后,她却撂下手里的东西,去往阳台。她站在阳台上朝下望。阳台下面是马路,马路边上栽着一排馒头柳。馒头柳的树冠又大又绿,从楼上俯瞰下去并不像馒头而像帐篷。她习惯地朝阳台下往东数第八棵馒头柳那里望去。她等待着,她知道,再过五六分钟,丈夫的身影将在那馒头柳下出现。他们这幢楼的楼门开在没有阳台的一面,从楼门出去绕出楼区前往地铁入口,必从第八棵馒头柳那儿经过,然后便被一座治安岗亭遮住视线。每次她总是欣慰地在预计的时间里预计的位置望见丈夫宽厚的背影,特别是那只经丈夫设计由她改制的帆布旅行背包,她总默默地对着那脊背那背包送去她的祝福。但她从未向丈夫吐露过这隐秘的一幕,连儿子也全然未曾察觉过。

这天她习惯性地去往阳台一站,却忽然不习惯起来,因为丈夫的背影迟迟没有出现。他必得去乘坐地铁直往北京站,不可能改往别的方向;怎么第八棵馒头柳下不见他的踪影?惶急中她痛切地意识到,这往常短暂而稳拿的一瞥于她有多么重要!

她忍不住跑往楼下。楼门口空空荡荡。她不知不觉地来到第八棵馒头柳下,朝四面张望着。难道他钻到地底下或飞到天上去了?真不可思议。她差一点跑进治安岗亭去报失。回到楼上家中时儿子来跟她说什么她没听见,却听见了街上急救车呜哇呜哇的由远及近又由近及远的声响,她无端地朝儿子发了火,心里堵着一块鹅卵石。

接连好几天她都无精打采。她一忽儿暗自取笑自己,一忽儿又从逻辑推理上断定情况的不正常。终于,有天晚上她接到了他从很远的地方打来的电话,她情不自禁地说:"你哪儿去了你?你急死我了!"丈夫莫名其妙,于是她便向他倾诉了一切,她怎样每次分别时都表面上若无其事,而每次却都要跑到阳台上去望他的背影,在那第八棵馒头柳下……电话那边沉默了一会儿,然后是丈夫深受感动的声音:"傻女子!那天我刚一出门就遇上了咱们楼老王,他们单位的车正好接他去火车站,我就蹭了他的油,你真是死心眼儿……不过,我知道那棵馒头柳,对,第八棵馒头柳,你知道吗?每次我出差回去,你别看我进门的时候没事人儿似的,其实,我一走到那棵馒头柳下,就忍不住抬头望咱们家的阳台,咱们家的窗户,有时一站好几分钟,特别是晚上,那一窗灯火,让我心里头好爱你们!……"

撂下电话,她才发现儿子站在面前。儿子正问她:"妈,您干吗抹眼泪儿?"

1990 年

一刻钟

下午三点多,忽然接到尼娜电话,问能不能来我家"打扰一下"?虽然吃惊,还是接纳。

尼娜是她在公司的"叫名",真名是王爱红,她的父亲是我中学同窗,比我大一岁,我和王兄穿越历史烟尘一直保持联系,我是看着尼娜长大的。尼娜从美国留学回来,在一家美国金融机构做事,前年已获中层职衔。偶尔应邀去尼娜家与王兄晤面,开始我也并不多想,但,"老弟,你看京城的万家灯火!"在他们家客厅落地窗前,王兄一拍我的肩膀,我就禁不住有些惭愧了,自己的儿子不过是介乎白领、蓝领之间的打工仔,哪能提供这种"法式情调、英式管理"的空间来让我独自待客!不过回到自己家里,也就自劝:人各有运,知足长乐,他们过得固然极好,我也并不糟,祝福他们,也祝福自己。

尼娜飘然而至。"你要出远门?"她是跟名牌拉箱一起进屋的,我不由得如此发问。还不止拉箱,她还提着一个大纸袋,那样的纸袋本是装名牌服装的,现在鼓鼓囊囊似乎乱塞着一些零碎的物品。"叔叔,我不出门,我一会儿回家去。我想求您——这些东西暂存您家。"我莫名其妙,她却又说:"我先用一下您家卫生间好吗?"当然可以,她匆匆进了卫生间,那临时搁在我家茶几边的纸袋歪倒了,里面有东西滑落出来,我拾起两个小镜框,一个里面是她妈妈的照片,想到王嫂去年仙逝,我一叹;一个里面是尼娜和儿子佳佳的照片,为什么她这个年龄段的白领丽人,多有像她这样成为"单亲母亲"的呢?再一叹。又拾起一个银制小奖杯,上面錾着英文,应该是他们公司为表彰她的业绩颁给她的。我把滑落的东西往纸袋里放妥,尼娜从卫生间出来,又问:"能不能喝杯热茶?"我知道她是习惯喝咖啡的,就说:"我这里虽然没有现磨的喷雾咖啡,不过速溶的品牌是靠得住的……"我一边冲咖啡一边问她:"怎么回事?"她把自己身体抛进沙发,双手拢拢头发,简捷地说:"我刚经历了人生中最恐怖的一刻钟!"

原来,他们那家公司,全球同步裁员,尼娜两点一刻接到通知:她被裁了。当时她还正忙着。也用不着她跟谁交接,公司规定,自接到裁员通知后,一刻钟内必须撤离。她想用座机往外打个电话,她那架电话已经撤销;想再用电脑发封"伊妹儿",局域网已经不允许她进入;她赶紧收拾私人用品离开办公区;到了走廊,想进入茶水间喝杯咖啡放松一下,发现自己手里的钥匙卡已经无法开启那门;想进入卫生间,也一样;到前台,交回钥匙卡,从此她再也无法进入几年来所熟悉的空间了……"这太不人道了啊!"针对我的说法,她惨然一笑:"很人道的,我看见医务室的门大开,很显然是为了及时救助无法承受这一刻钟的被裁人士,路过那里我没有停步,但一瞥之间,看见高大的姜森——他比我高一级,金发碧眼,平时很威严,正在那里面一张躺椅上抽泣,周围两个医生也不知是在进行药物治疗还是心理干预……"

我不知道该如何安慰尼娜。但她喝了几口热咖啡后,镇定下来,冷静地对我说:"尽管我们早知道公司会有裁员的大动作,也知道所谓'一刻钟撤离'的游戏规则,不过事到临头,还是有些发憷。"我问:"你下一步怎么办?"她一时沉吟不答,我就说:"如果你有困难,叔叔虽然不特别富裕,总还能……"她没等我说完,抬起头,笑了:"我们这种人,遇到的问题,不是没饭吃,而是今后能不能换个小碗吃饭,可是,一旦过惯了这样的生活,放下身段来,那不是一桩简单的事!"她告诉我,公司裁员,按合同,会给她这样级别的雇员一定的补偿,但是,"别的不算,光我那房子的月供,一个月就得两万……把大房子换小,从技术上来说是一个系统工程,从心理上说,纵使我承受得了,老爸现在住我那儿,他能马上接受这样的事实吗?他能接受了,佳佳呢?原来开福特接他,他都觉得'没面',现在如果把本田再换成福特甚至QQ,不敢想!我只能缓冲一下,把这些东西暂存您这儿,起码一周之内,天天还开车离家做上班状!"

尼娜告别后,我想,于她那样的人士而言,人生中的这一刻钟,是既狼狈而又宝贵的,一切在于今后能不能给生活以更朴实的定位。

2008 年

野薄荷

佛寺旁院,是旅店最幽静的部分。团体包房,喜欢在寺外阳坡的新楼里;一般散客,也多嫌古老僧舍改造的客房有潮气。我却觉得那古院巨松、瓦房游廊别具魅力,选择了其中一间东厢房,住进去整理书稿。除了周末,那院里住客寥落,有时候就只有我一位。

院里不仅有三株冲天油松,正房前的两棵西府海棠枝叶垂地,令人联想到古代的青庐——初秋当然无花可赏,但点缀着玉黄色小果的茂密绿叶,风姿不让春葩。南墙两侧则是几丛翠竹。南墙外还有个套院,小小石桥跨过小小眼镜湖,湖里睡莲开紫花,有小小的锦鲤在绿波下摆尾游弋。湖边有多种树木,最显眼的是高高的柿树,结出的高庄柿子太多,啪嗒,会眼见着金黄的柿子落地,我认为是树枝不耐负重故意抖落。

摆弄电脑里文稿累了,到院里散步,是最惬意的时光。翘起大尾巴的黑松鼠像表演杂技,瞬间就从油松枝上游梭到竹丛又跃向另一株油松高处,速度赛过刘翔。总有野鸽子咕咕叫,觉得就在身边,但寻觅其身影洵非易事,倒是黑白花和灰蓝色的喜鹊极其大方,时时在身边低飞,还喳喳不停,仿佛在讥笑我是"抠门儿大仙",居然不给他们准备零食,我也曾抛撒些面包屑,它们根本不感兴趣,可我又哪里能给他们找到比院里自然存在的虫子更香的东西呢?

住到第三天,一大觉醒来,忽然窗外人声刺耳——说不上是喧哗,实在令人怪讶。且不洗漱,出门观望,大惑不解——七八个师傅在蹲着铲地皮。那院子铺敷了十字形带花边的石砌通道,通道切割出的有树木竹丛的地面,原来生长着自然地衣,大体是蛇莓和野薄荷,望去如茵,嗅有淡香,铲掉它们作甚?干活的师傅们外地口音,边干活边聊他们的家常,领工的是本地人,沏瓶热茶坐在石桌边的石绣墩上,耐心地跟我解释,说是旅店新的规划,树下绿地一律要改成统一的冬不枯草皮。

地表绿化也非要公式化么?那新楼外面的绿地铺冬不枯草皮,与不锈钢的抽象派雕塑倒是般配,这幽僻古院,就任蛇莓野薄荷春绿冬枯有何不可呢?我正喟叹间,师傅们铲下的植物已经堆成一垛,而运进来的以工业化方式批量生产的草皮,也一卷卷地堆成了垛,他们是流水作业,这边铲那边铺,里外院的绿地改造,一天就完工了。

我从未及运走当作垃圾扔掉的杂草里,挑出了几茎还颇完好的野薄荷,布满细绒毛的多齿叶片,还有茎端那爆裂为无数鳞片的淡蓝泛粉的小小柱形花,仿佛都在微微喘息。我从卫生间取出一只本来为住客漱口准备的玻璃杯,插上那野薄荷,搁在了电脑边。

又过了两天,敲着电脑,一瞥之中,忽然奇怪,那野薄荷怎么竟不枯萎呢?细观察,发现眼前的,已经不是那天拾来的——恍然大悟,敢情是收拾客房的服务员代为插入的!

旅店客房大体实行背靠背服务,一般都是我出院去新楼餐厅吃饭时,回来屋子就清理好了。那天我故意回来得早些,于是遇上了服务员。其实初入住也见过,交谈过几句,知道这小院是两个人轮值,白天是女服务员,晚上是男服务员。我问还没清理完房间的女服务员:"野薄荷是您每天为我换的吗?"她点头。又问:"院里的都铲掉了呀,您从哪儿采来的呢?"她答:"外院墙角太湖石边还有不少,他们网开一面。"我跟她道谢,这才看清她的面貌,眼睛细长,牙齿不齐,难称美丽,但嘴角的微笑很真诚。我跟她说:"我是不赞成铲掉自然地衣的。何必全弄成一个样子呢?"她就说:"是呀。有差别才有意思啊!"顺便指指给我换上的两只外表一样的热水瓶:"这只到明天早上还热,那只到晚上就温了,它们性格不同,您要热要温,可以区别对待。"不多的话语,令我对她刮目相看。

她每天为我电脑旁的玻璃杯里换野薄荷——这应该算一项额外的服务,我觉得她似乎知道我是谁,但她绝不问我什么,我呢,心里泛起许多揣测:她也许具有大学本科学历,却偏选择了这样一个工作,甚或是为了忘却什么重塑什么,但我也坚持绝不向她打探。

预定住一个月,到二十天的时候因故撤离,退房前我去她所在的那间悬挂着"服务台"牌子的屋里,想跟她一总地道个谢。她不在,我却惊讶地发现,柜台上扣放着一本显然是她抽空就读几页的书——普鲁斯特的《追忆逝水年华》。

回到家里,打开电脑,有股野薄荷的气息,刷新着我的思维。

2008 年

小圆拢子

我家暖气管漏水。给物业打电话,很快秦师傅就来给修理。修理起来挺麻烦。我给他倒好热茶,就去继续忙自己的事。需要把一篇材料打印出来,可是,打到一半,墨盒没墨了。我就去跟秦师傅说,要出去一趟,去给墨盒充墨,小区外头超市里就有这个业务,很方便,我顶多半拉钟头就回来。秦师傅听明白后,先问我,能不能等他修理好以后,我再去给墨盒充墨?我就说等不及。他就说:"您家现在就您一个人,您走了,我待在这里不合适,要不,咱们一起出去,您锁上门,我在您家单元门外等您回来。"我笑说:"秦师傅,您在物业这么久了,我家麻烦您也不止一回了,我信得过您。"说着,我就拿着墨盒出了家门,秦师傅还是跟着我出来了,还让我把门锁好,我就说:"你这人怎么这么矫情?"也没把门合上,就往楼下走。没想到先听到哐当一声响,紧接着是秦师傅追着往我耳朵里灌过来的话音:"我把您家的防盗门撞上了啊!"我也没回头,没给他个回应,只在心里说:"人与人之间,建立起真正信任的关系,怎么那么难啊!"

灌完墨盒回来,只见秦师傅倚在我家单元门外的楼梯栏杆上,两手指头交错,搬动得骨节咔啦咔啦响。我用钥匙打开防盗门,责备他说:"你撞门之前,也不问问我带没带钥匙,要是我没带,你现在还得帮我去联系开锁公司,那手续有多麻烦!"他淡淡一笑,随我进了屋。我去安装好墨盒,继续打印材料。

我把自己的事忙完了,秦师傅的活儿还没收尾,我就走过去给他换热茶,跟他说话。我帮他解释说:"是了,是了,电视里的法制节目,天天讲些刑事案件,你是让我提高警惕。虽然你是好人,可是照我这么松心,指不定哪天就会碰上个坏蛋,吃个大亏。"

秦师傅干完了活,坐下来喝茶,跟我聊天。他说,想给我讲个他小时候经历的事情。那太好了,我迫切希望听取。他就说,那还是他上小学三年级的时候,班主任是个女的,那时候挺年轻,住在学校宿舍里,有一套理发的工具,义务给班上的学生理发,当然,不是所有的同学都去找她理发,但是,像他那样家里经济上不富裕的孩子,每隔一段时间,就会去求她给理发。后来,村里大多数人家都脱贫了,同学们也逐渐习惯花钱理发了,只有他和另外少数几个学生,上到五年级了,那女老师也不再是自己那个班的班主任了,还去让她理发。有一天,他又去麻烦她理发,那天,老师最后用一个小圆拢子——南方人叫梳子,北方叫拢子——给他梳顺头发,那时候他们那个村子刚刚开化,那样半透明的、红得跟红萝卜红樱桃西红柿都不一样的、怪怪的圆圆的立体塑料拢子,让他大开眼界,以至老师给他梳过一遍以后,他求老师再给他梳一遍,老师就再梳,他就快活得咯咯地笑个不停。

第二天发生了一件事。那老师找到他问,是不是拿了那个小圆拢子?老师的表情,现在想起来,很柔和,似乎即使是他偷拿了,只要承认,还回去,也就算了。他说没拿。老师也就没有再盘问。过了许多天,他的头发又长又乱。他妈妈问他:你们老师,不给你理发了吗？他唔了一声。妈妈就说，也是，现在咱们理得起发了；就给了他钱，让他去理发馆理发。他拿了钱，并没去理发馆。于是有一天，那女老师在操场边上叫住他——那时候那老师已经并不教他所在的那一班的课了——问他：你怎么不找我理发呀？他嘴上说：不用了，我妈说我该花钱去理发了；心里却在嘀咕：我还能去吗？赶明儿您理发推子没了，也来问我吗？……

听到这里，我说好啦好啦，帮你往下讲吧，又过了些时候，那女老师自己把那小圆拢子找着啦，后来她遇见你，就主动跟你报告了这个喜剧的结局，对吧？

秦师傅说，不对。他告诉我，那女老师，后来结婚，搬出学校去住了。等他上初一的时候，那个女老师，已经跟她的丈夫，到外省去了。他后来听说，那个小圆拢子，是那女老师的丈夫，当年追求她的时候，送给她的一件礼物。后来大家的生活都多少有一些个提高，塑料立体拢子，算得上什么稀罕玩意儿呢？就是他家，后来也拆了旧房子，盖起两层的小楼来。村里现在多数人家都住上了那样的小楼。拆旧房子的时候，也必然要淘汰一批旧家具。说到这里，秦师傅问我，能不能抽支烟？我说可以。他吸了几口烟后，告诉我，就在他家淘汰旧家具的时候——那时候他已经即将初中毕业，他惊讶地发现，在他家一只破旧的木板箱里，出现了那个小圆拢子，红得奇怪的，半透明的，塑料立体拢子……

惊心动魄。这是我当时的感受。

秦师傅告别许久了，我还默坐在那里沉思：诚信，人性，防范，契约……

2006 年

金鱼和虾

盘盘和爸爸聊天的时候不多。那天不知怎么的,聊起生病住院的事情了。盘盘说,净在电影电视上见着病房,什么时候自己也住回院,亲友同学都拿着鲜花提着蛋糕来慰问,那多好玩儿!

爸爸就说,不生病不住院,是大福气啊。能往病房里瞎送花吗?花会携带病菌,像你奶奶当年住院,因为哮喘,不但病房里不能放花,就是走廊里也禁止进花。再说蛋糕,你当住院是过生日哩,尤其奶油巧克力的蛋糕,病人是不适宜吃的。

盘盘出生前,奶奶就过世了。爸爸讲起奶奶住院的情况,是住在一个双人间里。奶奶就是一个农民。但是因为你表叔在那医院工作,住院部的那层楼,病房都是八人间,只有走廊尽头有两个小间,也属于普通病房,但是难得住进那里头。除了你奶奶,另一个病人,是个女青年。我当然常去照看你奶奶。那女青年呢,是她妈妈照顾她。她妈妈姓汤,跟你奶奶很说得来,我管她叫汤姨。那女青年可能不姓汤,但是,我从没见她爸爸露面,我跟汤姨有时候也聊几句,和那女青年偶尔说过话,但是互相都没有称呼过,反正眼光一接触,点头,微笑,就算打招呼了。

那汤姨和她的女儿,是名副其实的弱势生命。现在有弱势群体一说,弱势是个笼统的概念,主要是按社会地位经济收入来说事儿,并不一定是指身体状态。那汤姨的女儿大概比我小二岁,医生诊断她得了骨结核,生命总是处在低烧状态,瘦弱的脸颊总是红得像蔷薇花,两只大眼睛总透着忧郁,有几分像《红楼梦》里的林妹妹。汤姨没病,但是她有的动作给我留下很深的印象,比如卫生纸,撕开卫生纸有什么难的?她两只手抓着,努起嘴唇用力,那个费劲啊!所以,我去看你奶奶的时候,就总要帮她们做些事情。比如给削菠萝。我能把菠萝肉削出旋转的花纹,先让她们欣赏,再削成小块搁盘子里,插上牙签让她们方便地享受。

你奶奶那次住院,有成效,家里人每次去看望,都明显在好转。但是汤姨的女儿没什么起色。我去了,也就尽量讲些让她们快乐的事情,安慰她们。汤姨的女儿会现出笑容,甚至笑出声音来,也许是害臊,笑的时候她把被头往上拉,掩住嘴。

你奶奶快出院了。有天我去,见汤姨在走廊里站着。开头我没意识到,她是刻意在那里等我。她招呼了我,脸上的表情有些异样,她叫出我的小名,那本是你爷爷奶奶才那么叫的,她跟我说:"我想认你做干儿子。你能答应我吗?"我一下子愣住了。她见我反应不仅迟慢,而且表现出为难,就说:"你别误会。我们没那个妄想。"那是什么意思,你懂的。

盘盘就笑说,她们那个妄想如果实现了,我就会有骨结核的遗传,我也就可以去住院,吃菠萝块了!

爸爸继续讲。面对汤姨那样的请求,我很难抵挡。但是我本身确实从未往那个方向想过。而且你要知道,那时候已经有媒人介绍了你妈妈给我,我们都在运河边长大,同一年考上的大学,见面后都挺愿意。我就跟汤姨说:"容我考虑考虑吧。"汤姨脸上仿佛有朵花在迅速凋谢。后来我们进入病房,像往常一样相处。

你奶奶要出院了。我用医院里一次性的输液管,剖开,编了一只金鱼一只虾。那是跟你表叔学的。医院里的输液管用过一次就报废了,有的医务人员会再予消毒以后,剖开当作编织带,巧手编成各种有趣的形状,最流行的形状是金鱼和虾,若编成金鱼,输液管上的接瓶嘴正好可以充当鱼眼睛。在接你奶奶走的那天,我跟汤姨和她女儿告别,直到那时候,我还是没有给予汤姨那收我做干儿子的请求回答。但是我的不回答,以及临别时送给她们东西,就是我的表态。我把编成的虾送给汤姨,把金鱼递到汤姨女儿手里,跟她们说:"祝你们幸福!"我现在仍记忆犹新,就是汤姨女儿忽然用被子蒙住头,一定是在被子里哭了起来,那被子勾勒出她瘦弱的形态,看得出肩膀不住地抖动。

但是你奶奶出院,我必须照顾你奶奶,就转身走出了病房。

人在一生中,会遇见许多陌生人,有的会相处相当一段时间,甚至会熟悉起来,但是,多半一旦分手,就再也不会相逢。这么多年过去,我再没有遇见过她们。

和爸爸的这次聊天过去好久了。盘盘觉得,归纳不出什么教益,但是回想起来,人生中头一回体味到了惆怅的滋味。

2014 年

你在东四第几条？

北京东城的东四北大街和朝阳门内北小街之间，有许多条东西向的胡同，其中与我少年时代关系最密切的，是东四头条胡同以及往北依次编号的二条直至十二条胡同。你如果查阅现在的北京地图，会发现还有东四十三条和东四十四条，那是 1965 年北京市政府重新命名街巷时，将十二条北面历史上另有名称的胡同合并改称的。

一直想有机会，乘坐直升飞机，从南往北，鸟瞰那十几条胡同。那是北京古城残留的机理，半是绿荫半是灰瓦，还会有鸽群飞翔、鸽哨悠然鸣响吗？还会有孩童自制的"屁股帘"风筝，拖曳着飘带浮现吗？那胡同的槐荫下，可还有抖空竹的嗡嗡声？那些四合院里的地栽花，可还是那么姹紫嫣红？……

我是八岁时随父母来到北京的，在北京长大成人。我家虽然不住在那些以编号某条命名的胡同里，但是我的小学、初中同学，多有住在那里面的，放学后，回家前，我会跟随同学，去那些"条"里玩耍，古人有"十二栏杆拍遍"之说，套用一下，我是"十二胡同踏遍"。

北京胡同的人居状况，久远的不去说了，以我所知，大概在1938年，有过一次空间再分配，一些国民党官僚、富人、知识分子，南迁了，空出的院落，有的就被日本人和汉奸强占。到1946年，又有一次变化，日本人跑了，汉奸的房产被没收了，国民党的接收大员又霸占了不少院落，当然，也有不少抗战时南迁的家庭又回到这里，重新收拾旧家园。到1950年，胡同人居空间再一次大改组。一些国民党官僚、富人、知识分子跑到台湾去了，若干空下来的上好的院落，还不是一般的四合院，有的有两三进，有的还附带具备亭台楼阁和太湖石、金鱼池的花园，被分配给新政权的高级干部居住；也还有很多精致的四合院、三合院，居住着一般北京老居民；许多人怕想象不到，那时候最早衰落的胡同大院，是某些满清遗族的，里面居住的主人，走在胡同里，会是灰头土脸、旧衣蔽衫的模样，我上小学时就见有群同学跟在一个满脸蛛网般的细琐皱纹，所剩不多的花白头发在脑后扎着辫子的老太婆，起哄地喊叫："大格格！格格大！"那格格的生命穿越过几次社会巨变，还顽强地存在，但是她那前门在这"条"后门在那"条"的格格府，里面的软件凡值点钱的全变卖光了，硬件陆续出租给别人，但到后来完全没有钱维修，租户要么搬离，要么绝不再付房租。于是，格格便将整个院落交给了新政权的房管所，自己只保留三间北房，享受永远免房租的待遇。房管所将大院近百间房屋加以不同程度的修整，按方位优劣面积大小以不同价位出租给住户，这就解决了不少一般城市居民特别是城市贫民的住房问题。但是那时候就有只交纳得起最低廉租金的底层人士，选择了原格格府大门的门洞居住。于是在同一条胡同里，也就呈现了从地位最高生活最富裕，到中产小康，到比较清寒，直至相当贫困的人士并存的社会生态。

1954年，我正上中学，放学后，就背着书包，跑着跳着，随同学去那些"条"里玩耍。那些同学有的并不是同班的，只因一块儿玩得好，有的就会把我带进他家住的院里。记得一位同学是某首长的小儿子，他家客厅里摆着一圈苏联式样的沙发，大得吓人，全罩着灰黄色卡其布的套子，坐上去并不怎么柔软，但是能让我产生特殊的快感，就是那样的沙发以前只在苏联电影里看到，记得斯大林坐的就是那样式的沙发。他会拿些父亲从苏联带回来的包着花花绿绿糖纸的大块硬糖请我们吃。他家有从苏联弄来的幻灯机，能放映一些那时候中国未必译制过的根据电影制成的幻灯片，记得有一部是《雾海孤帆》，幻灯片上有俄文字幕，他请了好几个同学去看。虽然学校里教俄文，大家只会些简单的俄语，看不懂，就瞎猜，这过程里有的就抬上了杠，最后主人赌气停止了放映，大家不欢而散。还去过另一"条"里的另一家，是个小四合院，砖雕影壁边栽了棵三季都挂满红叶的鸡爪枫，留下的印象至今如在眼前。他家的客厅里的沙发，跟后来看到的话剧《雷雨》布景里的很相似，与那种苏联式沙发的情调完全不同。那同学的母亲那时候穿着暗绿的旗袍，头发上又箍一根颜色一样的缎带，端出一碟北京的小点心——酥八件招待我，同学就拿出一个有中英文对照的漂亮画册给我看，上面画的说的是耶稣诞生在马槽等等，他们全家都是基督教徒，我听过他妈妈弹钢琴，他和他姐姐合唱圣诗。

但是，后来跟我玩得更好的，是另一个外班同学，他虽然跟我同届，却比我足足大了四岁。

我跟他交往是由于一个偶然事件。我那时背着书包跑动，总发出一阵咣啷咣啷的脆响，那是因为，我中午带饭，用的是一个美制饭盒。1947年前后，国民党统治区有不少所谓"美军剩余物资"流入市场，一些中国市民也就购买来使用，那种军用不锈钢饭盒就是其中一种，扁圆形，当中有个凹槽，一个长手柄用完后正好翻过来将盖子扣住，因为吃完午饭以后里面有把不锈钢勺子，所以搁在书包里一颠动，就咣啷咣啷发响。那天我跟几个同学在某"条"某宅门外的上马石上拍"洋画"，玩完了我背起书包要回家，又咣啷咣啷响起来，这时忽然就有一个比我高一头的家伙从旁揪住了我。我虽然没跟他来往过，却知道他绰号"鼻毛"，他鼻子很大，鼻孔特别宽，里面确实长满黑毛，他那时已经不上学，整天在胡同里鬼混；他把我揪得一趔趄，跟我吼："把你那咣啷咣啷给我！"我试图挣脱他，跟他说："那是我带饭的饭盒，不能给你。"显然他注意我那饭盒已经很久了，因为有的时候我会在比如说拍洋画的间隙，取出饭盒吃剩下的东西。他就把我的书包硬抢过去，把里头的东西全倒在地下，那饭盒也就咣啷咣啷落到地上。他命令我："把饭盒捡起来给我！"那一刻，我是遇到了生命中此前没遭遇过的严重危机。

正在这时候，救我的人来了。我知道他绰号"大乔铐儿"，那天他光着膀子，一身结实的腱子肉，他也不说什么，走到"鼻毛"跟前，伸手就一拳头，把"鼻毛"打翻在地，"鼻毛"跳起来，乱骂，冲过去跟他拼命，他从容应战，显然，"鼻毛"只有横劲，并没什么真功夫，而"大乔铐儿"显然跟什么师傅学过，赶过来围观的一群孩子形成一个直径忽长忽短的圆圈，喊什么的都有，只觉得眼花缭乱。忽然"大乔铐儿"已经将"鼻毛"点穴擒住，"鼻毛"叫疼求饶，"大乔铐儿"就命令他把我的书包重新装好，"鼻毛"满口答应，可是"大乔铐儿"

307

一松手,"鼻毛"就冲出围观圈,一溜烟地跑了,我自己早把书包装好,"大乔锛儿"拍着我的肩膀说:"以后还来这块儿玩,有我,谁也不能欺负你!"

"大乔锛儿"一家,就住在那个原格格府的门洞改造成的屋子里。他父亲原是拉排子车(一种人力运货的大板车)的,后来成为蹬平板三轮的,给人运货挣点"脚钱";他母亲眉眼有些像那时候风靡一时的电影《祖国的花朵》里的那个老师,也就是电影演员张圆,但是头发总蓬乱着,常听见她在屋门外的大槐树下扯着嗓门喊"大乔锛儿"的弟弟们回家吃饭,那嗓音却绝不像电影里的张圆,非常的粗犷而且沙哑,还常口吐脏话,虽然听多了能够明白,那是她对家人示爱的一种方式。"大乔锛儿"除了三个弟弟,还有一个比弟弟们大的妹妹。跟"大乔锛儿"交往后,他从未请我进过他们那个门洞,我曾琢磨过,就算格格府的门洞比较大,他家六口人,可怎么住得下呢?

"大乔锛儿"这绰号究竟什么意思、怎么来的,我始终没问过,那时候同学间取绰号,有的能说出由头,有的实在无厘头,不必深究。但我很快就发现,不仅胡同里的孩子们,就是部分大人,一提起"大乔锛儿",总有种敬畏感。据说更有人背地后称他是"镇十二条",当然不是指他只能镇住东四十二条这一条胡同,表达的意思是从东四头条一直到东四十二条,青少年打架,没人能打得过他。当然,从学校里的某些老师,到派出所的民警,都对他非常警惕,他有流氓嫌疑。但是,后来被派出所薅进去的,是"鼻毛","大乔锛儿"除了有时打架,并没有"鼻毛"那些偷盗抢劫、猥亵妇女的行径,而他每次打架,细究根源,都有抱打不平的因素,虽然也被民警训诫过，倒没有什么非得把他拘起来的事由。

"大乔锛儿"爱到什刹海去游泳，那地方离他住的门洞，以及我住的钱粮胡同，说近不是太近，说远也没远到哪里去。有时候，我会陪他去什刹海，我不敢下水，他跳进去游，我给他看衣服，头一回，他在水里游着，忽然龇牙咧嘴，叫喊："水草绊脚啦！"扑腾一阵，把我吓个半死，结果他又忽然往上一蹿，哈哈大笑，原来是故意逗我。后来他再来这一套，我就双脚蹦着喊："沉吧沉吧沉吧！"

入秋，"大乔锛儿"在星期天，常会拉着一个小轱辘车，去东直门外农民砍过的白菜地里，给家里拾地里剩下的白菜帮子，有时还挖出菜根来，都装到小车里，拉回他们那个门洞。我陪他去过几次。很惊异于那样的东西他们家也煮来吃。熟了，我就不叫他"大乔锛儿"了，就叫他乔哥。我那时候就喜欢读小说，到1956年初中毕业前，我已经读了许多西方名著的中译本。乔哥知道我读得多，就让我讲些给他听。常常是，在东直门外的菜地旁、护城河边的树荫下，我把新看完的小说讲给他听。记得我讲过英国作家托马斯·哈代的《卡斯特桥市长》，那部小说充满悬念，情节发展常出人意料，我讲得也很有技巧，该简化的简化，记不清的地方就瞎连缀，他听得津津有味，一次讲不完，分几次讲。他后来承认，其实他们家存的菜帮子已经不少，本来不用再去捡了，只是为了听《市长》，他积极得让他妈妈惊奇，连连拉着小骨碌车往城外去。我讲了那个市长当年落魄时喝醉了酒，把自己老婆和女儿卖给了一位海员，多年过去，母亲带着女儿找回来了，原来海员的船一去不返，市长发现自己的老婆女儿找回来了，市民们没发现，就装出爱上了外地女子，向原来老婆求婚，这样一家三口又获得了幸福。但是好景不长,老婆得病死了,临死留下一封信,嘱咐他一定要等到女儿结婚那天,再拆开来看,谁知市长是个急脾气,丧事一办完立刻拆看了。呀,信上说的是,那女儿并非跟他生的,当年的那个早得病死了,这个是跟海员生的!看过信以后,他对那女儿态度大变,那女儿觉得奇怪,偏那女儿爱上了市长的竞争对手,他痛心疾首,当他在悔恨心情中打算跟女儿和好时,忽然那女儿的亲生父亲出现了,原来那海员虽遇难却并未死……乔哥听完整个故事,这样说:"好听!不过,全是瞎编,人世间哪有那么多巧事?你就学着瞎 JB 编吧!"

我跟乔哥的密切交往随着初中毕业而结束。我考上的高中在另一方向,难得再去那十几个"条"里转悠。乔哥没有再上学,他到东郊一座国营大工厂当了工人。

后来是"大跃进"时期,胡同里也垒起土高炉,家家户户捐锅搜铁,炼起了钢,说是要赶上英国超过美国。再后来物资匮乏,凭票证购买东西。我和许多人一样,变得奇瘦,偶尔想起乔哥,他那么个大食量的人,还能保持住饱满的胸肌吗?怕也成了麻秆儿了。再后来供应稍有好转,我在什刹海边看到有人野泳,乍看以为是乔哥,细观不是。于是到了 1966 年的夏天。我偶尔路过东四某"条",发现胡同里撂着抄家扔出来的东西,分明是苏联式的沙发,已经被暴雨淋得惨不忍睹,不由想到那家人的幻灯机和《雾海孤帆》等幻灯片,大概都被砸了烧了吧?至于人呢,我已经看到街上贴出的打倒某某的大标语,他那小儿子,我当年的同学,该怎么跟他划清界限呢?又经过某"条",有个当地"红卫兵"举办的"破四旧"展览,展出的罪物里,有暗绿色的旗袍、砸裂盖子的钢琴,和我曾经翻看过的中英文对照的画册……

大约是1967年夏天,我路过久违的有门洞屋的那一"条",正想着,会不会有乔哥走出来呢?却惊讶地发现,出来的是一个憔悴的老头,他家本是住在那胡同里的一个规整的四合院里的,因为是资本家,所以把他家轰进了那个门洞屋。

我走出那条胡同,不曾想那边来了个骑自行车的人,离好几米就叫着我的名字,定睛一看,竟是乔哥,还是非常健壮,他那自行车后座上,横坐着一位妇女,怀里抱着个孩子。这次邂逅,乔哥非常兴奋,跳下车给我介绍他的媳妇,问我:"你呢?孩子几岁了?"我没答言,他猜出答案,又问:"有对象吗?哥给你介绍个毛泽东思想宣传队的!"我高兴不起来,讪讪的,想寒暄完就离开。乔哥却不放过我,把我带到他家。原来1966年下半年,胡同的居住生态又有一次大变化。若干原来由一家人居住的四合院,全住进了别的人家。政治身份不好的,有的干脆被轰回了老家,有的就像那个资本家,给轰到了门洞屋里。街道居委会的"造反派",将胡同里的居住空间进行了再分配,分配的原则完全依照阶级成分,乔哥一家属于城市贫民成分最好,因此搬进了某"条"里的一个四合院,而且住上了三间北房。其实乔哥自打到东郊工厂当了工人,就一直住在厂里宿舍,先住集体宿舍,娶妻生子以后,筒子楼里有间小屋,只是偶尔回家看看,现在家里住房条件大改善,心情非常怡悦,家里也有了可以住下的空间,就频繁地回家来团聚。乔大妈一见我,就拍下巴掌,大声叫出我的名字,她刚蒸好一条"懒龙",就是用面裹上东西,盘在蒸锅里好几圈,蒸好了切成一段段的分食,那天她蒸的"懒龙"里没有肉,只有猪油拌过的茴香,递一块让我趁热吃,我在两只手

311

里倒腾几次,不那么烫了,再吃,觉得非常可口。乔大妈又端着盘子,给东、西、南几家送去自己的"懒龙"请品尝。乔哥对我说:"这院原是东屋那家的,两口子都是什么研究所的。说是自己攒钱买的。你想,劳动人民攒得起那么多钱吗?臭知识分子,三四口人住这么个院子,也好意思!"他刚说到这儿,大妈拿着空盘子回来了,数落他:"人家并不是'反革命',在他们那个什么所,也算不上反动学术权威,这院子确实是人家用历年工资攒下来买的,咱们住进来,人家也没哼一声儿,干什么还糟改人家?"我说有事,告别,乔哥把我送到院门外,我悄声跟他说:"我现在是中学教师,属于'旧学校培养的学生',也属于'臭'的范畴,还执行过修正主义的教育路线……"他好像没有想到过,有些吃惊,拍拍我的肩膀,亲切地说:"那你就好好地改造思想吧!"正说着,他父亲蹬着三轮过来了,车上是两个新的大板箱。他提醒他爸我是当年同学,他爸毫无印象,对我了无兴趣,只跟他商量如何再给他妹妹和大弟弟准备到农村插队的东西。

1968年,我所在的学校进驻了"毛泽东思想工人宣传队",简称"工宣队"。所派驻的人员,正来自东郊的国营大厂。后来跟"工宣队"的某几位比较熟了,就道出乔哥的大名,说中学时同届不同班,问他们认不认识?他们就说,那能不知道?是比他们那个厂还要大的厂的"革命委员会"成员,他们都听过他"活学活用毛泽东思想"的"讲用报告",口才可好哩! 我就暗中掂掇:倘若乔哥率队来我们学校,他会格外关照我吗?又忽然想起,"鼻毛"现在怎么样呢? 在流逝的岁月里,我们这些胡同里玩大的孩子们,又将经历些什么世道变化、荣辱浮沉?

1976年唐山大地震,当晚北京也塌了些房。人们搭起"防震棚",作为临时居所。我去东四某"条"看望一位同事,与乔大妈邂逅,他们住在同一片"防震棚里"。乔大妈那么多年以后还是一见就能叫出我的名字。她告诉我,乔哥的二弟三弟也"上山下乡",不过不是到农村生产队"插队",而是去了黑龙江生产建设兵团,"屯垦戍边"去了。而乔大爷,她老伴,前几年得肺气肿过世了。跟她住在"防震棚"里的那七八岁的孩子,是乔哥的儿子,她的孙子。她说乔哥媳妇后来又生了个闺女,跟他们在厂里住,厂里也搭"防震棚",但是乔哥他们不去住,就还在那筒子楼里照睡不误,"我们'大乔锛儿'命硬,他什么都不怕!可惜你来晚一步,他下午给我送菜来了,刚骑车走人。我今儿个还是蒸的'懒龙',你吃了再走!"我感谢她的热心肠,告别后,我想,"大乔锛儿",听来生疏了,他会偶尔想起我来么?

　　1979年起,到1982年,是不是可以称为"落实政策的岁月"?又在那些"条"里走动,那个曾放映过《雾海孤帆》幻灯片的院落,曾又住进过"四人帮"的某"干将",他被赶出去了,又成了新时期某领导干部的住宅,不知道这位干部家有没有上中学的孩子,是否也好客,会邀请同学进入那神秘的空间?那个被赶到门洞居住的资本家,又搬回了他原来的院子;乔哥家搬进的那个院子,也终于物归原主,当年由居委会"造反派"安排,强行入住的各家,房管所分别做了安置,乔大妈和她的儿孙,被安置到"条"外建造的一种简易楼里居住,面积比当年的门洞大许多,没有厅,但是有两间屋子,有自己的厨房和厕所,厕所是"死闷子",关上门必须开灯,上头有个达于屋顶的通气孔,里面是"亚洲式蹲坑",但能冲水,蹲坑对面勉强能放下个洗衣机,至于洗澡,那就只能去澡堂子,要么在家里用大澡盆凑合。他家当年住的那个门洞,连同左右的空间,都被腾空,准备着恢复当年格格府的面貌,里面原来开设的街道工厂,也都迁出,格格已经去世,被落实政策的不是人而是府第,据说要成为一处文物保护单位。那个信基督教的同学,他家的院子也归还了,后来全家移民到了澳大利亚。胡同里的生存空间又一次进行了洗牌。不可能照顾到方方面面,于是,胡同里的大多数院落,还是成为了杂居院。那些从胡同里出发,去"上山下乡"的"知识青年",陆续回到胡同,许多这种"知青"的家庭,立刻面临着现实的困境,就是房子不够住。即如乔哥家,一家伙妹妹和三个弟弟全回来了,顿时感到拥挤度不比门洞轻松。比较起来,他家还算好的,有的杂居院里,开始叫作搭建"小厨房",后来其实盖出的空间并非行使厨房的功能,而是居住,乃至婚房的功能。那几年以后,许多胡同院落进入大门后,只剩下通向院里最后一层住房的通道,仅能容下两个推自行车的人谨慎交错而过。在胡同私搭小屋的空间扩展过程里,许多原来和睦的邻居因一尺半尺的延伸而引发出纠纷,反目还是小事,有的竟闹出人命。我亲爱的北京胡同啊,如东四头条至东四六条,在元代就基本形成了,胡同里的那些国槐,有的已经需要两人才能合抱,入夏浓荫蔽日,蝉声如歌,多少生命在这些空间里歌哭闪灭,我童年、少年、青年时代熟悉的那些人士,你们还将演出些什么人生戏剧?

最诡谲的戏剧果然上演了。那是 1986 年,忽然,有个台湾来的男子,由某机构的人士陪着,找到东四某"条"的居委会,居委会的干部乍见他,口中不由呐出:"这不是'大乔锛儿'吗?!"他当然不是"大乔锛儿",他也不姓乔,但是,他却实实在在是"大乔锛儿"的亲哥哥!

原来,他的父亲,是居住在东四某"条"大宅院的少爷,跟丫头偷食了"禁果",先生下他,又生下"大乔锛儿",兄弟两个,只差两岁,他生在1936年,"大乔锛儿"生在1938年。1937年卢沟桥事变后,他父亲随他爷爷奶奶一大家子南下,后来辗转到了重庆,离京时,抱走了他,却将他生母和弟弟,赶出了家门。这是不是很像曹禺的《雷雨》里所写的周朴园和鲁侍萍的情形?但是后来"大乔锛儿"他妈嫁给了拉排子车的憨厚人,而不是《雷雨》里鲁贵那样的烂人。"大乔锛儿"和他哥哥的生父后来在重庆当了一个小官,正式娶了一个太太,生育了一女二子。他们的祖父母相继亡故。1945年抗战胜利,他们的父亲从科长升为了处长,迁到南京。1949年,"大乔锛儿"的哥哥和弟妹随父亲到了台湾。父亲后来的仕途并不腾达,辞官经商,也并不怎么成功。在台湾,父亲娶的头一个妻子得病死了,后来又娶了第二个妻子,是个说闽南话的妇女,又生育了一子二女。但是第二任妻子是结过婚丧偶的,嫁他们父亲时,带来了一女一子。"大乔锛儿"哥哥原以为自己乃父亲第一个妻子所生,但是,万没想到父亲病重弥留时告诉他,他另有生母,姓甚名谁,而且,更还有一个比他小二岁的亲弟弟。于是,处理完父亲的丧事后,他就转道日本,来至北京,到达他落生的那个空间,寻觅他的生母和胞弟。居委会的干部很快就将他带到了乔大妈眼前,他喊了声"亲妈",就跪在生母面前,抱膝痛哭。乔大妈倒还镇定,只默默地落泪,那一年,这个哥哥已经满五十岁,而"大乔锛儿"逼近四十八岁。

那一年,我到杂志社任职,在我一个人的小办公室里,忽然"大乔锛儿"找上门来,我们已经很多年没有见过面,而且,坦率地说,我已经将他淡忘,他坐在我对面,立刻把他家发生的这出活剧讲给我听,我不禁感叹:"世上竟有如此的事情!"他淡淡一笑:"记得吗?你跟我讲过,那个英国的什么市长的故事,那时候总觉得故事都是瞎编出来的,现在才知道,瞎编,有时候也编不出来呀,真的事情,比小说里写的,还更让人一个劲地发愣!"他知道我那时候已经因为写小说出了名,就建议我拿他们家的事情编小说。我问:"你见到你哥,激动吗?"他不回答,只问我:"能在你这儿抽烟吗?"我点头,他点燃一支烟,默默吸了好几分钟,这才说:"头回跟他见,只想着他可是打台湾来的,咱们言语行为不能出错。要说激动,那是回我工厂那边自己家以后,老婆孩子睡瓷实了,一个人到窗户边抽烟,胡思乱想的时候。原来我那些'知青'的弟妹,跟我是同母异父,真是同父同母的,就这么一个亲哥哥啊!我们的打扮、作派那么不同,可是,别说外人见了觉得模样雷同,就是我们面对面,也总有照镜子的感觉。又想,若是我小时候人们就知道有这么回事儿,那我就属于有海外关系,而且是跟打跑到台湾的国民党反动派有关系,那我还进得到国营带保密性质的大工厂吗?后来还能以'红五类'自豪吗?我们家还能搬进人家研究员的私家小院,住进那院的北房吗?我妈是不是就得挨斗呢?她挨斗,我保护得了她吗?我是不是也得去斗她,或者跟她一起被斗呢?我能进入工厂的'革委会',风光一时吗?……"我说:"过去的已经过去了。现在人们哪会再有那样的偏见。而且,据我所知,现在有的人,还特羡慕有海外关系,包括有港台关系的人呢。"他叹口气说:"是呀,都以为外边回来的,比咱们有钱,我们大哥给妈妈家,嫁出去的妹妹家,娶了媳妇另过的大弟弟家,当然还有我们家,都给买了电视机,可是两个还跟妈妈住的弟弟就不满意,说为什么不也给他们买?可以不买,那也该把电视机的钱给他们各一份。大弟弟的媳妇后来又跟妈妈抱怨,说怎么给买的是黑白电视?不买彩色的?又怀疑单给我们家买了彩色的尺寸大的,说大哥偏心……"

后来的很多年里,虽然我时不时会经过东四的那十二个"条",特别是早已经拓展为大马路的"东四十条",却再没有遇到过"大乔锛儿",我们没有保持联系,各自继续着平行线式的人生跋涉。

2005年,忽然"大乔锛儿"通过曲里拐弯的法子,联络上了我,却同时告诉我一个噩耗,就是他的母亲,我唤乔大妈的,前几天病逝,将在东四某"条"的一个宅院里,举行悼念活动,邀请我参加。我如约前往,按地址找到,是一个半旧的三合院。原来,"大乔锛儿"他哥哥经过考证,认为那就是当年他们父亲住过的空间,系他们爷爷家大宅院的一个侧院,便买下了那个院子。逝去的毕竟是他们父亲的第一位夫人,尽管当时没有名分,但毋庸置疑,当时的两个年轻人有着炽烈的爱情,而如父的长兄,毕竟就是这位女子生下来,因此,尊她为"大妈",理所当然,本着这样的共识,"大乔锛儿"他大哥带来了在台湾,以及从台湾又移民到美国、加拿大的弟妹们,齐聚北京,为这个有着戏剧性经历,而一生并不想演戏的女性,来举行集体的哀思。"大乔锛儿"和他的弟妹们当然也都到场。不算这些人的配偶和后代,光是兄弟姐妹,就有十四个之多,其中有同父同母的,有同父异母的,有同母异父的,有既不同父也不同母但从伦理上来说应是兄弟姐妹关系的,但就"大乔锛儿"和他哥哥而言,那十二个弟妹似乎都跟他们隔了一层,他们长时间并肩拉手,又紧紧含泪拥抱,毕竟他们是同父同母的嫡亲手足啊!那回追思活动他们请来的其他非亲朋友不多,我置身其中,耳边听到既有北京土话、内地普通话,也有台湾"国语"、台语,甚至英语,感慨万千。

"大乔锛儿"他们工厂早就解体了。他"买断工龄"后,跟几个"哥儿们"一起到各处商品楼盘售卖安装分户取暖的设备。有次他们到一处新楼盘的大户型去给人家安装,那一身名牌的主人腆着个肚子,要不看鼻子真认不出来了,可是人家先叫了声"大乔锛儿","大乔锛儿"定睛一看,呀,"鼻毛"!也不知这家伙怎么发的!"鼻毛"似乎完全忘记了那年"大乔锛儿"对他的狠揍,对"大乔锛儿"极表友好,收工后,还送给"大乔锛儿"一瓶特供酒。

前两年"大乔锛儿"忽然给我手机发来短信,表示愿意跟我联系。他是怎么打听到我手机号码的呢?疑惑未消,我就给他回拨电话。他告诉我已是"古来稀"的年纪了,但总还不愿意闲着,现在揽了个"瓷器活儿",就是跟他哥哥合作,向台湾及其他地方的海外人士,推销东四头条至十四条的四合院,当然也包括三合院及不足一院的零散平房。后来我到网络上查阅,那些"条"里的平房,平均价位已经达到一平方米六万多,有的规模比较大的新规整出来的两进带垂花门的四合院,报价是一亿人民币。我估计,"大乔锛儿"和他的哥哥未必自己注册了中介公司,应该是帮正规的中介公司"猎头",即利用他们的人脉,网猎到有愿望也有财力购买"条"中四合院的海外买主,而从中获取佣金。"大乔锛儿"自己,也在某"条"

里,租住了一所小院。

　　如今的"大乔锛儿",活动的空间,又跟童年、少年时代一样,集中到那十二"条"胡同里了。当我敲着这篇文章时,常常停下来悬想:依然腰板硬朗胸肌鼓胀的乔哥啊,你此刻在东四第几条?

2012年5月15日　绿叶居

"新地文丛"第一辑

有无之间	王　蒙
品诗	邵燕祥
漂亮时光	刘心武
夜深沉	苏　叶
我的文学旅程	马　森
南洋书写与论述	王润华
眼界	严家炎
依旧相信	陈平原
先生素描	丁　帆
儒箧集	徐兴无

图书在版编目（ＣＩＰ）数据

漂亮时光 / 刘心武著. — 南京：江苏凤凰文艺出版社，2019.1
（新地文丛）
ISBN 978-7-5594-2711-3

Ⅰ. ①漂… Ⅱ. ①刘… Ⅲ. ①散文集－中国－当代 Ⅳ. ①I267

中国版本图书馆 CIP 数据核字(2018)第 182788 号

书　　　名	漂亮时光
著　　　者	刘心武
主　　　编	郭　枫
责 任 编 辑	王　青　黄孝阳
出 版 发 行	江苏凤凰文艺出版社
出版社地址	南京市中央路 165 号，邮编：210009
出版社网址	http://www.jswenyi.com
印　　　刷	苏州越洋印刷有限公司
开　　　本	880×1230 毫米 1/32
印　　　张	10.375
字　　　数	220 千字
版　　　次	2019 年 1 月第 1 版　2019 年 1 月第 1 次印刷
标 准 书 号	ISBN 978-7-5594-2711-3
定　　　价	55.00 元

（江苏文艺版图书凡印刷、装订错误可随时向承印厂调换）